RORY & LINUS

ALEX GUADERRAMA

Diseño de la portada: Eduardo Mannini / Instagram @eduardomannini

Ilustración de la portada: © Gerardo Osorio / Instagram @ger_osorio

Fotografía del autor: © Everth Pretalia / Instagram @everth_pretalia

ISBN Paperback: 9798634072432

Para

Eduardo

CONTENIDO

PROEMIO

Anoche tuve un sueño: vi a un niño vestido de blanco, con sus pies desnudos, y el rostro oculto tras una máscara. Aunque pequeño, su cuerpo entero emanaba una presencia imposible de ignorar. Sus ojos, ahora recuerdo, emanaban un fulgor dorado que trajo a mi mente un repentino amanecer.

Tenía miedo. ¿Cómo no haberlo sentido? Su silencio me desconcertaba. No obstante, con el tiempo tuve la sensación de encontrarme no ante un misterio, sino de un viejo amigo. Poco a poco el chico fue extendiendo su brazo derecho hacia mí. En el momento en que los dedos de su mano se entrelazaron con los míos, una extraña pero reconfortante calidez comenzó a recorrerme de pies a cabeza. Mas justo cuando creí sentirme seguro, el chico se quitó la máscara con un rápido movimiento, revelando unas fauces repletas de amenazadores dientes. Lo que salió a la superficie a continuación fue un gruñido tan primitivo y cavernoso que tuve la impresión de que sus entrañas eran las de la Tierra misma. Quise echar a correr, sin embargo, descubrí con temor, me encontraba paralizado por completo.

Estaba a su merced.

Al despertar no pude gritar, tenía la garganta tan seca que era incapaz de emitir sonido alguno. Entonces, de regreso en la seguridad de mi cuarto, descubrí algo tan aterrador que me hizo estremecer:

Había mojado la cama.

PRIMERA PARTE

CAPÍTULO UNO

—Eres demasiado extraño, ¿lo sabías? —me dijo el muchacho tras haber soltado un suspiro que denotaba fastidio.

—No espero que me comprendas, Jacob —le respondí—. Pero te agradezco que me hayas escuchado.

—¡Tú eres el que no se ha callado desde que nos encontramos! —me reclamó—. Además, ¿no estás bastante grande ya como para andar mojando la cama? En cuanto a ayudarme... no tienes que hacerlo, ¿sabes? Digo... no es una obligación ni nada por el estilo. Creo que puedo arreglármelas solo de aquí en adelante.

—¡Tonterías! Prometí ayudarte, y eso haré.

La tarde en que todo cambió, tras salir de la escuela, me encontré con mi compañero de clases, Jacob Durham, deambulando por la calle. Aunque nunca antes habíamos cruzado palabra alguna a pesar de compartir la misma aula durante ocho horas diarias, su expresión de preocupación me hizo querer romper aquel muro de indiferencia que nos separaba. Él me dijo que había perdido a su mascota, y antes de que pudiera detenerme me ofrecí a ayudarle.

—Por cierto, ¿qué animal es el que estamos buscando?

—Un zorro —dijo, haciendo un esfuerzo por mantenerse tranquilo.

—Suena peligroso.

—Para nada. De hecho, es bastante amigable —me aseguró con una confianza que no admitía ser cuestionada—. Lo encontré una tarde en el parque junto a la escuela. Quisiera poder llevarlo a casa, pero mi mamá me mataría. Suelo traerle comida entre semana, pero hoy no pude hallarle en nuestro sitio de siempre.

—Quizás tuvo otro compromiso —aventuré—. O tal vez su

autobús se retrasó, ya sabes cómo es el transporte público.

Por la expresión de Jacob, estaba a punto de correrme, cuando de pronto un peculiar chillido nos hizo volver nuestra atención hacia una casa en apariencia abandonada a mitad de la cuadra. Desde la acera alcanzamos a ver cómo un grupo de muchachos de preparatoria se había reunido en torno a un árbol hacia el fondo de la propiedad. Entre risas, todos ellos observaban hacia lo alto de una rama, de la cual pendía una curiosa piñata peluda que no dejaba de retorcerse, al tiempo que de su diminuto hocico escapaba un doloroso lamento. Al ver cómo mi compañero palidecía de coraje, supe que aquella piñata era su querida mascota.

—Busquemos una rama para pegarle —sugirió uno de ellos.

—Tal vez esté rellena de dulces —aventuró un segundo, a quien de inmediato reconocí como Scott Daniels. Tomando en cuenta que mi madre había salido con su padre, un petulante abogado y empresario ricachón, hacía unos cuantos meses, aquel encuentro me resultaba tan desafortunado como incómodo. Sin embargo, en el momento en que quise alejarme, Jacob salió corriendo directo a la espalda de uno de los muchachos hasta derribarle. Y aunque en ese momento me sentí inspirado por su valentía, pronto me di cuenta de que el chico no tenía idea alguna sobre cómo pelear. Cuando me alcanzaron, mi mente no pudo conjurar hechizo alguno que pudiese detenerles, como tampoco mi cuerpo fue capaz de despertar alguna extraña fuerza interior como a menudo suele sucederles a los protagonistas en las novelas juveniles. No. Aquella era la vida real, y en la vida real los chicos más grandes te golpean hasta que comienzas a atragantarte con tu propia sangre mientras intentas contener el llanto y las ganas de llamar a tu mami.

Tan pronto como se marcharon, pude ver por el rabillo del ojo que Jacob no estaba mejor que yo, pero al menos había conseguido bajar a su peludo amigo. La creatura estaba tan asustada que hubo de forcejear hasta escapar de los brazos del chico, quien decepcionado le vio perderse entre unos arbustos.

—L-Lo… siento mucho —me dijo entre llanto—. No fue mi

intención meterte en problemas.

—Descuida. Las cicatrices están de moda —le hice saber esbozando una sonrisa—. Anda, te acompaño a casa.

Durante todo el camino nos mantuvimos en completo silencio. Supongo que además de adoloridos estábamos avergonzados. Seguro, ya antes me había metido a mí mismo en problemas, pero nunca me habían golpeado ni mucho menos humillado como aquellos grandulones lo habían hecho. En cuanto a Jacob, pensar que alguien tan inocente se hubiera lanzado a una pelea por defender a otro ser me hacía sentir una gran compasión hacia su persona. Si algo lamentaba de aquel encuentro era no haber tenido la fuerza para apoyarle.

Llegamos a casa de mi compañero tras unos cuarenta minutos. En cuanto la señora Durham nos vio venir a través de la ventana de la cocina, salió a nuestro encuentro. Y aunque estuvo llorando durante todo el tiempo mientras nos ayudaba a lavarnos la sangre de la cara, su tristeza pronto se convirtió en furia cuando Jacob tuvo que soltar la sopa y decirle que el motivo de aquella desgracia fue por buscar a un animal salvaje.

Tras haber sido invitado a marcharme, emprendí el camino a casa como debí haberlo hecho tan pronto como había escuchado la campana de la escuela. Mas cuando hube llegado, por un breve instante deseé estar de nuevo bajo los puños de Scott.

Si una cosa he aprendido durante mis escasos años de vida es que es inútil discutir con las madres. Imposible. Una tarea hercúlea de bíblicas proporciones destinada a terminar en desgracia. ¿Exagero? Quizás, pero cualquiera que haya tenido la mala idea de querer explicarse con total sinceridad sobre cómo fue que terminaron con el cuerpo lleno de moretones cuando debieron haber estado lavando los baños como se le había pedido —en varias ocasiones, debo agregar— sabrá de lo que estoy hablando.

—¡Pero nada, niño! —Christine Harper vociferaba—. La tarea era sencilla: Paso Uno: Ir a la escuela. Paso Dos: Volver de la escuela. Paso Tres: Lavar baños. ¿Ves? Es algo tan simple que hasta el dinosaurio morado compuso una canción sobre ello.

Es un hecho científicamente comprobado que todas las madres toman en secreto varios cursos durante el embarazo con el fin de prepararse para la dura e ingrata tarea que les espera. Entre estos cursos destacan: "Cómo Reprimir tus Sentimientos", "Chantaje Emocional 101", y el favorito de todas, "Uso Efectivo de la Culpa". Además de haber pasado con calificaciones perfectas estos talleres, tengo la sospecha que mi madre tomó una maestría en "Sarcasmo: el Arte Prohibido". Ella siempre ha sido bastante competitiva.

—Dudo mucho que un dinosaurio afeminado quiera enseñar a los niños sobre el manejo del cloro en los retretes —le respondí mientras ella me aplicaba un poco de antiséptico en las heridas.

—Te recuerdo que cantabas sus canciones mientras usabas el inodoro de entrenamiento.

—Tenía dos años, mamá.

—*Cuatro* años, niño. Cuatro dolorosos años.

Odio cuando me recuerda eso.

—Como sea. Ya te dije que no fue mi intención buscar problemas. De haber sabido que Scott Daniels estaba entre ellos ni siquiera me hubiese acercado.

Ella suspiró. El apellido Daniels no era popular en nuestra casa.

—Supongo que no puedo castigarte por querer ayudar a un amigo —me dijo tras una larga pausa—. Pero quedas advertido, niño: si vuelves a desobedecerme, haré que te sientes sobre el inodoro de entrenamiento durante horas al ritmo de "Plaza Como-se-llame". ¿Entendido?

Si algo amaba sobre mi madre era su sentido de la justicia, aunque eso no la hacía menos estricta.

Cuando ella hubo terminado de embadurnarme la cara con cuanto ungüento hubo encontrado en el botiquín del baño, nos sentamos junto a la barra que separaba la cocina de la sala. Como Christine descansaba de su trabajo los jueves y los viernes, aquella noche podríamos cenar juntos, una de mis actividades favoritas.

Una cosa que había heredado de la señora Harper era mi

elocuencia. Podía pasar horas sentado escuchándola sobre lo mucho que odiaba a sus jefes, sobre las harpías en su trabajo, y de lo mucho que le lastimaban los zapatos nuevos que estaba usando. En ocasiones, movida por el encanto de su verborragia, mi mente me llevaba a imaginar un sinfín de cosas y a preguntarme otras tantas sin que ninguna respuesta pudiera satisfacerme: ¿Qué clase de chica había sido mi madre? ¿Cómo había sido la relación con mis abuelos? ¿Qué tanto de su persona vivía en realidad en mi interior?

Una vez Christine me dijo que era tan parecido a ella como para triunfar en la vida, pero tan parecido a mi padre como para echarlo todo a perder en el último momento por un trasero abultado.

Luego de un enorme plato de comida china por cuarta ocasión en esa semana, estaba dispuesto a irme a mi habitación. Seguro, tenía suficiente tarea pendiente como para mantenerme despierto hasta la mañana siguiente, pero ya tendría tiempo para hacerla —y con "hacerla" me refiero a *copiarla* de alguien más— durante el trayecto a la escuela en el autobús escolar.

Justo acababa de ponerme de pie, cuando el timbre de la puerta se dejó escuchar. Confundida, mi madre abrió la puerta, y pasó la siguiente media hora discutiendo a base de gritos con un hombre al que yo conocía bastante bien. Unas cuantas amenazas, un par de insultos más tarde y un severo portazo, la mujer a la que yo tanto admiraba se encontraba temblando y al borde del llanto, con su espalda pegada a la puerta y la mirada perdida en algún punto del techo.

Paso a paso me fui acercando temiendo lo peor. ¿Qué cosa pudo haberle dicho ese hombre como para reducir a Christine a semejante estado?

Pasados unos cuantos minutos su mirada se encontró con la mía, y en ella no vi más que derrota.

—Era Scott Daniels Padre —anunció—. Vino a decirme que debemos mudarnos.

CAPÍTULO DOS

A la mañana siguiente no pude levantarme para ir a la escuela. Los nervios me habían paralizado por completo, sin mencionar que la golpiza me había dejado moretones en partes de mi cuerpo que ni siquiera sabía que tenía.

Las horas transcurrieron con lentitud. Tan pronto como cerraba los ojos esperando encontrar en mis sueños el descanso que tanto anhelaba, un oscuro canto me asaltaba. Las palabras, unidas entre sí como eslabones bajo un sólo propósito, formaban una cadena de extensión infinita, cayendo sobre mí a una velocidad vertiginosa, sofocándome con su peso. Aquellas palabras formaban parte de la conversación que Christine y yo habíamos tenido la noche anterior, una que anunciaba que nuestras vidas habrían de cambiar en muy, muy poco tiempo.

Ella me había dicho que el señor Daniels, reconocido abogado —aún más reconocido bastardo— había amenazado con demandarnos, algo que al parecer podía llevarnos a perder lo poco que teníamos. A menos que...

—A menos que nos marchemos —concluí.

—Tan pronto como nos sea posible —agregó.

—¿En verdad puede hacer eso? P-Pero... ¡Eso no es justo!

—Dudo mucho que a esa gente le importe, niño —dijo al tiempo que tomaba asiento sobre el sillón. Tenía la sospecha que, como yo, Christine había sentido que la tierra se había sacudido bajo sus pies. La siguiente hora ella intentó hacerme entender cómo Scott Daniels Padre había argumentado que habíamos sido Jacob y yo quienes habíamos atacado a su amado hijo y a sus amigos al salir de la escuela. Y aunque estaba seguro de que ella me había creído desde que me había explicado a mí mismo hacía no menos de una hora, su estado tan alterado me dijo que no serviría de mucho. Al parecer nuestra suerte ya estaba echada.

Cuando hubimos terminado de limpiar la cocina cada uno se retiró a su habitación, sin tener idea alguna de cómo habríamos de enfrentar el mañana o qué cosas nos depararía el destino.

De regreso en mi realidad, al día siguiente, movido por el hambre, por fin pude obligarme a mí mismo a bajar las escaleras al atardecer.

—Traje pollo a la naranja —me dijo Christine al verme llegar. Aun en los momentos más duros, ella siempre recordaba mis platillos favoritos—. ¿Cómo van esos moretones, niño?

—¿Tienes… alguna noticia sobre lo que va a suceder con nosotros?

—Directo al grano, ¿eh? Bueno, supongo que la charla casual es un arte en declive, como mi juventud —se lamentaba al tiempo que una sonrisa astuta se dibujaba en su rostro como siempre que actuaba como una diva—. Estuve con varios abogados toda la mañana. Al parecer todos esos hombres trajeados de grandes apellidos se convierten en niñitas asustadas tan pronto como escuchan el nombre de Scott Daniels Padre. Estamos solos, niño —sentenció, poniendo la bolsa de la comida junto a la barra—. Nadie quiere defendernos.

—Pero… ¿defendernos de qué cosa? Ya te dije que Scott Hijo miente, ¡nosotros nunca quisimos hacerles daño a propósito! ¡Sabes que no hice nada malo!

—Es su palabra contra la nuestra, niño —se lamentaba—. Sospecho que esto poco tiene que ver con Scott Hijo, a su padre nunca le ha importado en realidad; por eso el chico se comporta como un salvaje. No, Scott Padre lo hace para alejarnos en un intento de cubrir su propio trasero ahora que ha vuelto con su esposa, esa momia amante del botox… Además, una de sus muchas empresas es la dueña de estos apartamentos donde vivimos. Puede echarnos cuando lo desee—. Un suspiro que denotaba cansancio—. Escucha, niño, lo he estado pensando y… quizás… quizás algo bueno pueda surgir de todo esto.

—¿Significa que en verdad tendremos que mudarnos?

Ella asintió.

—Lo único que lamento en este momento es no haber invertido en más maletas. Vaya que vamos a necesitarlas.

Adolorido como me encontraba, me fui caminando despacio hasta llegar a mi habitación. De pronto había perdido el apetito.

Christine llamó a la puerta una hora más tarde. Como el seguro no estaba puesto, le vi entrar con un plato de galletas en una mano, y un enorme vaso de leche en la otra.

—Ya no soy un niño. No puedes chantajearme con dulces —le hice saber.

—Eres un egocéntrico —dijo. Y enseguida procedió a devorarse las galletas ignorando las protestas de mi estómago vacío—. ¿Sabes? Esta mañana estuve hablando con tu tía, Lisa Thomas. ¿La recuerdas? Dice que North Allen sigue siendo un pueblo agradable. Al parecer ha cambiado un poco, pero sigue siendo agradable.

Por supuesto que recordaba a los Thomas, nuestros parientes de Columbia Británica. En una ocasión, mi tía, maniática de la limpieza como era, me había obligado a usar bolsas de basura en los pies durante una excursión al río para no ensuciar la alfombra de su auto. Algo tan humillante no se olvida con facilidad.

—Tu primo David va también en tercero de secundaria —continuó diciendo Christine, su mirada puesta en su regazo—. Se ha convertido en un gran nadador, es como una especie de estrella local. Estoy segura que serán buenos amigos.

Tuve que salir corriendo al baño a vomitar. El corazón me golpeaba el pecho con la fuerza de un ariete. ¿Había escuchado bien? Mudarnos... ¿a un diminuto pueblo en las montañas? Quise salir corriendo, pero los espasmos eran tales que me sacudían por completo. En medio del caos extrañas imágenes invadieron mi cabeza: Jacob Durham, su peculiar zorro, los muchachos que acompañaban a Scott, los puños de Scott, el rostro de Scott cayéndose a pedazos hasta que no quedó faz alguna sino un inmenso vacío dispuesto a llevarse consigo toda mi felicidad.

—Todo estará bien —me dijo mi madre, tomándome por los

hombros tan pronto hube salido del baño—. Eso te lo puedo asegurar.

En ese momento no deseaba escucharle. Estaba demasiado alterado como para siquiera pensar en un mejor mañana que quizás nunca llegaría. Sin embargo, debo admitir, su abrazo se sentía peculiarmente bien, tan lleno de una calidez como hacía mucho no había experimentado.

—¿Al menos tienen computadoras en ese sitio? —me atreví a preguntar pasados unos minutos.

—Creo que tienen una oficina de telégrafos, aunque la operadora es tan vieja que su Parkinson hace imposible el trabajo.

En algunas ocasiones mi madre podía mostrar un sentido del humor tan negro como su espesa cabellera.

La madrugada del sábado desperté sintiendo una amarga ansiedad. Aunque le había prometido a Christine hacer mi mejor esfuerzo por mantenerme tranquilo ante los cambios que se avecinaban, mi mente siempre en movimiento formulaba preguntas a una velocidad inquietante. ¿Qué tanto había cambiado North Allen? ¿Qué vida aguardaba por nosotros entre sus calles flanqueadas de pinos? Y en cuanto a mis familiares, ¿me recordarían?

Tras varias horas de vigilia mi mal humor hizo presencia. ¿Qué me estaba sucediendo? ¿Por qué no podía dejar de pensar? Era en momentos así que me hubiera gustado ser alguien menos perspicaz, o al menos adicto a la masturbación como los chicos de mi clase.

Lunes por la mañana. Luego de un fin de semana plagado de incertidumbre, llegué a la escuela sólo para descubrir que lo sucedido con Scott Daniels estaba en boca de todos. Odiaba sentirme observado, como si una maldición hubiese caído sobre mi familia. Y quizás así había sido. Pronto los murmullos se volvieron tan numerosos como hirientes, de modo que tuve que refugiarme en el baño a la hora del almuerzo. ¿Cómo esperaban mis compañeros que explicase lo que yo apenas alcanzaba a comprender? ¿Acaso no veían lo mucho que luchaba por asimilarlo?

Esa misma tarde, en casa, Christine había dejado sobre la sala una gran cantidad de cajas de cartón esperando ser armadas, llenadas, cerradas y enviadas dos Provincias hacia el oeste. Aquello fue mucho más de lo que pude soportar. Subí las escaleras con un grito atorado en la garganta, esperando encerrarme en mi cuarto hasta que la pubertad hubiese pasado, deseando y sintiendo tantas cosas al mismo tiempo que ya ni siquiera lograba pensar con claridad.

Entonces escuché a Christine llorar en su propio cuarto, y me di cuenta que tenía razón: yo era un egocéntrico sin remedio. Estaba tan ocupado sintiéndome miserable que no me había dado cuenta lo mucho que todo aquello estaba afectando a mi madre.

De vuelta en el primer piso me dispuse a ordenar comida china. Cuando Christine pudo finalmente bajar las escaleras con la máscara de mujer invulnerable bien atada a su rostro, yo ya me encontraba terminando de armar las cajas.

CAPÍTULO TRES

La mañana en que por fin nos mudamos desperté sintiéndome bastante adolorido. Habíamos pasado la tarde anterior entera subiendo nuestras cosas a un pequeño remolque que Christine había rentado. Estaba tan cansado que tan pronto como hube subido a la camioneta, caí dormido y no volví a despertar sino hasta un par de horas más tarde cuando nos detuvimos en una cafetería de carretera.

Quisiera decir que me encontraba triste por no haber podido despedirme del que había sido mi hogar, mas nunca he sido bueno mintiendo. Yo sabía que pronto mi mente sepultaría aquellos pocos recuerdos agradables que me ataban a Saskatoon bajo una enorme ola de olvido, haciendo espacio para que nuevas y quizás mejores experiencias pudieran brotar.

El viaje hasta Edmonton, Alberta, nos tomó cerca de seis horas, tiempo en que no hice más que admirar monótonas planicies, señalamientos de tráfico y camiones de carga. Y aunque pudimos haber continuado sin problema alguno —apenas pasaban de las dos de la tarde— mamá dijo que necesitaba descansar en un cuarto de hotel con bañera. Era una mujer valiente, le admiraba por ello, pero tal parecía que la mudanza le había afectado más de lo que yo esperaba.

Al día siguiente cruzamos las Rocosas hasta un pueblito llamado Jasper, donde nos detuvimos en un hotel justo a un lado del camino a pasar la noche. El aroma de los pinos que entraba por la ventana del cuarto era tan delicioso como embriagante. El resto de la tarde Christine la pasó en videoconferencia hablando con su nueva jefa en el hospital de North Allen. Seguro, llegaríamos en un par de días. No, no habíamos tenido ningún inconveniente. Y sí, el holgazán en bóxers que comía frituras sobre la alfombra era su hijo...

Conforme nos acercamos a nuestro destino, mis nervios se acrecentaban. Pronto tendríamos una nueva vida, con una nueva rutina, una nueva escuela y un montón de nuevos problemas por delante. Y en cuanto al pueblo, ¿quién fue el idiota que decidió fundarlo en medio de la nada? El escenario ideal para una de esas películas de adolescentes en celo acosados por un asesino serial. ¿Cómo es que mis tíos pudieron mudarse siquiera a ese rincón del mundo?

Poco antes de llegar, Christine me explicó que mi tío Eric tenía un buen puesto en una compañía multinacional farmacéutica —¿o era una cadena de almacenes...?— que por alguna razón había hecho del pueblo su sede corporativa hacía unos cuantos años.

Pese a su propio nerviosismo, ella se mostraba confiada en que su memoria nos llevaría seguros hasta el departamento que habríamos de rentar a partir de entonces. ¿Qué tanto podía haber cambiado el pueblo desde nuestra última visita? Pero, en el momento en que pasamos el letrero de bienvenida en medio de una otoñal llovizna, se dio cuenta que sus recuerdos estaban obsoletos: North Allen había cambiado tanto que tuvimos que verificar con el GPS nuestra posición.

Altos edificios decorando las calles, restaurantes norteamericanos anunciando su nada sana pero deliciosa comida con luminosos letreros, incluso hermosos hoteles ofreciendo servicios como salones de spa o campos de golf a los visitantes. Al parecer la empresa de mi tío había traído una opulencia al pueblo y una prosperidad a sus habitantes como nunca imaginamos.

—Lisa nunca me dijo nada sobre esto —musitó Christine, contrariada—. Supongo que no quiso arruinarnos la sorpresa... la perra esa.

Estuvimos deambulando por el pueblo cerca de una hora, buscando entre tantos sitios tan nuevos como desconocidos aquellos que pudieran arrojar algo de luz sobre el misterio que era la nueva vida que estábamos por emprender. Por ahí estaba el hospital donde mi madre pasaría horas encerrada trabajando, mientras que aquella era la secundaria donde yo... donde... bueno, ya encontraría algo qué hacer en aquel recinto de tortura.

Nunca fui un alumno modelo. Tan pronto como mi trasero tocaba el asiento del pupitre mi mente se disparaba hacia lugares tan remotos que en ocasiones me era imposible alcanzarla. Mirando por la ventana construía universos, armaba aventuras y buscaba una infinidad de respuestas. Por desgracia, nunca eran las que los maestros deseaban escuchar.

Encontramos nuestro nuevo hogar hacia el final de una extensa pero angosta calle cerrada. Frondosos robles alzaban sus ramas al cielo hacia ambos lados del camino. El sonido de la lluvia golpeando sus hojas formaba una agradable melodía. La casa se encontraba hacia el fondo. Estaba construida bajo un estilo victoriano que me recordaba a las pinturas que siempre se muestran en los rompecabezas, y estaba a su vez rodeada de una verja de hierro que la hiedra hacía mucho que ya había comenzado a devorar. Con sus enormes ventanas diseñadas para captar la mayor cantidad de luz posible, sus techos inclinados que habían perdido una gran cantidad de tejas y aquellos escalones pintados de rojo que conducían al pórtico, me parecía un sitio bastante lúgubre pero al mismo tiempo acogedor.

Tan pronto como nos estacionamos frente a la casa, una señora joven envuelta en un abultado abrigo níveo salió a nuestro encuentro.

—Ustedes deben ser los Harper —nos dijo a modo de saludo—. Veo que no tuvieron problema en ubicar la casa.

—Parece sorprendida —le respondió Christine a nuestra casera, quien ahora nos sonreía con amabilidad. Su alborotado cabello pelirrojo caía sobre sus hombros como una cascada de fuego, mientras que su rostro estaba salpicado de copiosas pecas. Vaya que era bonita, y joven sin duda alguna; no obstante, aquella apariencia sofisticada y ese aire de autoridad que le envolvían como un aura le sumaban unos cuantos años a su imagen.

—Un poco —admitió ella mostrando una risita de complicidad, como si le hubiésemos pillado en medio de una travesura—. Por años hemos intentado que el Gobierno nos coloque unos cuantos letreros sobre el otro extremo de la calle que ayuden a nuestros potenciales inquilinos a encontrarnos con mayor facilidad; pero, como podrán haberse dado cuenta, no hemos tenido mucho éxito. En una ocasión colocamos sobre un poste una enorme placa de metal y una llamativa flecha, pero a la mañana siguiente había desaparecido, y en su lugar fuimos recompensados con una cuantiosa multa.

—Supongo que a esos amargados del Gobierno no les gusta que decoren sus caminos sin permiso.

—Ellos se lo pierden —expresó ella encogiéndose de hombros—. Era una placa bastante elegante. Por cierto, mi nombre es Susanna. Susanna Noel. Es un gusto conocerlos a ambos.

—El gusto es nuestro, señorita Noel.

—Entonces, usted debe ser Christine, y este pequeño debe ser...

—¡RORY! —dejé salir en un grito sin que pudiera contenerme, lo que vino a provocar un sobresalto en nuestra anfitriona. Tan pronto como hube cerrado la boca mi madre me dirigió una mirada que me dijo sin palabras que estaría en serios problemas; sin embargo, debo decir en mi defensa que nunca fue mi intención haber gritado, era sólo que estaba bastante nervioso como para poderme controlar.

—Mucho gusto, Rory —dijo ella volviendo a su sofisticada compostura—. Dime, ¿cómo te sientes de haber venido a este rincón del mundo?

—Mojado. Creo que quiero orinarme ahorita mismo.

Christine estaba a punto del desmayo. Para mi buena suerte, Susanna parecía tener el mismo humor sombrío de mi progenitora, por lo que no tardó en mostrarme su simpatía a través de una amable pero sincera risa.

—Al menos espera a que les muestre la casa para que empieces a marcar tu territorio —me pidió—. La entrada para inquilinos se encuentra un tanto retirada. ¿Qué les parece si les indico el camino mientras ustedes me siguen en su oruga de metal?

Susanna abrió para nosotros —aunque con algo de esfuerzo—

las enormes puertas de la oxidada verja. Un sendero empedrado que rodeaba la casa nos condujo hasta su parte posterior. Conforme avanzamos no pude evitar sentirme maravillado ante todo aquello que me rodeaba: enormes árboles como centinelas protegiendo la propiedad, un extenso jardín con un pequeño vivero descansando hacia el fondo, eso sin mencionar el bosque que yacía tras de la verja, el perfecto escenario para mis fantasías.

—Parece alguien agradable —comentó mi madre respecto a Susanna mientras detenía la camioneta—. Y en cuanto a esto... ¡Dios, es enorme! Cuando vi las fotografías nunca creí que fuese un sitio tan vasto.

De pronto sentí una profunda tristeza salir a flote desde el fondo de mi corazón.

—¿Podemos...? ¿Podemos costearlo... mamá? —quise saber con apenas un hilillo de voz. Ella me observó con preocupación —. Es decir... Ya bastante mal he hecho con provocarte tantos problemas con la familia Daniels. Lo que menos quiero es que tengas que matarte trabajando por mi culpa o endeudarte hasta el cuello o...

—Pensar en eso no te corresponde —me detuvo con un abrazo—. Dime, ¿en verdad crees que habría de llevarte de una Provincia a otra sin saber con exactitud hacia dónde nos dirigíamos?

—Parecías bastante confundida hace unos minutos.

—Sabes a lo que me refiero, sabihondo. Escucha, con sinceridad te digo que pasé mucho tiempo preguntándome por qué muchas cosas se nos presentaron del modo en que lo hicieron. Sin embargo, he decidido ya no remar contracorriente para dejarme llevar hacia donde la vida nos guíe. En cuanto al dinero, puede que tengamos que conformarnos con sopa de microondas mientras nos establecemos, pero está asegurado. Al parecer el hospital local tiene un desabasto de médicos. Y en cuanto a... *esto* —señaló hacia la casa—, Susanna me ha dado un buen precio. Ella también necesita el dinero, por lo que no tuvo reparos en aceptar a una madre soltera que sale con hombres casados y con su hijo adolescente en su hogar.

Pese al consuelo que me brindaban sus palabras, yo sentía que aún había mucho por lo cual disculparme.

—Lamento mucho todo lo sucedido. En serio. Es algo que me ha quitado el sueño.

—Por el desastre que dejaste la otra noche en el baño de la vieja casa estoy segura de ello.

—¿Están listos? —inquirió nuestra casera con entusiasmo. Yo no hice más que bajar la mirada. No deseaba moverme. No *podía* moverme. Quería llorar como el niño que en ocasiones olvidaba que aún era.

—Vamos —me dijo mi madre al tiempo que me tomaba de la mano—. Salgamos a enfrentar la vida.

De un salto le eché los brazos al cuello agradeciéndole en silencio por tantas cosas. Y, cuando estuve preparado, pude acompañarla fuera de la camioneta entre nerviosas exhalaciones.

—La puerta para inquilinos se encuentra de este lado —indicó nuestra anfitriona guiándonos hacia un pórtico que parecía a punto de colapsar. Frente a éste, sobre el jardín, descansaba un ancho arco de madera del cual colgaban antiguas lámparas de aceite multicolores como decoración—. Espero que hayan venido preparados con todo su guardarropa. Hemos tenido un clima bastante inusual durante las semanas pasadas. Lord Rothschild no ha dejado de quejarse desde entonces.

—¿Lord Rothschild? ¿Es el nombre del dueño? —quiso saber mi madre.

—Del gato —dijo Susanna señalando al animal que nos observaba con recelo desde el interior de una maceta vacía—. El dueño de la casa es mi padre, Jeremiah Noel. Él... tuvo un accidente hace unos años, por lo que ahora yo me encargo de administrar la casa, aunque como verán no he tenido mucho éxito.

—Haremos lo que podamos para traer nueva vida a este sitio.

—De eso no tengo duda, señora Harper.

—Si vas a empezar a llamarme "señora", entonces creo que

comenzamos con el pie izquierdo.

Ambas rieron con una confianza desconcertante. No era mi intención mostrarme tan paranoico, pero verlas volverse amigas en tan poco tiempo me provocaba una ansiedad inusual.

Tan pronto como la pelirroja abrió la puerta fuimos golpeados en el rostro de lleno por un pesado tufo. El aroma a encierro era tan denso que tuvimos que esperar un par de minutos antes de atrevernos a entrar. Ante nosotros yacían unas estrechas escaleras que conducían hacia el piso superior. A juzgar por el brillo de la madera tanto en los escalones como en la pared que desentonaba con el deterioro exterior, supe que aquel sendero había sido creado en años recientes, no obstante, tal parecía que Susanna había fallado en encontrar inquilinos que pudieran utilizarlo.

En el segundo piso encontramos un par de habitaciones un tanto pequeñas pero en apariencia cómodas a final de cuentas. Algunas paredes estaban desnudas, mientras que otras mostraban antiguos retratos en blanco y negro de personas que seguro hacía mucho tiempo se habían marchado. Del techo colgaban hermosos candiles que pronto se encendieron alejando las sombras hacia el olvido. Una cocina equipada con estufa aguardaba por nosotros, así como un baño, el cual tenía una vieja pero bastante cuidada bañera de patas como nunca antes había visto. No podía esperar a sumergirme en ella.

Las nuevas amigas tomaron asiento sobre uno de los polvorientos sillones de la estancia. Casi al instante fui enviado a desempacar una tetera, un juego de tazas y otros utensilios de entre una docena de cajas que descansaban dentro del remolque, para luego jugar al mesero sirviéndoles a las damas galletas y cafecito. Al verlas sentirse tan cómodas la una con la otra tuve la imperiosa necesidad de alejarme hacia la que sería mi nueva habitación. Un colchón desnudo, el closet vacío, tantas experiencias e infinitas posibilidades esperando a surgir dentro de aquellos muros...

Al acercarme hacia la ventana para mirar hacia toda esa inmensidad, de pronto me sentí solo como nunca antes había experimentado. No miento cuando digo que no extrañaba la ciudad o a aquellos pocos compañeros de escuela cuyos nombres tuve que memorizarme más por necesidad que por gusto, uno no puede llamar a alguien "Oye, tú" a diario y esperar que se muestren amables cuando quieres copiarles la tarea. La verdad es que siempre fui un chico un tanto solitario. Desde que fui presentado al mundo de las letras los únicos amigos que fui cultivando a través de los años eran aquellos que provenían de los libros, seres inmortales como los piratas de Robert L. Stevenson o el nefasto Holden Caulfield de J. D. Salinger, los Marginados de S. E. Hinton y los pequeños salvajes de *El señor de las moscas*. Y la verdad es que no lo hubiera querido de otro modo. La gente suele complicar demasiado las cosas, en especial las relaciones. Lo que empieza como algo simple de pronto requiere títulos, limitaciones, de reglas que crecen, se multiplican y se enraízan como la mala hierba. Grotesco. Yo prefiero el conocimiento que no abandona, la soledad que nunca decepciona. Nunca tuve que preocuparme de que alguien además de mi madre recordase mi cumpleaños o mi sabor favorito de pastel. Al menos... Al menos...

—¿Rory? Hijo, ve por servilletas al remolque. Ah, y no olvides traer esos panecillos tan ricos que compramos en el camino.

Suspiro.

Al menos... eso sentía hasta ese momento. Las cosas estaban cambiando en mi mundo, me di cuenta, de un modo mucho más profundo del que podía imaginar.

Susanna Noel se fue del apartamento al anochecer. Ella y mi madre estuvieron hablando de toda clase de temas, desde los retos de la jardinería hasta el bastardo del señor Daniels. Siempre creí que las mujeres limitaban sus temas de conversación a diseños de uñas postizas o a tonos de tintes para el cabello. La verdad, me di cuenta, es que Susanna, además de bonita, era tan inteligente como agradable. Mientras yo vaciaba el remolque subiendo y bajando una y otra vez las escaleras como burro de carga, entre oídas aprendí que ella era dueña de un centro de impresión de material publicitario. Ella misma era una apasionada diseñadora gráfica, su único talento confesó entre risas. Su taller estaba dentro de la misma casa. Y aunque las ventas eran "aceptables", el ingreso no era suficiente para mantener semejante propiedad ni mucho menos pagar los gastos médicos de su padre.

—Si lo ven sentado en el porche, no se molesten en saludarlo —nos dijo con cierto tono de resignación—. Los doctores dicen que su catatonia no tiene remedio, aunque eso no impide que requiera atención constante.

—Supongo que ha de ser duro mantener un trabajo y cuidarlo al mismo tiempo.

—Lo es, Christine. Admito que la idea de vender la casa ha pasado por mi cabeza, e incluso en un par de ocasiones quise enviarlo a un hogar donde pudieran atenderlo mejor que yo.

Qué dura podía resultar la vida para algunas personas, supe con tristeza. Susanna, viviendo en un hogar como de cuento, no obstante con las manos atadas, imposibilitada para sostenerlo.

Una vez reunidos bajo la tenue luz del pórtico, la pelirroja le entregó a mi madre dos juegos de llaves.

—Siéntanse cómodos de decorar como ustedes deseen. En cuanto a los recibos de los servicios, ya hablaremos de ello mañana. Si necesitan algo, no duden en pedirlo. Espero que pronto estén como en casa.

Las nuevas amigas se despidieron con la promesa de reunirse tan pronto como les fuese posible. Por mi parte, estaba exhausto, sin embargo me sentía contento de haber ayudado. Mientras subíamos las escaleras, Christine me hablaba de una infinidad de proyectos de remodelación que tenía en mente, mas yo ya no le estaba escuchando, mi mente se encontraba ya en un sitio lejano entre la razón y el sueño.

CAPÍTULO CUATRO

Esa noche tuve el mismo sueño que hube de contarle al buen Jacob Durham minutos antes de que mi casi hermanastro y sus dos amigos nos remodelaran las caras a golpes. Algo... *alguien* me llamaba. Su presencia, separada de la mía por una densa e impenetrable oscuridad, era capaz de proyectar su pensamiento más allá de sus mortales limitaciones. Hacia la tierra como una poderosa raíz, cavando, creciendo, extendiéndose hacia lo profundo para luego alzarse hacia las alturas como una furiosa ola, buscando, siempre buscando... Entonces, en el momento en que aquella presencia lograba posarse sobre los extensos prados de mi mente con la gracia de un ave, pude escucharle con una claridad que me hizo estremecer. Había conocimiento en su pensar, una sabiduría que sólo el tiempo mismo puede otorgar; sin embargo, ésta se veía entorpecida por la desesperación. Hubo un lamento como surgido del mismo Erebo, y en ese instante la conexión se vino abajo.

Desconcertado como estaba me fui reincorporando, intentando comprender en dónde me encontraba. Aún no había amanecido, y el cuarto, en total oscuridad, me parecía tan profundo como un abismo. El sonido de la alarma vino a romper el silencio, haciéndome saber que sólo contaba con unos cuantos minutos antes de salir de casa para enfrentar el día.

De acuerdo, hagamos esto, Harper. ¿Salir de cama? Listo. ¿Champú y acondicionador bajo la regadera? Listo. ¿Cantar frente al espejo del baño con la toalla en la cintura? Listo. Paso a paso fui llevando a cabo mi rutina, absorto en mi propio mundo como de costumbre. Estaba por meterme la tercera tarta de tostador sabor Triple Malteada de Chocolate —porque las de sabor Doble Malteada de Chocolate simplemente no son suficientes— a la boca en un intento por saciar mi hambre eterna, cuando de repente mi vista se clavó en el reloj digital del microondas.

—¡Maldición, es tardísimo!

Sin tiempo para lavarme los dientes, tomé mi mochila de mi habitación y me dispuse a salir de casa, mas no sin antes despedirme de Christine, quien se encontraba dormida en su cuarto.

Desde que tenía memoria, mi madre tomaba el turno nocturno en el hospital: de seis de la tarde a seis de la mañana, con ocasionales turnos de veinticuatro horas. Nuestras vidas se habían moldeado en base a este horario, así funcionaban las cosas en nuestro hogar. Cuál fue mi sorpresa al descubrir, hasta hacía unos cuantos meses, que Christine lo hacía porque padecía de un severo insomnio. Y aunque confieso que tenerla despierta para presionarme me hubiera ayudado a no llegar tarde a la escuela cada día de la semana, estaba tan acostumbrado a mi propio ritmo que no lo hubiera querido de otro modo.

Salí corriendo de casa con la mochila al hombro y las cintas de mis tenis desamarradas. Tan pronto hube llegado a la bocacalle, casi sin aliento, pude escuchar que mi transporte ya se acercaba. Las luces ámbar de los faros le daban la imponencia de una mitológica serpiente soltada de sus divinos amarres. Habiéndose detenido frente a mí, las puertas del autobús se abrieron con una exhalación que me puso los pelos de la nuca de punta. Sentada tras el volante unos cuantos escalones arriba, una corpulenta mujer me observaba con desprecio. Lo primero que hube de notar fue su cabello, el cual era tan corto como el de un chico, aunque teñido de un brillante tono plateado. Llevaba ella un vestido floreado bastante femenino que contrastaba con las enormes botas de motociclista que descansaban sobre los pedales. La amargura había endurecido sus facciones, algo que ni siquiera el abundante maquillaje podía disimular.

—Tres segundos, niño —me dijo en un tono autoritario—. Uno, dos...

Apenas pude reaccionar. Tan pronto como hube subido, las

puertas se cerraron de golpe. Caminando por el pasillo en busca de dónde sentarme —al parecer todos los lugares vacíos estaban "apartados" esa mañana—, la chofer hundió su pie sobre el acelerador, lo que me hizo salir volando por los aires. Las risas no se hicieron esperar, y aunque no quise darle mucha importancia, tenía la sospecha de que la mujer me observaba por el retrovisor con una malvada sonrisa.

Luego de haber encontrado un asiento libre, dejé escapar un suspiro. Aquella iba a ser una larga mañana.

—No dejes que te afecte —me susurró un chico sentado a mis espaldas—. Helga Wilken es una abusadora.

—Supongo que es su forma de darme la bienvenida —le respondí sin poderle mirar a la cara. Estaba tan avergonzado que lo único que deseaba era hacerme un ovillo hasta desaparecer.

—Oh, no. Esto no tiene nada que ver con que seas nuevo —aclaró—. Si se lo permites, lo seguirá haciendo hasta que te gradúes o hasta que decidas arrojarte del Puente Negro como ese chico el invierno antepasado.

No supe si agradecerle el consejo o encogerme de nervios.

—Linus Saint-Pierre —se presentó en voz baja—. Tú debes ser el chico que viene desde Saskatchewan.

—Rory Harper —respondí con un asentimiento—. Veo que los rumores corren rápido aquí. Por cierto, ¿por qué estamos susurrando? Apenas puedo escucharte con tanto—

—¡Oye! ¡Te hablo a ti, nuevo! —gritó un chico sentado unas cuantas bancas delante de nosotros—. ¿Llevas dos minutos aquí y ya estás buscando novio, marica?

—Por eso —musitó—. A ese también trata de ignorarlo. Es Trevor, otro idiota más. Es el peor. Pero —gracias a una cruel, cruel broma del destino—, está en el equipo de natación, así que es intocable.

Natación, como mi primo David. Quizás, cuando le encontrase, él me pudiese aconsejar sobre cómo lidiar con sus amigos antes de que terminase pasando mis tardes en el sillón de un loquero.

—No esperaba una bienvenida con globos ni mucho menos

—pude decirle haciendo un esfuerzo sobrehumano por no escuchar el sonido de besos a nuestro alrededor o las carcajadas que calaban como navajas sobre la piel—. Además, no es la primera vez que me toca lidiar con abusadores.

—Es bueno escucharlo, porque vas a tener que hacerlo bastante de ahora en adelante.

Una funesta premonición sin duda alguna.

Para cuando pude reunir el valor suficiente para observarle sobre mi hombro, los muchachos comenzaron a ponerse de pie. En medio de los insultos que Helga Wilken vociferaba, el autobús se detuvo sobre el estacionamiento en el lado este de la escuela con un severo frenazo que puso a rechinar las llantas y mandó a varios desprevenidos al suelo, aunque, a juzgar por las risas colectivas, era una especie de juego que todos estaban esperando. Linus, a diferencia de todos, permanecía en su sitio, con su mirada perdida en algún punto más allá de la ventana, ajeno a todo aquello que le rodeaba. Lo primero que hube de notar sobre su persona fue la perforación en su labio inferior, seguido del arete expansor en su oreja izquierda. Playera holgada, jeans entubados, sus piernas como palillos a punto de resquebrajarse. Un largo gorro cubría la mayor parte de su cabeza, lo que le daba la apariencia de un duendecillo, mientras que las innumerables capas de su cabello como las castañas alcanzaban a ocultar las prominentes ojeras que deformaban la belleza de su aún infantil rostro.

¿En qué pensaba Linus? Algo me decía que no tenía que ver nada con la escuela. Y esas ropas, ¿qué significaban? ¿Formaban parte de un acto de rebeldía o era la astuta forma que el chico había ideado para mezclarse con el resto? Antes de que yo pudiera agradecerle sus palabras, estuvo fuera del autobús dispuesto a marcharse, mas no sin antes haberme dirigido una mirada llena de preocupación.

CAPÍTULO CINCO

—¡*Bienvenu, mon petit*, a la secundaria Alfred G. Wright! — exclamó la secretaria tan pronto me hube reportado a la oficina de los consejeros escolares para mi inducción—. Dime, ¿estás emocionado de estar aquí?

—No en realidad.

—¿Trajiste el horario que te enviamos por correo?

—No en realidad.

—¿Trajiste la lista de libros que te enviamos por correo?

—No en realidad.

—Veamos… Extra-chico de cintura, ¿cierto? No me lo digas, *petit*. Tengo buen ojo para estas cosas.

—No en… Espere. ¿Qué cosa?

—*Alors*… Aquí tienes tu horario, un mapa de la escuela, el número y la combinación de tu casillero. Un consejo: los jueves sirven pollo en la cafetería, pero no te lo recomiendo. La semana pasada mandamos a dos chicos al hospital a que les lavaran el estómago. Le he dicho a la cocinera que no ande trayendo sus problemas al trabajo, pero en fin, un divorcio es un divorcio. ¡Siguiente!

Un portazo más tarde me encontré en uno de tantos pasillos tratando de descifrar lo que la secretaria me dijo. Quise devolverme a preguntar pero se hacía tarde y aún tenía mucho *bullying* por delante.

La primera hora de clase fue Física, impartida por el insufrible profesor Maillard, quien gustaba de humillar a los chicos y de desnudar a las chicas con la mirada. La segunda hora le pertenecía a la maestra Sullivan, cuya forma de limpiar el pizarrón con la espalda cuando explicaba Biología hacía imposible que uno pudiese concentrarse. Siguientes dos clases:

Arte, con la señorita May, cuyo mal intencionado escote y vestido de espalda descubierta parecían invitar al estupro; y por último, Ética con el profesor Alvarez. Desde que le habían pillado saliendo del baño de maestros con la nariz empolvada, me contaron, sus sermones sobre moral perdieron toda credibilidad.

Tales eran mis maestros, seres imperfectos intentando enseñar a otros seres imperfectos sobre cómo perpetuar su propia imperfección.

Cuando eres niño aprendes a tener fe en los adultos, a creer en la autoridad que emana de ellos. No obstante, poco antes de cumplir los trece años, me di cuenta que aquellos seres omniscientes que yo admiraba no eran más que eso: personas. La verdad es que la mayoría de los adultos camina a ciegas por el mundo como reses al matadero, y que conste que lo digo en el mejor de los sentidos. Amo a las reses tanto como cualquier otro chico, en especial con un cuadrito de queso encima y acompañadas de papas fritas.

Linus, el chico pensativo de las perforaciones, no estaba en mi grupo como supuse, lo cual admito me decepcionó un poco. Y aunque le estuve buscando entre la marea de gente que se aglomeraba en los pasillos entre clase y clase, no estaba por ninguna parte. En cuanto al resto de mis compañeros, no eran del tipo comunicativo ni mucho menos amistoso. Por suerte sólo tendría que lidiar con ellos un par de meses antes de las vacaciones de invierno.

En la cafetería, durante la hora del receso, Trevor y su pandilla me estuvieron gritando nombres desde su mesa, pero nada que mis audífonos no pudieran acallar. Pese a la ansiedad de salir corriendo que crecía en mi interior, sabía que aún quedaban tres clases por enfrentar.

Casi al final de la penúltima hora, Historia, un corpulento hombre de cabellos dorados hizo su entrada. Enseguida mis compañeros rompieron en vítores, lo que me hizo dar un sobresalto. Los hombres gruñían al tiempo que golpeaban sus pechos como gorilas, mientras que las chicas suspiraban y cuchicheaban entre sí. ¿Apuesto? Supongo que lo era. Ojos azules, alto como el marco de la puerta...

—Te he pedido en numerosas ocasiones que no vengas a interrumpir mis clases de ese modo, Jurian.

—Yo no hago nada, Vanhagen. ¡Ellos me adoran! —dijo el hombre observando con orgullo a su público—. Además, un poco de entrenamiento no se compara con aburrirse hasta la muerte escuchando tus tonterías.

La clase entera salió del salón como una horda, siguiendo al hombre guapo a través de los pasillos. Estoy seguro que si hubieran podido, le hubieran cargado en brazos como una estrella de rock.

No tuve más remedio que seguir a mis compañeros. Al darme cuenta que el tal Jurian nos había guiado hacia la piscina, me paralicé por completo. El eco a mi alrededor, el enervante olor a cloro sofocando el ambiente, todo esto no hacía más que provocarme un temor tan primitivo que me hizo querer vomitar.

Como hijo único nunca fui bueno compartiendo, en especial mi privacidad. Tomar una ducha desnudo enfrente de otros veinte chicos saturados de hormonas no era algo a lo que estaba acostumbrado. Mientras algunos presumían su vello púbico, otros se golpeaban los unos a los otros con toallas, riendo, gritando, bufando, e incluso cantando un himno que, por supuesto, yo desconocía, y que más tarde me vine a enterar era el canto de guerra de la secundaria.

Y en cuanto a los vestidores, ¿qué clase de enfermo se había encargado de la decoración? Banderines rojos colgando del techo, casilleros pintados de rojo, incluso una toalla y un nuevo traje de baño tipo bikini esperando por mí en el interior de los mismos de —vaya condenada sorpresa— otro tono de rojo. Ahora entendía por qué la secretaria me había pedido mi talla de cintura...

La clase fue un desastre. Trevor me dio una patada en la cara "por accidente" durante uno de los ejercicios que me hizo sangrar la nariz. Jurian, quien resultó ser el profesor de Educación Física, me regañó por no tener más cuidado. Luego de una tortuosa hora, me vi obligado a saltar del trampolín como el resto de los chicos para demostrar mi hombría, aunque más que un elegante clavado, mi caída hacia el agua tuvo la gracia de un costal de papas en caída libre.

La campana final. Tan pronto como tomase un nuevo baño y pudiese cambiarme, sería libre de marcharme a casa.

En los vestidores, los chicos estuvieron bastante callados, para luego desaparecer en cuestión de minutos. Supongo que al igual que yo querían largarse de ese infierno tan pronto como pudiesen. Yo aún me encontraba con la toalla alrededor de mi cintura cuando un fuerte ruido me hizo estremecer. Al asomarme hacia el pasillo no pude ver nada que no fuese el denso vapor sosteniéndose en el aire inmóvil. Al darme la media vuelta me di cuenta que mi ropa, la cual había dejado sobre la banca de madera frente a mi casillero, ya no estaba. En su lugar, un chico con una bizarra máscara de payaso se limaba las uñas con serenidad.

Me paralicé al instante. Yo sabía que aquel frente a mí no era más que un ser humano como yo. Pero la imagen de aquel rostro maligno de amplia sonrisa y dientes afilados despertaba oscuras emociones en mí.

El payaso se puso en pie, despacio, observándome, la lima cayendo al suelo provocando un ligero tintinear. Fui retrocediendo de espaldas, sin despegarle la vista de encima. Entonces, por el rabillo del ojo pude ver que a mi derecha, justo frente a las puertas que conducían hacia la salida, un segundo chico había aparecido. Callado, paciente, su rostro oculto bajo la máscara de un aterrador conejo con sombrero de copa. Luego, a mi izquierda, uno más, un Santa Claus con la cara carcomida cual zombi, mirándome con los ojos muertos como salido de una perversa pesadilla.

Dios mío. Esto no puede ser real. Esto no puede estarme sucediendo, no ahora, no en mi primer día.

Tan pronto como pude echar a correr, ellos me dieron caza como a una rata. Yo estaba tan asustado que me pareció sentir que aquellas máscaras les habían dado los dones de los mismos demonios. Ellos me acorralaron justo ante la salida de emergencia. Entonces, cuando estaba a punto de gritar, fui expulsado hacia el exterior de golpe, sintiendo al instante cómo mis pulmones se llenaban de aire fresco. Con la puerta cerrándose a mis espaldas, me encontré desnudo ante aquel que ya aguardaba por mí.

CAPÍTULO SEIS

—Mal día, ¿cierto?

Yo no supe qué responder. Ni siquiera estaba seguro de poder hacerlo. La luz natural me había deslumbrado por unos segundos, sin mencionar el frío que ya comenzaba a anidar en cada uno de mis miembros. La consciencia de mi propia vulnerabilidad me impedía moverme. Quería encogerme, echarme a llorar, mas el miedo a empeorar la situación —si tal cosa era posible— no me dejaba pensar con claridad. Linus Saint-Pierre debió haberlo notado, extendiendo su mano con preocupación para ayudarme.

—Ven conmigo —susurró—. Será mejor que nos apresuremos. No deben tardar en llegar.

¿Qué estaba sucediendo? ¿Era todo eso real? Su contacto, la forma que tenía de mirarme... ¿Acaso formaba todo parte de un solo sueño?

Cuando un coro de risas hubo de alzarse en la distancia, acercándose cada vez más hacia donde nos encontrábamos, el chico se apresuró a abrir la mochila que llevaba al hombro. Aún con mis sentidos adormecidos, le vi envolverme en una enorme toalla con la diligencia de un padre.

—Tranquilo, niño —me dijo aunque con cierta timidez—. No tienes nada que yo no haya visto, al menos no en un tono tan pálido.

Con las voces a la vuelta de la esquina, me condujo a paso presuroso hacia una colina justo en el límite del bosque. Conforme nos alejamos pude ver sobre mi hombro que Trevor, seguido de un numeroso grupo, llegaba corriendo con su celular en la mano justo al lugar donde hacía unos segundos yo había estado. De su cinturón colgaba la infame máscara de payaso.

—Ya puedes dejar de preocuparte. Ellos no conocen estos senderos —me aseguró Linus.

Tras un silencio agotador, hube de romper en llanto. Todo ese miedo acumulado, toda esa impotencia atorada en mi pecho... Quería gritar, quería deshacerme a mí mismo a jirones, encontrarle respuestas a tantas cosas que al final lo único que pude hacer fue recargarme sobre un tronco para irme deslizando hacia el suelo sintiéndome pequeño, tan pequeño...

—¿C-Cómo...?

—Tuve una corazonada —respondió Linus, mas luego de un profundo suspiro, estuvo dispuesto a aclarar—. No eres la primera víctima de ellos, ¿sabes? Cuando me lo hicieron a mí hace un par de años usaron pantimedias en la cabeza. Me da gusto saber que al menos le pusieron algo de imaginación en esta ocasión.

Quise reírme mas no pude hacerlo. Tenía frío y había comenzado a temblar.

—Casi somos de la misma talla —murmuraba para sí mismo mientras sacaba un cambio completo de ropa de su mochila incluyendo los tenis—. Aunque creo que el look de patinador no es tu estilo.

Capa tras capa Linus me fue ayudando a vestirme. Su serenidad era imperturbable, tanto que tuve la sospecha que no era la primera vez que ayudaba a otro con esa tarea.

—Mis cosas... Y-Yo...

—Estarán en tu casillero de los vestidores mañana por la mañana. Trevor es un abusador, pero es bastante listo. Si acaso le cuentas a uno de los Consejeros, será su palabra contra la tuya. Buscarán en tu casillero, y al ver tus ropas dentro dirán que quizás estuviste delirando un poco. Eres nuevo en el pueblo, no estás acostumbrado a esta altura. Además, el profesor Jurian jamás permitiría que uno de sus muchachos fuera suspendido.

"Su palabra contra la tuya." Justo como había sucedido con Scott Daniels Hijo... ¿Qué cosa estaba sucediendo con el mundo? ¿Acaso estas situaciones, amargas como eran, era lo que los adultos llamaban "el mundo real"?

—Y-Yo no le hice nada… —sollozaba como un niño.

—La gente no necesita motivos para lastimar a otros —me hizo saber—. Si de algo puedes estar seguro en esta vida es que tarde o temprano ésta va a herirte tanto si lo mereces o no.

Cuando hubo terminado de ayudarme a vestirme, al verlo supe que había encontrado un amigo, el primero desde que tenía memoria. Quise decirle algo, hacerle saber lo mucho que le debía, mas cuando quise hacerlo, Linus se dio la media vuelta dispuesto a emprender el camino.

—Ven. Quiero mostrarte algo.

Todo chico que se dé a respetar debe tener un escondite secreto, un lugar que le permita explorar las fronteras de su propia imaginación sin temor a ser juzgado por el mundo exterior. Tom y Huck tenían una isla, Bart tenía una casa del árbol, y Linus tenía el *Santuario*, una vasta extensión de bosque ubicado a unos doscientos metros de la escuela, delimitado a su vez por una antigua y oxidada verja de metal. Las copas de los árboles parecían entrelazarse entre sí formando un hermoso techo abovedado, una catedral en honor a la naturaleza misma. La luz que se filtraba a través de las hojas caía sobre nosotros como una cálida llovizna. Sobre una empinada colina descansaba un sauce llorón cuyas ramas se mecían en un suave vaivén.

En verdad era un sitio hermoso. Sin embargo, tan pronto como hube de contemplar con detenimiento la escena completa, sentí una repulsión como nunca antes había experimentado: del suelo sobresalían una cantidad numerosa de miembros artificiales. Algunos, como brazos o piernas, se encontraban clavados a medias como estacas, mientras que otros un tanto más pequeños, como las manos o los pies, parecían brotar de la tierra misma como salidos del inframundo. Por ahí un torso aprisionado entre gruesas raíces, un rostro mirando al cielo como clamando justicia…

Y aunque mi primer instinto fue echar a correr, la serenidad de Linus me invitaba a quedarme, a apreciar la belleza en el caos. El chico tomó asiento bajo al sauce junto al cuerpo de un maniquí al que un tipo listo había escrito sobre su frente "Johnny ♥ Donna. Verano del 69" con tinta indeleble.

—En los sesenta —comenzó a narrar—, una compañía de teatro local tenía por tradición desmembrar un maniquí, para luego hundir las piezas en la tierra en un ritual que tenía lugar al menos dos veces al año. Unos veinte años más tarde, cuando el Gobierno compró el terreno para convertirlo en lo que sería nuestra escuela, decidió cercar el sitio a fin de preservar aquellos vestigios de una era mucho más simple.

Me senté a su lado, notando cómo poco a poco el chico se deslizaba hacia su silencio. Callado como me encontraba, hube de pensar en tantas cosas y en nada al mismo tiempo, sintiéndome tranquilo por primera vez, quizás, en años.

—¿Es éste tu escondite? —inquirí tras largos minutos.

Él asintió.

—Me gusta venir de vez en cuando al terminar la escuela, en especial cuando hace buen tiempo. Aunque casi siempre termino haciendo la tarea para entretenerme, en ocasiones me gusta escuchar música o sólo… gritar —me confesó con un ligero rubor en sus mejillas—. A veces lo único que quiero es poder escapar. No me importa si los demás piensan que estoy loco o si incluso yo llego a creerlo cuando me sorprendo a mí mismo hablando con los maniquíes. Si no me hubiera tropezado con este lugar hace tiempo, quién sabe dónde estaría ahora.

¿Cómo responder a eso? ¿Cómo continuar una conversación con tantos sentimientos de por medio?

—Gracias… por haberme rescatado —al fin pude decirle tras mucho meditar—. ¿Qué crees que hubieran hecho si me hubieran encontrado?

—Tomarte video. Reírse a tus expensas. Humillarte a fin de cuentas —respondió con honestidad.

—¿Cómo fue que lo superaste?

—¿Quién dice que lo he superado, niño?

Ahí estaba de nuevo: *niño*. Justo como Christine solía llamarme.

—No quiero volver mañana. Toda esta maldita experiencia, la

mudanza, la nueva escuela... ha sido demasiado.

—*Tienes* que hacerlo. Helga Wilken es una perra pero una que no muerde. Y en cuanto a Trevor... Bueno, tarde o temprano todos tenemos nuestro merecido. Así que espero verte mañana en la parada del autobús o me sentiré bastante decepcionado — me dijo más como un hermano mayor que como un amigo. Por supuesto, yo no estaba dispuesto a fallarle, no obstante tampoco confiaba mucho en mi capacidad para cumplir promesas. Lo único que pude hacer fue sonreírle, esperando que cuando la alarma del despertador sonase a la mañana siguiente, yo pudiese reunir la voluntad suficiente como para levantarme—. Toma. Creo que esto puede ayudarte —me dijo cediéndome un CD que había sacado de su mochila. ¿Acaso esa cosa no tenía fondo...? —. Instala el programa. Te estaré esperando en la Taberna Cinco Colas.

Linus se fue caminando colina abajo hasta que sus pasos ya no se escucharon sobre la hojarasca. Quise seguirle hacia donde quiera que se estuviese marchando, mas se estaba haciendo tarde para emprender mi propio camino a casa. El viaje me tomaría una media hora, pero estaba bien. Me daba tiempo suficiente para inventar una excusa sobre el porqué estaba usando la ropa de otro chico.

CAPÍTULO SIETE

Al llegar a casa decidí tomar el baño más largo en la historia de los baños largos en la nueva bañera de patas. Tras una hora de permanecer bajo el agua me di cuenta de que no podía moverme aunque lo deseara. No había magia alguna ni mucho menos alguna especie de control mental en ello como en las historias de miedo, no. Aquella parálisis provenía de una profunda impotencia que no lograba sacudirme de encima, de una vergüenza que parecía haberse enraizado en mi alma como una mala hierba.

¿Cómo continuar después de eso? ¿Qué tantas cosas murmurarían de mí a la mañana siguiente? Los insultos, la persecución en los vestidores... Era mucho más de lo que hubiera esperado.

Sin embargo... no estuve solo, me di cuenta. Linus, aquel chico con el gorro como duende, había estado ahí no sólo para ayudarme, sino para ofrecerme su sincera amistad. Quería desconfiar de su persona, pero algo en mi interior me dijo que tal vez era tiempo de soltarme de aquella soledad a la cual me había aferrado durante tanto tiempo. Y con un extraño pero reconfortante calor naciendo en mi pecho, pude levantarme para continuar con mi vida.

Con la piyama puesta, y tras una insípida comida de microondas, pasé la siguiente hora lavando la ropa de Linus en el lavamanos del baño, para luego colgarla sobre el cortinero de la bañera. Luego, habiendo recordado su peculiar obsequio y su aún más peculiar petición, me sentí contento de no tener que esperar a la mañana siguiente para agradecerle. Sentado junto a la mesa de la cocina con la laptop de mi madre, estaba listo para sumergirme en lo que fuera que Linus me tuviera preparado.

El disco era una copia *pirata* con el nombre del programa escrito con marcador permanente sobre la cubierta.

EL OCASO DE ÉRATO

Durante los veinte minutos que tomó la instalación, tuve tiempo de investigar un poco en Internet acerca de lo que me esperaba. *Érato* era un videojuego en línea en el cual uno asumía el control de un personaje arquetipo como un soldado o un mago, y que tomaba lugar en un reino ficticio virtual que no hacía sino crecer y crecer con el paso de los años. El juego, descubrí, era tan popular que había creado toda una industria de productos, desde una serie de novelas destinadas a enriquecer su ya vasta historia, así como juguetes e incluso una docena de películas animadas. Y aunque al principio todo aquello me resultaba bastante aburrido, decidí darle una oportunidad. Era lo menos que podía hacer por Linus, mi nuevo amigo.

PANTALLA DE PERSONALIZACIÓN

—Espero que esto sea sencillo —dije con un suspiro.

Elige tu nombre.

Demonios. Veamos...

Lo sentimos, Rory Harper *no es aceptable. Por tu seguridad, ingresa un nombre ficticio.*

Condenados sistemas inteligentes. ¿Cuándo los videojuegos se volvieron tan complicados? Entonces...

Bienvenido, Helio.

Ese era yo: noble, ligero y gaseoso, en especial durante las noches de frijoles.

Una hora. Una *maldita* hora estuve pegado a la pantalla personalizando cuanto detalle se les pudo haber ocurrido a esos bastardos de los programadores, desde la raza de mi personaje —Humano, Enano, Troll...—, detalles físicos como el color del cabello o de los ojos, hasta su oficio, de entre los cuales había treintaicuatro a escoger con cuatro clases menores para cada uno de estos. Demasiadas opciones para mi gusto. En la época de

Christine había un plomero rojo y otro verde, y la gente parecía satisfecha.

Tras mucho pensarlo me convertí en una especie de príncipe guerrero que, aunque impresionante en un futuro, debía conformarse con andar por ahí en ropa interior, al menos hasta que tuviese el dinero y la experiencia suficiente como para poder vestir una armadura.

Siguiente pantalla.

HISTORIA

De lo poco que pude entender—mi atención comenzó a disiparse entre el primer y el segundo párrafo—fue que dos bandos competían y peleaban entre sí por encontrar un reino llamado Melpómene, del cual se decía brindaría una suprema ventaja a quien pudiese controlarlo. El juego comenzaba en una ciudad a simple vista devastada por el fuego de la guerra llamada Níobe, cuyos habitantes habían sido masacrados durante el último gran enfrentamiento entre los bandos rivales. Este primer nivel servía como punto de reunión para todos aquellos jugadores nuevos e inexpertos como yo. Tras mucho deambular hube de llegar hasta el sótano de una catedral en ruinas, remodelado para convertirse en la famosa Taberna Cinco Colas.

Faunos, doncellas, guerreros armados con enormes piezas de batalla, incluso animales antropomorfos con detalles sexuales bastante acentuados para mi gusto, todos ellos convivían, conversaban e intercambiaban cosas como en una verdadera comunidad. Pasados unos cuantos minutos, un muchacho vestido con una enorme capa se acercó a mí. Una máscara de estilo veneciano flotaba a varios centímetros de su rostro dándole un aspecto siniestro.

—Llegas tarde —me dijo la suave pero oscura voz de Linus a través de las bocinas de la computadora.

—¿Cómo me reconociste?

—Paso mucho tiempo aquí —aclaró un tanto avergonzado—. Conozco casi a todos los usuarios. Por cierto, en este mundo mi nombre es Cadmus el Hechicero.

—¿No sería más sencillo que nos dejasen mostrar nuestros nombres reales?

—Supongo que lo hacen como una medida de seguridad. Al parecer hubo reportes de supuestos secuestros y una que otra desaparición.

—Eso suena espantoso. ¿Cosas como esas suceden en verdad?

—Bastante. La gente interactúa en línea, decide encontrarse en el MR—eso significa mundo real, chico listo—y en ocasiones se llevan una desagradable sorpresa. Es una pena, aunque, si me lo preguntas, cualquiera lo suficientemente tonto como para dejarse llevar por las promesas de un desconocido merece su destino.

—¿Qué me dices de aquellos quienes han tenido suerte? Debe haber una gran cantidad de parejas en el mundo que se han conocido gracias a *Érato*.

—Eres un romántico, Helio —dijo entre risas—. Siento escalofríos de sólo pensar que allá afuera pueda haber tarados que se enamoren, se casen y con el tiempo se reproduzcan gracias a un videojuego.

—Imagino que esas parejas resultan ser padres geniales, del tipo que no te obliga a comerte los vegetales.

—Tengo la sospecha que cuando las personas se convierten en padres van a un lugar especial donde les sacan toda la diversión con una manguera de cierto orificio corporal. Además —agregó tras una breve pausa—, se te olvida que para reproducirse primero debieron haber tenido sexo, quizás mientras vestían disfraces de magos o máscaras de ogros.

—Tienes demasiada imaginación.

—Gracias, Helio. Anda, vamos a jugar.

Linus y… es decir, *Cadmus* y yo—Dios, esto me estaba costando trabajo—pasamos las siguientes dos horas vagando por las calles de Níobe. Con paciencia el chico me fue enseñando las cosas básicas del juego, desde cómo enfrentarse a monstruos para obtener dinero, hasta cómo emprender misiones, las cuales eran necesarias para avanzar entre niveles al mismo tiempo que fortalecían a tu personaje. Aunque mi compañero no hablaba mucho, entre vagos comentarios me hizo saber que al igual que yo tenía quince años, que iba en su último año de preparatoria gracias a su inusual intelecto, y que su hermano Alexander, de diecisiete, recién había sido enviado a una escuela militar. Por mi parte me limité a escucharlo, sintiendo por primera vez cómo una extraña conexión comenzaba a unirme a su persona.

—Tengo que irme para cenar—me confió cerca de las once de la noche—. ¿Nos vemos mañana?

—Claro —le dije—. Y... sobre lo sucedido afuera de los vestidores...

—Ni lo menciones. Algún día ese chico Trevor tendrá su merecido —auguró—. Descansa, Helio.

—Descansa, Cadmus.

Tan pronto se hubo desconectado, sentí cómo un extraño vacío comenzaba a surgir en mi interior. Sabiendo que no podía tratarse de hambre, una sensación con la cual estaba bastante familiarizado, ¿qué podía entonces significar?

CAPÍTULO OCHO

Antes de irme a la cama, decidí que comenzaría mi mañana siguiente temprano. Horas luego, estuve en pie antes de que el despertador sonase. Tomé un rápido baño, y me vestí sintiéndome contento como no lo había estado en mucho tiempo. Los recuerdos del día anterior aún merodeaban en mi memoria; no obstante, ya no me atemorizaban. Ahora tenía un amigo a mi lado para brindarme todo el valor que necesitaba.

Afuera el cielo retumbaba, mientras que la ligera llovizna que me había arrullado durante la madrugada amenazaba con convertirse en un temporal. Con una nueva mochila al hombro —más tarde recogería la primera de los vestidores, donde Linus dijo que se encontraría— y nada más que el gorro de mi chaqueta para cubrirme, salí corriendo del apartamento. Estaba por atravesar las enormes puertas de metal que protegían la propiedad, cuando en eso escuché un fuerte golpe hacia el interior de la casa que me hizo detenerme en seco. Titubeante, me hube de acercar hacia una de las ventanas de la sala. El corazón me dio un vuelco al ver que sobre el suelo, un anciano señor yacía inerte. A su lado, una silla de ruedas volcada. Al instante supe que aquel no era otro sino Jeremiah Noel, el padre de Susanna.

Sin perder más tiempo corrí hasta la puerta principal, donde comprobé con gusto que el seguro no estaba puesto. Bendita confianza pueblerina, pensé. Al acercarme al señor noté que éste tenía la vista perdida en algún punto de la distancia, mientras que un charco de baba se había formado del lado donde su rostro tocaba el suelo de madera. Su cuerpo entero emanaba un penetrante aroma a suciedad, lo cual me hizo sentir una profunda compasión.

Las dificultades económicas de Susanna me habían quedado claras aquella primera tarde en el apartamento, sin embargo, nunca imaginé que se viera obligada a dejar solo al señor de vez en cuando. Su auto no estaba, me percaté. ¿En dónde estaría ella? Quise molestarme, mas no había tiempo para ello. En vano, intenté colocarlo de nueva cuenta en su silla, pero incluso en su estado maltrecho el viejito parecía pesar tres veces mi persona. Derrotado, no tuve remedio más que de colocarlo como un muñequito con su espalda pegada a la pared junto a la chimenea, para luego sentarme a su lado casi sin aliento.

Aquella situación me provocaba temor, lo admito. Nunca conocí a mis abuelos, ricachones presumidos que abandonaron a mi madre cuando estando en su primer año de carrera les dijo que yo estaba en camino, por lo cual mi experiencia conviviendo con gente mayor era casi nula, y ni qué decir de alguien enfermo. Catatonia, así es como Susanna había llamado a su estado. Y aunque por mi parte ignoraba su significado o todo aquello que implicaba, me era claro que el señor se encontraba en una especie de estupor perpetuo del cual no había escapatoria.

Silencio entre nosotros. Nada que no fuera el canto de la lluvia en el exterior.

¿Acaso era el señor Noel consciente de mi presencia? ¿Lo era acaso sobre su propia condición? Esperaba por su propio bien que no lo fuera en ninguno de los casos. ¿Existía algo más horripilante que permanecer recluido dentro de los pasillos de nuestra propia psique?

Los minutos pasaban con lentitud. Tenía frío, pero era un niño grande. Podía soportarlo. Por desgracia, no podía decir lo mismo sobre el hedor que emanaba de mi compañero. El aroma a humedad que permeaba el ambiente no era capaz de disimularlo. Hice un esfuerzo por sobreponerme, no podía permitir que algo así me impidiese cuidarle. Con diligencia levanté su silla del suelo, para luego colocarle al señor sobre las piernas una pequeña pero gruesa frazada que al parecer había estado usando como cojín.

Al observarlo de cerca no pude evitar imaginar cómo debió

haber sido durante su juventud. Ojos azules, algunos cabellos castaños aún aferrándose a su cráneo, una gran estatura... Sí, podía verlo: todo un caballero, un hombre exitoso, lo suficiente para construir aquel monumental refugio. ¿Qué desgracia había caído sobre su persona? ¿Qué inesperado giro del destino le llevó a quedar postrado sobre una silla, inerte como una marioneta a la que le han cortado los hilos?

Dios mío, ¿qué sucedería con la escuela? No podía simplemente abandonarlo, si algo llegase a sucederle nunca me lo perdonaría. Justo estaba por llevarme las manos al rostro, intentando contener mi propia desesperación, cuando de pronto noté que una figura me observaba con curiosidad bajo el marco de la puerta.

En ese momento sentí como si hubiese caído en un sueño.

Una chica. No, no una chica cualquiera, sino una de las más bellas que hubiese visto hasta entonces. Su piel nívea, cabellos rubios que caían sobre sus hombros como una cascada dorada, mientras que sus ojos parecían emitir cierto fulgor plateado. Sus ropas, hube de notar con asombro, parecían sacadas de otra época: llevaba ella un vestido negro—corsé incluido—de corte gótico-victoriano. Sobre sus hombros colgaba una enorme capa escarlata que alcanzaba a rozar el suelo. El gorro sobre su cabeza enmarcaba sus facciones dándole un aspecto hermoso pero un tanto siniestro al mismo tiempo, era como si Caperucita Roja se hubiese desviado del sendero que llevaba a casa de la abuela para caer directo en un aquelarre.

—Lo siento mucho —me dijo ella con timidez—. Lamento molestarte. Dime, ¿necesitas algo de ayuda?

Yo no supe qué responderle. ¡Demonios, ni siquiera recordaba cómo articular palabra alguna! Sentía como si mi cuerpo entero me hubiese dejado de pertenecer. Quería salir corriendo; pero, haciendo acopio de toda mi voluntad, pude mover la cabeza un par de veces hasta formar un asentimiento.

La muchacha hizo su entrada de un modo casi etéreo, como si sus pies apenas rozasen el suelo de madera, para dirigirse directo hasta donde se encontraba el señor Noel. Juntos logramos levantarlo para colocarle de nueva cuenta en su silla. En una muestra de bondad como nunca lo hubiese esperado, ella lo arropó con la frazada que yo le había puesto aunque de un modo un tanto más maternal. Al terminar, se dirigió hacia la chimenea, donde sin esfuerzo alguno la hubo encendido en cuestión de minutos, todo esto en completo silencio. El calor de las llamas era reconfortante, además, la iluminación trajo consigo un ambiente de agradable tranquilidad.

—D-Debo buscar a...

—Si te refieres a Susanna, ella salió a visitar a un cliente —me interrumpió aunque manteniendo un tono tranquilo—. No te alarmes, fue ella quien me pidió que cuidase al señor un par de horas mientras regresa. La mía es la casa de enfrente, la que tiene los flamencos de yeso en el jardín —explicó—. Lo sé, bastante tonto, ¿cierto? Pero supongo que es mejor tener aves rosas como adorno que siniestros gnomos panzones.

Ella tomó asiento sobre uno de los sillones de la sala con la gracia de una bailarina. Al mirar al señor Noel, sus ojos grises perdieron todo su brillo.

—Es una pena lo que algunas personas tienen que vivir a lo largo de sus vidas —murmuró—. Susanna dice que hubo una época en la que su padre fue un respetable empresario, uno de los mejores en todo North Allen. Dice que tenía una cadena de farmacias en toda el área, e incluso un pequeño consultorio médico en el centro del pueblo. Era doctor de profesión.

Dios, cómo me hubiera gustado expresarme con mayor soltura, pero aún no me recuperaba de aquella impresión inicial.

—¿Hace cuánto tiempo...?

Ella se encogió de hombros.

—Desde que tengo memoria el señor Noel siempre ha estado así. Susanna no dice mucho al respecto, pero supongo que debe haber sucedido hace unos diez o doce años. Recuerdo que de niña solía visitarles, y aunque admito que ver al señor en su silla me provocaba escalofríos, las galletas que su hija siempre me ofrecía hacían que la experiencia valiese la pena.

Imaginarla a ella, esa jovencita tan extraña corriendo de un lado a otro de los pasillos con juguetona inocencia, me hizo sonreír.

¿Qué extraño poder había ejercido ella sobre mi persona? Era un embrujo como aquellos que sufrían los personajes en mis novelas. Sin embargo, había algo agradable en todo ello. Deseaba quedarme a su lado, escucharla tanto como me fuese posible. Y aunque tenía claro que alguien tan bello jamás me miraría con interés, su mera compañía era todo lo que parecía necesitar en ese momento.

Tomando el teléfono que descansaba sobre una mesita junto al sillón, la muchacha hizo una corta llamada.

—Susanna dice que no puede agradecerte lo suficiente por lo que hiciste —me comentó cuando hubo colgado.

—Y-Yo...

—Dime, ¿gustas algo de tomar para pasar el rato? —inquirió. Y acto seguido se hubo marchado hacia la cocina—. Tu nombre es Rory, ¿cierto? ¿Rory Harper? —dijo al tiempo que el sonido de puertas abriéndose y cerrándose llenaban el ambiente—. Susanna me contó que son los nuevos inquilinos, que vienen desde Saskatchewan. Debe haber sido un viaje bastante largo.

Con pasos cautelosos me fui acercando a la otra habitación. La muchacha se movía de un lado a otro con soltura, como si todo aquel espacio le perteneciese. Al poco tiempo hubo reunido sobre la mesa un juego de tazas que extrajo de la alacena, así como una gran variedad de té en sobrecitos para escoger. Cucharas, platos, biscochos para acompañar, incluso un candelero de cristal con una vela a medio consumir. Sus movimientos eran tan veloces que pronto tuve una ligera sensación de mareo.

—Antes tomaba mucho café —me confió—. Del tipo que todos compran sólo para tomarse fotos con el celular. Perra ordinaria, me llamaban —musitó para luego darse unos golpecitos en los labios como una niña. Tras verter un poco de agua del grifo dentro de una tetera, colocó ésta sobre la estufa—. ¿Qué me dices de ti, Rory? ¿Eres como tantos otros chicos o prefieres seguir tu propio ritmo?

—Digamos que soy como tantos otros chicos del montón que van por la vida deseando no ser del montón —le dije al tiempo que tomaba asiento junto a la mesa.

—Lo dudo mucho —se apresuró a responder—. Pareces bastante listo. Ese resplandor en tu mirada te distingue al instante entre la multitud. Además, no cualquiera hubiera sacrificado minutos de su tiempo ayudando a otra persona, en especial alguien tan vulnerable como el señor Noel.

Pasado un tiempo, con el silbido de la tetera la muchacha fue sirviendo el agua en las bonitas pero despostilladas tazas de Susanna.

—Yo me llamo Abigail Bennett —me dijo al tomar asiento—. Es un gusto conocerte. Dime, ¿qué te ha parecido el pueblo hasta ahora?

El recuerdo de lo sucedido en los vestidores la tarde anterior aún me resultaba doloroso; sin embargo, saber que contaba con alguien como Linus tan dispuesto a ayudarme me hizo sentirme mejor al respecto.

—Es… diferente —respondí—. Aunque apenas llevamos aquí un par de días.

—Espero no te aburras pronto. Yo nací aquí en North Allen, no obstante estuve fuera durante un largo tiempo. Cuando regresé hace apenas unos cuantos meses, me di cuenta que sin importar lo mucho que haya crecido, el pueblo sigue siendo eso: un pueblo. La mayoría de las personas se conocen entre sí, las actividades son pocas y los rumores son el motor de la vida cotidiana.

—Ayer… hice mi primer enemigo —le confié con timidez. Por extraño que suene, su rostro se iluminó de pronto con su sonrisa.

—¡Excelente! ¿Qué sería de nuestros días sin un rival que los llenase de coloridos matices?

Estaba por contarle sobre lo sucedido con Trevor, cuando de pronto el sonido de unas campanas en la sala me hizo estremecer. El canto de un reloj me hizo recordar que aún tenía un día de entero de clases por delante.

—¡Es tarde! —exclamé al tiempo que salía disparado hacia la sala para recoger mis cosas—. Cuando me vea todo empapado va a querer matarme.

—¿Tu madre?

—La chofer del autobús escolar.

Ella soltó una agradable carcajada.

—Ve. No te demores más —me urgía—. Yo cuidaré del señor Noel hasta que Susanna regrese.

Quise agradecerle con un abrazo. En realidad, hubiera deseado expresarle cualquier sentimiento que me hubiese permitido tocarle; sin embargo, el tiempo apremiaba. Estuve a punto de llegar a la puerta, cuando me di cuenta que no me había despedido del señor Noel. Aun en su estado, me resultaba imposible ignorar mis modales. Al colocar mi mano sobre su muñeca en señal de despedida, sentí una calidez reconfortante. Hubo una sonrisa de mi parte, y entonces salí corriendo como si mi vida dependiera de ello. Y, conociendo a aquellos quienes me esperaban a bordo del autobús, quizás así era.

CAPÍTULO NUEVE

Para cuando pude llegar a la esquina de la calle, mi transporte ya se estaba alejando. Lo primero que vino a mi mente fue la imagen de Trevor, observándome por la ventana con una expresión burlona en su perfecta cara que nunca había conocido el concepto de acné. Pero no estaba dispuesto a permitir que algo así arruinase mi mañana. Corrí con toda la fuerza que mis piernas como fideos me permitieron, de modo que hube de alcanzar el autobús antes que pudiese virar hacia la avenida. Helga tuvo piedad de mí, permitiéndome abordar a media calle, mas su expresión me dijo que estaba dispuesta a aplastarme con las puertas si no tomaba mi asiento lo más pronto posible. Hubo oscuras miradas, incluso risas que calaban hasta los huesos, pero entonces vi a Linus sentado junto a un espacio vacío, esperando, y el mundo entero vino a disiparse hasta convertirse en un lejano eco.

—¿Contentos de verse, maricones? —nos cuestionó nuestro villano favorito. Si aquello hubiese sido *Érato* ya le hubiera cortado la cabeza con mi espada, pero en el MR como mi amigo le llamaba, lo mejor que podía hacer era ignorarle, aunque eso significase apretar los puños tratando de contener el coraje.

—Aún debo caminar un par de cuadras hasta la preparatoria —me dijo Linus minutos más tarde cuando bajamos del autobús en el estacionamiento de mi escuela—. Te veré en el *Santuario* a la hora del almuerzo, ¿te parece?

Yo asentí. Con ambas manos le entregué su ropa que había estado cargando dentro de mi mochila. Él no me agradeció ni nada por el estilo, era un chico de pocas palabras, pero su sonrisa lo dijo todo.

Habiéndonos despedido, salí corriendo a mi primera clase de

la mañana: Coro, con la maestra Makoto Sasada, una japonesa pequeñita de espalda encorvada cuya serenidad ante el caos me hacía pensar en un monje dominando sus sentidos bajo una helada cascada. Tan pronto como hubo levantado sus manos, todos corrieron en completo silencio a tomar sus lugares sobre las gradas al fondo del salón, tan atemorizados como conejos ante una serpiente.

—Ven aquí, novato —me ordenó aunque sin esfuerzo alguno en su voz—. Victor, si me haces el favor...

Un muchacho que había permanecido parado detrás de un enorme piano de cola tomó asiento sobre el banquillo con elegancia, como llevando a cabo un ritual. Sus cortos cabellos que apuntaban hacia los dioses y sus anteojos de pasta negra contrastaban con su impecable piel nívea. ¿Quién era ese chico tan absorto en sus propios pensamientos cuya apariencia desentonaba con todo a mi alrededor? Y, aun más importante, ¿quién era su amigo de alborotados mechones dorados a su lado que le susurraba cosas al oído. Hermosos, sin duda alguna, tan parecidos el uno al otro no obstante tan distintos que no lograba decidirme en quién enfocar mi atención.

Una a una las notas fueron cayendo como el rítmico comenzar de una agradable llovizna, mientras que yo, tratando de seguir los movimientos de las manos de la maestra Sasada, modulaba mi voz buscando una entonación que parecía nunca llegar.

—Terrible —murmuró casi para sí misma—. Pero al menos ahora sabemos dónde perteneces: con las sopranos.

Trevor fue el primero en soltar una carcajada, lo que dio pie a que el resto de la clase le imitase.

—Y... ¿eso qué significa, maestra?

—Significa que te toca pararte con las chicas, *novato* —dijo el muchacho rubio al tiempo que sus labios formaban una burlona mueca. Y aunque golpeaba la espalda de su amigo con fuerza, el otro permanecía inmóvil, con su mirada perdida, como contando los minutos para marcharse.

Las chicas me recibieron entre risitas de complicidad. Seguro, me avergonzaba un poco que mi voz no fuese tan gruesa como la de los otros varones, pero al menos mis nuevas compañeras olían bien. Entre pausas, ellas me explicaron que la escuela llevaría a cabo su celebración anual navideña a comienzos de diciembre, para la cual la maestra Sasada había preparado una selección de piezas corales para mostrar no sólo a los padres de familia sino a toda la comunidad. El sólo imaginarme cantando para todo el mundo me provocaba nauseas. Por desgracia, hacerlo era obligatorio para poder aprobar la materia.

Lo más complicado, descubrí, no fue ponerme al corriente con el resto de la clase, sino mantenerme concentrado mientras el muchacho rubio imitaba a la maestra. Parecía tan contento de poder llamar mi atención pero al mismo tiempo actuaba como si no le importase hacerlo. Su sola presencia iluminaba el salón como un lucero, y al moverse parecía mover al mundo entero consigo cual adolescente arlequín. ¿Cómo lograba su amigo el pianista ignorarle estando tan cerca?

—Tenemos menos de dos meses, gente —advirtió la japonesa con ambas manos entrelazadas tras de su espalda como uno de esos maestros de artes marciales de las películas. Después dijo algo sobre hacer sushi con nuestras tripas si no nos aprendíamos la pieza para la siguiente clase, aunque bien pude haberlo imaginado.

Al sonar la campana los chicos se dispersaron corriendo. Victor se levantó sin decir palabra alguna, mientras su amigo le observaba marcharse sumido también en un profundo silencio. Deseaba seguirlo, podía verlo en su mirar tan lleno de melancolía. Hubo un momento de duda, y entonces...

—¡Quítate, estorbo!

Un golpe en mi pecho, y de pronto sentí cómo las sombras caían sobre mí como una salvaje ola. En el momento en que mi espalda hizo contacto con el suelo con un sonido sordo, sentí cómo todo mi aliento escapaba veloz de mi cuerpo. El caos a mi alrededor apenas me dejaba pensar, no obstante, el sonido de las carcajadas de Trevor era inconfundible. Cuando pude reponerme, me di cuenta de que había caído justo entre el reducido espacio entre la pared y las gradas. De acuerdo, pensé mientras intentaba ahogar la rabia en mi interior, esto se estaba volviendo personal.

—Debes tener un poco más de cuidado, novato —me dijo el chico rubio, quien me había tendido su mano para ayudarme—. Pareces un ratón todo aplastado ahí dentro. ¿Acaso no piensas crecer? ¿No te han dicho que la pubertad es la edad ideal para dar el estirón?

—Lo siento, no he recibido el memo —le respondí cuando al fin pude desatorarme—. Comienzo a odiar a ese Trevor con cada fibra de mi delgado cuerpo.

—Es un imbécil —concordó—. Incluso los de prepa le temen, ¿sabes? Deberíamos hacer algo al respecto para enseñarle una lección.

—¿Y qué sugieres, genio? —inquirí mientras me sacudía el polvo de la ropa—. Dicen que es intocable.

—Lo sé. Es por culpa del profesor Jurian. Protege a los suyos como un perro —decía entre teatrales gestos—. Quizás podamos vengarnos de Trevor poniéndole polvo picante en su traje de baño o algo por el estilo.

—Eso suena bastante tonto —tuve que admitir—. Creo que deberíamos pensar un poco las cosas antes de querer hacer algo en su contra.

—Dame un par de días. Te prometo que ya se me ocurrirá algo. Por cierto, chiquitín, ¿cómo te llamas? No que importe mucho en realidad, es decir, comparado con el grandioso, maravilloso y omnipotente yo: Aaron Turner, a tu servicio —concluyó con una enorme reverencia, para luego alzar sus brazos hacia un público imaginario al parecer sentado a nuestro alrededor—. Gracias. Gracias. Yo también los amo. No olviden comprar las playeras conmemorativas a la salida.

Mientras salíamos al bullicio cotidiano del pasillo, me di cuenta que no podía alejarme de él. No era un chico cualquiera, sino una fuerza de la naturaleza en sí misma. De un tranquilo lucero había pasado a convertirse en un fuerte viento estival que amenazaba con mandarme volando contra la pared si no tenía cuidado.

—¿Qué no tienes tus propias clases que atender? —le cuestioné tras unos cuantos minutos. Él negó con la cabeza.

—Victor estudia la prepa en el turno vespertino. Y yo no hago más que seguirle a dondequiera que vaya —admitió con una sonrisa—. La japonesita, quien también fue su maestra hace como dos o tres años, le pidió de favor que le ayudase con el coro. Por si también te lo estabas preguntando.

—Parece bastante serio, tu amigo.

—Lo es. Le gusta vestirse con ropas ñoñas y actuar como cree que debe hacerlo un adulto, sin mencionar que esa expresión de funeral no le ayuda mucho, pero yo le conozco y sé que todo lo que hace es sólo eso: una actuación. Al menos... todavía tenemos eso en común —admitió con un suspiro—. Pero sigue siendo un niño. Uno bastante genial. Espero que puedas conocerle algún día.

Habíamos llegado al laboratorio donde me esperaba mi segunda clase. Fue entonces que Aaron Turner, mostrándose tranquilo por primera vez, me tendió su mano.

—Disculpa por molestarte, pero hace mucho que no platicaba con alguien como contigo.

—Descuida —le dije aceptando su saludo—. Por cierto, me llamo Rory, aunque no te importe saberlo.

—Que no te importen *a ti* mucho las tonterías que digo. Y en cuanto a Victor, en verdad me gustaría que pudiesen llegar a ser amigos. Quizás pueda ayudarte con tus entonaciones.

—Eso sería genial.

Con un asentimiento, el muchacho se despidió.

Las siguientes horas me parecieron eternas. Me encontraba tan distraído que los maestros no tuvieron más remedio que aprenderse mi nombre para llamar mi atención.

—Abigail —susurraba de cuando en cuando. Era en lo único que pensaba. Apenas podía esperar para contarle todo lo sucedido a Linus.

En cuanto dieron la campana para el almuerzo, salí corriendo hacia los vestidores de los chicos. Ahí, tras tomar mis cosas del día anterior de mi casillero, hice mi camino hasta la salida de emergencia. Una vez fuera de la escuela, no fue difícil encontrar el camino que atravesaba el bosque hasta llegar al *Santuario*, donde mi nuevo amigo ya me esperaba. Pese a mi alocado entusiasmo, él me escuchó con paciencia, masticando en silencio gomita tras gomita en forma de pequeños osos que había sacado de una enorme bolsa en su mochila.

—¿Dices que esta chica llevaba qué cosa? ¿Un vestido victoriano? —me cuestionó con incredulidad—. ¿Estás seguro de no haberlo soñado, Helio? A menudo yo también confundo sueños con recuerdos.

—Puedo jurarte que no era un sueño. Todo el conjunto era... inquietante —expresé apartando un poco la mirada—. Los zapatos, las medias, la enorme falda con crinolina... Era como una de esas muñecas antiguas de porcelana, como si Alicia hubiese escapado del País de la Maravillas para unirse a una banda de rock gótico.

—Lo que me preocupa es que sepas el significado de la palabra "crinolina" —dijo con seriedad—. ¿Estás seguro que el nombre de la muchacha era Abigail Bennett?

—¿Crees que eso pude haberlo soñado, también?

Linus suspiró con resignación.

—No es eso. Es solo que... la Abigail Bennett que yo conozco nunca se vestiría de semejante modo. Es... *Fue* —se corrigió de inmediato—, la capitana del equipo de porristas.

—No sabía que tenían porristas en este lado del país.

—Es imposible no tenerles. Son como una plaga de zombis: se reproducen rápido, se mueven en grupos, y no tienen cerebro —dijo con una ligera sonrisa—. Esta chica, Abigail, era como tantas otras miles en el mundo que se creen el centro del maldito universo: vanidosa, superficial, soberbia... Incluso tenía un grupo de chicas menos agraciadas pero igual de huecas que se encargaban de cumplir cada uno de sus caprichos. Todos en la secundaria le tenían miedo.

—¿Incluyéndote? —aventuré.

—Un poco —dijo un tanto sonrojado—. Abigail era cruel

con muchas personas, no obstante nadie se atrevía a hacer algo en su contra, ni mucho menos a hablar mal de ella a sus espaldas. Parecía tener oídos en todas partes. Conocía los secretos de todos, sin embargo, nadie parecía saber nada de ella lejos de las horas que pasaba en la escuela. Un verdadero misterio. Entonces, el año pasado, finalmente pasó: Abigail colapsó. Dicen que sucedió en la cafetería durante el almuerzo. Por desgracia no estuve presente, y en cuanto a los videos en Internet, tuvieron que ser borrados por orden judicial. Como sea, dicen que Abigail comenzó a pedir silencio una y otra vez, al principio en murmullos, para luego hacerlo a base de histéricos gritos que parecían desgarrarle la garganta. Alguien le pidió que se tranquilizara, y entonces las bandejas de comida comenzaron a volar. La porrista atacó a sus amigas, llegando incluso a arrancarles mechones enteros de cabello con sus propias manos. Era como una bestia rabiosa. Algunos corrieron en estampida hacia los pasillos; otros, filmaban con el celular. Las muchachas corrían con la sangre chorreando sobre sus rostros, mientras que un grupo de gorilas del equipo de rugby intentaba en vano contener a Abigail. Hubo patadas, arañazos e incluso un par de dientes perdidos en medio del caos. En eso, cuando la chica comenzó a volcar su energía destructiva sobre ella misma, balbuceando, llorando desconsolada, intentando arrancarse la piel de la cara con las uñas, los maestros más fuertes intervinieron. Unos tipos en una ambulancia llegaron a los pocos minutos, le administraron un buen calmante, y la muchacha cayó flácida como un fideo para ser llevada al hospital.

—Suena... caótico —admití.

—Puede que haya retocado la historia un poco —reconoció Linus al tiempo que devoraba un oso de gomita.

—Y entonces, ¿qué sucedió?

—Unos dicen que se la llevaron a un complejo psiquiátrico en el norte —continuó—. Otros más dicen que se fue a vivir con unos familiares allá por Quebec. Como fuera, al menos tienes la suerte de ya no tener que lidiar con ella, aunque quizás te hubiera gustado. Era bastante bonita.

El pequeño duende no dijo más durante el resto de nuestro almuerzo. Para cuando se vino la hora de despedirnos de nuestro escondite bajo el sauce, el viento había comenzado a sacudir la cortina de ramas que caían a nuestro alrededor. Pronto comenzaría a llover de nueva cuenta.

—¿Te veo en las Cinco Colas? —inquirí.

Él asintió. Y en silencio comenzó a alejarse colina abajo.

Al escabullirme entre los barrotes de la verja que delimitaba el *Santuario*, no pude evitar pensar en aquella muchacha que había descrito mi amigo. ¿Acaso era posible que fuera la misma Abigail Bennett que me había ayudado con el señor Noel esa misma mañana?

Horas más tarde, mientras caminaba hacia el estacionamiento donde tomaría el autobús de regreso a casa, encontré a Victor, el pianista, quien se encontraba conversando con la maestra Sasada.

—¡Oye, Schroeder! —grité para llamar su atención. Supongo que el muchacho no entendió la referencia porque tan pronto como se despidió de la maestra me dirigió un gesto amenazador.

—¿Qué quieres?

—Estoy en la clase de coro —respondí.

—¿Y?

Su actitud seca me había tomado por sorpresa.

—Bueno... Lo que pasa es que soy nuevo en la escuela, y me dijeron que quizás podías ayudarme a ponerme al día con algunas lecciones musicales.

—¿Quién carajos te dijo eso?

—Tu amigo, Aaron Turner.

Victor estrelló su puño directo contra mi nariz. Para cuando pude volver a abrir los ojos, el muchacho ya se había marchado. ¿Por qué el idiota había reaccionado de ese modo? ¿Cuál era su bendito problema? Si ese era su modo de comportarse, no me sorprendía que no tuviera amigos.

Saboreando la sangre que goteaba de mis fosas nasales, con el dolor aumentando a cada segundo, intenté subir al autobús, pero Helga no me permitió pasar alegando que mancharía la alfombra. Con el cielo retumbando sobre mi cabeza, salí corriendo a casa, maldiciendo entre dientes.

CAPÍTULO DIEZ

—¡Esto no te incumbe, Harper! —me dijo el entrenador en un tono que hizo retumbar las paredes—. Te recomiendo que vuelvas a lo tuyo antes que una visita con el Consejero Escolar te haga llegar tarde a tu siguiente clase.

¿Cómo es que me había metido en semejante problema? Todo estaba bien hasta hacía unos cuantos minutos, parecía una mañana cualquiera: despierta, entra en la regadera, sal de la regadera, vístete, desayuna algo y corre a la parada del autobús antes que la chofer gigante pueda dejarte en plena calle. ¿La primera clase de la mañana? Educación Física. Asco total.

Tan pronto como hube puesto un pie dentro de los vestidores pude sentir cómo mi cuerpo entero reaccionaba ante el miedo. Los recuerdos de la clase anterior nublaron mi pensamiento. Sin embargo, supe que tenía que afrontar la situación tanto me gustase o no.

Juro que durante todo ese tiempo pude sentir la mirada de Trevor clavada sobre mi espalda. Él sabía que de algún modo yo había recibido ayuda aquella primera tarde de escuela, y no estaba contento por ello.

Con toda la dignidad que pude me puse el traje de baño, para una hora más tarde volver al mismo sitio sintiéndome tan molesto como humillado.

El entrenador Jurian Neumann no había parado de gritar durante la clase entera. Solía moverse de un lado a otro de la piscina, escogiendo a sus víctimas desde las alturas como un cruel dios cuya voluntad no podía ser negada. Sus insultos eran tan diversos como imaginativos. Era como si el tipo hubiese tomado un curso sobre cómo romper la autoestima ajena. Si no lo odiase tanto, lo hubiera admirado, en especial por la cantidad de adjetivos que solía usar en una sola oración y una dicción impecable. En cuanto a las chicas, su suerte no era mejor, salvo por aquellas pocas lo bastante osadas como para coquetearle.

Uno a uno nos fue poniendo en contra buscando probar no sé qué cosa. Su risa calaba hasta los huesos. Para cuando fuimos enviados a las duchas, tres cuartas partes de la clase necesitaban un terapeuta con urgencia.

Unos minutos más tarde, yo estaba terminando de vestirme, cuando de pronto noté que mis compañeros habían desaparecido por completo. Antes de que la historia pudiese repetirse, tomé mis cosas, para luego dirigirme hacia las puertas. De no haber sido por el eco de una multitud vitoreando en la distancia que me hizo detenerme en seco, aquella hubiera sido una mañana cualquiera, y yo no me hubiese metido en el problema en el que estaba en ese momento. Al darme la media vuelta me di cuenta que los chicos habían formado un círculo justo sobre las regaderas. Curioso, me fui acercando aunque con desconfianza. ¿Qué clase de tontería estaban haciendo ahora esos idiotas? Cuando pude ver lo que yacía en el suelo, justo en medio de aquella turba, mi corazón dio un salto.

Un chico con un hilillo escarlata corriendo por su labio, desnudo y llorando. A su lado, Trevor vaciaba el contenido de su mochila justo sobre los charcos de agua que abundaban en el suelo.

—¿Qué es esto? ¿Acaso son… cartas de amor? —le cuestionaba mientras le mostraba a la multitud una libreta repleta de notas. Todos rieron al unísono. El chico hizo un intento de recoger sus cosas, pero Trevor, vestido por completo, le detuvo pisando su mano con toda la fuerza de su bota.

De pronto sentí como si una llama se hubiese encendido dentro de mi pecho. Movido por este nuevo fuego, aparté a Trevor de un empujón, para luego ayudar al chico a levantarse. Para mi propio asombro, el bravucón no reaccionó. Con mi compañero, cuyo nombre supe después era Lucas Underwood, de vuelta en su casillero, salí corriendo a la oficina del entrenador, un pequeño cubículo con enormes ventanas desde donde podía mantener vigilados nuestros traseros, por desgracia, en un sentido literal. Fuera de mí mismo, le hube de cuestionar al entrenador tantas cosas que para cuando hice una pausa para tomar aire, éste estaba tan rojo de coraje como los banderines escolares que adornaban su oficina.

—Se supone que usted es responsable por el bienestar de la clase entera —tuve el error de recordarle—. Debería hacer algo para mantener...

—¿"Hacer algo"? ¿Y qué se supone que deba hacer? —soltó al tiempo que se levantaba de su asiento, haciendo un esfuerzo por mantenerse tras su escritorio—. ¡No se supone que yo *deba* hacer nada! La escuela los prepara a ustedes para el mundo real, y en el mundo real los chicos son chicos, el grande se come al pequeño, y un niño no cuestiona a los adultos, ¿queda claro, Harper? Ya que eres nuevo voy a darte la oportunidad de que lleves tu trasero de regreso a tu casillero, pero te advierto: si vuelves a importunarme, molestarme o interrumpirme de cualquier forma, voy a hacer que te expulsen. ¿Quedó claro?

Intentando no mostrarme como un niño haciendo un puchero, tomé mis cosas y salí de los vestidores tan pronto como pude. Mi corazón intentaba controlarse a sí mismo, mientras yo luchaba contra las ganas que tenía de soltarme a llorar.

¿En qué estaba yo pensando en ese momento? ¿Acaso creía que jugar al héroe sería tan sencillo como emprender una misión en *El Ocaso de Érato*? Pese a sus gritos, el tipo tenía razón, ¿quién era yo para exigirle algo? Tenía suerte de que no me hubiera castigado, o peor, que hubiese mandado llamar a mi madre. ¿Qué hubiera pensado Christine sobre la situación? Sin duda me hubiera llamado un idiota por meterme en asuntos que no me incumbían... de nuevo.

Antes de moverme hacia Coro, mi siguiente clase, tuve que hacer una pequeña escala técnica en el baño. Para entonces estaba tan molesto conmigo mismo que fue una sorpresa no ver sangre deslizarse hacia el resumidero del orinal.

—G-Gracias —me dijo Lucas, quien al parecer me había estado siguiendo desde la piscina—. Gracias por...

—De nada. Pero este no es un buen momento —le hice notar.

—Entiendo. Gracias... de cualquier forma, *Rocky*.

No pude evitar reírme. Había arriesgado mi pellejo por salvarle, y ni siquiera se había aprendido mi condenado nombre.

Tan pronto como la campana que anunciaba el almuerzo se hizo escuchar, salí corriendo fuera de la escuela hacia el estacionamiento junto al gimnasio. No fue sino hasta haberme adentrado en el bosque que me hube percatado que en el camino nadie me había cuestionado hacia dónde me dirigía ni mucho menos impedido el paso. Escapadas como aquella estaban prohibidas en mi vieja escuela. Como fuera, debía estar agradecido, pensé mientras me deslizaba entre los barrotes de la verja que delimitaba el *Santuario*. Supongo que todo formaba parte de aquel "encanto pueblerino" del que tanto alardeaban los folletos, una ilusión para hacerles creer a los turistas que una vida simple era posible en los tiempos del Wi-Fi.

La luz alcanzaba a acariciar el suelo húmedo del sendero, filtrada gracias a las miles de hojas en lo alto de las copas que conformaban el abovedado techo forestal. De nuevo, mi mente trazó para mí una hermosa catedral donde imperaba el silencio, donde las oraciones eran escuchadas y donde la calma se convertía en alimento para el alma.

Y ahí, sentado tras las cortinas que eran las ramas del sauce, se encontraba Linus, tan pensativo como de costumbre. El chico se había envuelto a sí mismo en los colores del otoño: unos jeans color mostaza, una playera marrón, una chaqueta de mezclilla y el habitual gorro complementando el atuendo. Algunas prendas estaban demasiado ajustadas, mientras que otras le hacían ver mucho más pequeño de lo que era en realidad.

Decenas de rostros espiaban mis pasos desde el suelo. Uno a uno fui sorteando miembro tras miembro de innumerables maniquíes como Dante atravesando el Infierno plagado de almas ansiosas de salir a la superficie. Conforme fui ascendiendo al encuentro de mi amigo me di cuenta que mi corazón comenzaba a acelerarse sin ningún motivo. Para cuando estuve bajo las ramas del sauce, tenía la respiración entrecortada... y no precisamente por la acelerada subida.

¿Qué demonios me sucedía? Gracias al cielo Linus vino a romper el silencio antes de que aquel torrente de emociones terminase por desbordarse por completo.

—¿Trevor de nuevo? —me cuestionó un tanto sorprendido, al tiempo que señalaba hacia la hinchazón en mi nariz.

—El pianista de la clase de la maestra Sasada —aclaré—. Se ve peor de lo que es en realidad.

Linus suspiró con resignación.

—Parece ser que tienes el don de meterte en aprietos, ¿cierto, Helio? ¿Qué me dices del primo que mencionaste? —hizo un abrupto cambio de tema—. ¿Lo has visto acaso?

—No todavía —admití—. He estado tan ocupado intentando adaptarme y sobreviviendo que ni siquiera le he buscado. Supongo que tarde o temprano habré de encontrarlo, quizás pueda ayudarme a lidiar con los idiotas de sus compañeros de equipo.

—Eso esperemos —dijo mi amigo, al tiempo que volvía a concentrarse en devorar sus gomitas. Pasado un tiempo, el chico se detuvo. Para entonces me era más que claro que estaba nervioso: sus manos temblaban y su respiración aumentaba su ritmo a cada segundo que pasaba. Con temor a incomodarle, me atreví a colocar mi mano sobre su hombro, haciéndole saber que no había nada por qué temer—. Helio, yo... quiero pedirte tu ayuda —consiguió decir con apenas un hilo de voz —. Esto es... importante para mí. Escucha, existen en *Érato* algo llamado *Batallas Grupales*. Son misiones en las que un equipo de jugadores, veinte como mínimo, enfrenta a un solo jefe de nivel. Éstas son indispensables para poder avanzar dentro de la historia. Hasta ahora no he podido participar en ninguna porque... bueno... no tengo un equipo. Durante meses he intentado reunir uno, pero hasta ahora todo ha sido en vano. Si acaso, no sé... quisieras ayudarme... me harías un gran favor.

Admito que una semana atrás me hubiera reído sin piedad de aquella petición. Eran cosas como esas por las que chicos como Trevor golpeaban a otros como nosotros, alardeando de su superioridad como machos alfa. Sin embargo, la mirada de Linus me dijo que era algo que deseaba con fervor. Y sintiendo una extraña calidez, le sonreí como nunca antes le había sonreído a otro chico.

—De acuerdo, Helio, no te pongas sentimental —me dijo entre risas—. Un simple asentimiento hubiera bastado.

Al instante volví la cabeza, esperando que no notase lo mucho que me había sonrojado.

Los siguientes minutos comimos nuestro almuerzo en silencio. La calma que se respiraba era tan agradable que pronto vino a relajarme por completo. A nuestro alrededor el bosque nos deleitaba con sus sonidos: el viento meciendo las hojas, el cantar de un riachuelo, las aves en la distancia...

Entonces, nubes anunciando una tormenta en mi pensamiento. El recuerdo del entrenador barriendo con todo a su paso con su soplo demencial, sus palabras golpeando mi memoria como furiosos relámpagos.

—Jurian Neumann es un abusador, como los miembros de su equipo de natación —comentó Linus cuando le hube contado lo sucedido—. Lo mejor que puedes hacer es no meterte en su camino. ¿Crees que no vio cuando Trevor te dio una patada en la cara durante la clase pasada? ¿Quién crees que les dio a esos tipos la idea para sus retorcidas novatadas? Por desgracia, la Junta de Padres lo adora porque cada temporada de torneos deportivos agrega nuevos trofeos a las ya repletas vitrinas de la escuela, así que denunciarlo es en vano.

Antes de que pudiese refugiarme en mi tristeza, Linus se apresuró a agregar:

—No obstante, Rory, lo que hiciste fue lo correcto. Estúpido, pero correcto a final de cuentas. Y quiero que sepas que te admiro por ello.

Con la campana de mi escuela marcando el final del receso, ambos nos pusimos de pie dejando la protección del sauce. Odiaba cómo el tiempo se movía demasiado lento durante las clases, mientras que cuando estaba con mi amigo nunca me era suficiente.

Linus tuvo la cortesía de acompañarme hasta donde la verja se sostenía, aunque para entonces yo ya conocía el camino a la perfección.

—Te veo mañana, Helio —se despidió palmeando mi hombro —. Y por el amor de *Érato*, trata de mantenerte a salvo.

SEGUNDA PARTE

CAPÍTULO ONCE

Tres semanas habían transcurrido desde nuestra llegada al pueblo. ¿Cuánto no había cambiado mi vida desde entonces? La mudanza fue sólo el comienzo, me di cuenta, un pequeño paso en una senda tan extensa como insospechada. Ahora Christine y yo vivíamos en un apartamento al otro lado del país, había hecho un amigo, mi primer —y último, esperaba—, enemigo, había conocido a nuestra joven y peculiar vecina, a un chico con aspiraciones de artista, y había recibido un golpe en la cara por parte de su amigo, el músico.

En cuanto al señor Noel, se me había hecho costumbre visitarle cada que llegaba de la escuela durante las tardes. En verdad me lastimaba verlo sentado en la sala de su hogar, inmóvil como una de tantas decoraciones. A veces le ajustaba su cobija, le acomodaba la almohada tras su espalda o pasaba unos cinco o diez minutos sentado a su lado sobre el suelo de madera. Era lo menos que podía hacer, me temía.

¿Qué sentiría Susanna al verlo en ese estado? Sólo podía imaginar el dolor que debía provocarle. Al comentarle a Christine, ella dijo que podía buscarle a nuestra arrendadora una buena tarifa en alguna casa de retiro o algo por el estilo, pero supongo que debió olvidarlo a los pocos minutos porque nunca más volvió a tocar el tema. No la culpaba por ello. Su trabajo le estaba absorbiendo tanto que casi no le veía.

Por mi parte, día con día esperaba mis pequeños encuentros con Linus, sin embargo, en ocasiones el sólo pensar en ellos me provocaba severas nauseas por alguna extraña razón. El chico era inteligente. No había tema del cual no tuviera conocimiento u opinión alguna. Linus hablaba, aunque la mayoría del tiempo parecía hacerlo consigo mismo, sobre cosas tan distintas entre sí como el arte barroco, su *reality show* favorito del momento, el rol de la mujer en la mitología greco-romana o las novelas de Stephen King.

Mi amigo no revelaba mucho en cuanto a su persona. Cada que le preguntaba sobre su familia o su vida en general, terminaba evadiéndome con una habilidad admirable. Seguro, sabía que tenía un hermano llamado Alexander, mas eso no me era suficiente. En verdad anhelaba conocerle, escucharle, saber qué cosas pasaban por su mente cada que se sumía en su propio silencio al tiempo que devoraba su inagotable reserva de gomitas.

No obstante, por el momento debía conformarme con su compañía, ya fuese en persona, sentado a mi lado bajo el sauce, o en un mundo virtual, recorriendo pueblo tras pueblo en busca de aquellos que deseasen unirse a nuestra "noble causa".

Con Christine ocupada todo el tiempo en el hospital, el fin de semana a final de mes estuve encerrado en casa, comiendo porquerías y pasando horas pegado a la computadora. Como juego, *Érato* no era original pero sí bastante entretenido. Durante la madrugada del domingo Linus y yo llegamos a un denso bosque. Un portal construido en piedra aguardaba por nosotros, mismo que nos conduciría al siguiente nivel. Nuestro objetivo era llegar a Pallas, una antigua ciudad abandonada donde un ejército se estaba reuniendo con el fin de derrocar a Esteno, la Gorgona que gobernaba sobre la región.

Llegamos a Pallas tras casi diez horas de juego. Salvo por unos cuantos minutos de sueño y las obligadas visitas al baño, estuve intentando mantener vivo a mi personaje por todos los medios para no sentirme una completa carga para mi amigo. Justo cuando arribamos al campo de batalla, donde los equipos estaban siendo formados, Christine apareció, y en un arranque de furia divina decidió que ya había tenido suficiente de mi haraganería. Entre gritos me ordenó bañarme, vestirme y desayunar, todo en menos de veinte minutos. Era hora de ir al supermercado. Quise replicar, pero tan pronto como mis labios se entreabrieron ella me dirigió una de sus miradas patentadas que amenazaban con abrir la tierra bajo mis pies para invocar a las huestes del mismísimo averno si acaso no obedecía al instante.

Una vez en camino, el inevitable interrogatorio comenzó.

—¿Puedes decirme qué demonios haces encerrado en tu cuarto con mi computadora?

—Viendo porno.

—¿Todo el tiempo?

—Tengo necesidades.

—Claro. Niño, la otra noche te quedaste dormido sobre el teclado. Tuve que cargarte hasta tu cama. Yo no sé que es peor: que no hagas tus deberes, o que pases días enteros hablando con desconocidos en un juego en línea.

—No son desconocidos, mamá. Cadmus es...

—Tu amigo Linus —interrumpió con brusquedad—. Él me lo dijo cuando conversamos la otra noche. Sonaba como un chico bastante agradable. Aun así, deberías tener más cuidado con quién te relacionas en la Red.

Ella tenía razón... para variar. La verdad era que tratándose del Internet uno nunca podía estar seguro al cien por ciento de quién se encontraba del otro lado de la pantalla. En lo que a mí respectaba, mis compañeros de aventuras bien podían ser chicos de mi edad que estudiaban en la misma secundaria que yo, amas de casa divorciadas, camioneros jugando en un horrendo motel, o incluso peligrosos pederastas que usaban ese tipo de juegos para tentar a sus presas...

Mejor no pensar en ello.

—Tendré más cuidado. Lo prometo.

—Y compra un maldito escudo, ¡tus niveles de defensa están por los suelos!

El supermercado era el corazón de la única plaza comercial del pueblo, lo cual lo convertía en el centro social por excelencia a falta de un mejor sitio donde pasar el rato. Linus me había contado que antes de que le construyeran, los chicos de North Allen y sus alrededores solían pasar sus tardes en las calles inventando absurdas maneras de entretenerse, como dispararse unos a otros con pistolas inmovilizadoras de 80,000 voltios, o rodar colina abajo envueltos en una alfombra. Su hermano Alexander era famoso por haber "fundado" muchos de estos juegos.

—Es bueno que tengas amigos, Rory —dijo Christine mientras descendíamos de la camioneta—. Yo… tenía la esperanza que al mudarnos pudieses relacionarte con otros chicos. Ahora veo que fue una buena decisión. Por cierto —agregó, colocando su mano sobre mi hombro cuando nos detuvimos frente a las puertas del centro comercial—, Susanna me dijo lo que hiciste. Eres un buen muchacho, aunque no te guste admitirlo —me dijo. Acto seguido me dio un abrazo que de pronto me hizo sentirme tan incómodo que quise salir corriendo a esconderme tras un anaquel.

—Susanna es una chismosa —refunfuñé. ¿Quién se creía ella para echar abajo mi imagen de adolescente desinteresado?

—¿Sucede algo? —quiso saber con preocupación tras varios minutos de silencio.

Yo no supe qué responderle. La verdad era que pensaba en todo pero al mismo tiempo en nada en particular. Desde hacía un tiempo atrás yo había comenzado a sentirme distinto, tan ajeno a mí mismo que en ocasiones me desconcertaba.

—Regreso en unos minutos. Necesito… algunas cosas —me excusé.

Una incómoda visita al pasillo donde estaban los productos de higiene. Otra más al área donde los chicos de mi edad compraban su ropa, donde los estampados en la ropa interior eran mal vistos y los pantaloncillos cortos se convertían en ajustados jeans que acentuaban zonas de mi cuerpo que yo apenas comenzaba a conocer.

Aquel paseo se estaba convirtiendo en una verdadera tortura.

Por algún motivo sentía como si todas las miradas de pronto se hubiesen clavado sobre mi persona con aire acusador. Ellos sabían que yo ya no era un niño. Entonces, ¿por qué no podía yo aceptarlo de una buena vez? Supongo que no era tan sencillo. Por un lado deseaba aferrarme a mi infancia con desesperación. Amaba mi propio universo, construido ladrillo por ladrillo gracias a largas horas de juegos e imaginación; por el otro, me daba la impresión que el mundo entero me empujaba hacia la madurez. La escuela, los compañeros, Christine e incluso la sociedad me pedían que me comportase de cierto modo, que guardase silencio sobre ciertos temas, que llevase a cabo las cosas que habrían de colocarme con éxito en la vida. Y mientras tanto, yo, temeroso y confundido, me mantuve callado.

—Eres bastante parecido a tu padre —comentó Christine tiempo después de habernos reencontrado—. Él también solía pasar horas jugando en su sótano con sus amigos mientras vestían capas y cascos vikingos.

—¡¿Papá era un nerd?!

—Así es. En una ocasión me invitó a jugar. Por desgracia, cuando tu padre decía "jugar" en verdad se refería a jugar. Le dije que tenía jaqueca. Nunca falla.

—Creo que no deberíamos tener esta clase de conversaciones sino hasta dentro de unos diez o veinte años.

—A lo que me refiero es que no tiene nada de malo ser un nerd —me dijo palmeando mi espalda—. Tu padre fue un nerd. Quizás el padre de tu padre fue un nerd. Está en tu sangre.

—Como el colesterol.

—Supongo que todos necesitamos sumergirnos en una pequeña fantasía de vez en cuando —agregó, reflexiva—. ¿Sabes? Durante los minutos que estuve jugando me di cuenta de por qué lo disfrutas tanto. Emprender una aventura, tener amigos fieles a tu lado, tomar las riendas de tu propio destino... Cómo quisiera que la vida fuese igual de sencilla.

Los siguientes minutos los pasamos serpenteando entre los pasillos, llenando el carrito, conversando o incluso criticando a la gente que deambulaba en pijama matando el tiempo. Yo estaba entretenido echando cuanta cosa deliciosa encontraba en mi camino, cuando de pronto nuestro avance se detuvo con una sacudida. Hubo un grito que me hizo estremecer, y enseguida mi madre echó a correr a los brazos de una señora para luego brincar juntas como colegialas.

En ese momento me di cuenta con asombro que aquella mujer

no era otra sino mi tía Lisa Thomas, y que el muchacho que le acompañaba como perro faldero regañado era nada menos que el Señor Oscuro en persona: Trevor.

El temor comenzó a roerme las entrañas. Quise salir corriendo, ponerme a salvo de inmediato, pero cuando mi madre me llamó a su lado con suprema autoridad supe que no había escapatoria.

—Ven, niño. Saluda a tu primo.

CAPÍTULO DOCE

David Trevor Thomas. Su condenado nombre era David Trevor Thomas.

¿Cómo no me di cuenta antes? ¿Acaso no estaba éste grabado decenas de veces en los trofeos que decoraban el gimnasio de la escuela?

Antes de culpar a las horas que pasaba jugando *Érato* por mi aparente falta de atención, quiero decir a mi favor que el David de mis recuerdos no se parecía en nada al Trevor de mis actuales pesadillas. Seguro, había crecido, como también yo lo había hecho, no obstante el ejercicio le había llevado a alcanzar una gran musculatura para su edad. Demonios, ¿no había sentido yo la fuerza de su pie cuando el bastardo decidió estamparlo en mi cara aquel primer día en la piscina? Además, su cabello era distinto. ¿Cómo iba yo a imaginar que un chico de quince pudiera recurrir al tinte para cubrir de sombras el natural dorado de su cabello?

El viaje desde el supermercado a casa de los Thomas lo pasé en completo silencio, deseando que algo sucediese de pronto que me evitase aquel trago amargo. Por su parte, Christine estaba tan contenta, hablando sobre lo mucho que había extrañado a mi tía Lisa y aquellas semanas en las que solíamos vacacionar en su casa, que ni siquiera se dio cuenta de mi malestar. En verdad quería contarle todo lo sucedido entre David Trevor y yo; no obstante, descubrí, me era imposible echar abajo la imagen que tenía de mi primo, siempre tan perfecto, con su cabello rubio como un pequeño Apolo...

Cuando llegamos pude ver que aquel no era el sitio próspero que yo recordaba. Por el contrario, era como si una nube de infortunio se hubiese posado sobre la propiedad entera.

Los jardines que antes eran el orgullo de mi tía se habían marchitado. Las ostentosas camionetas que solían tener habían sido reemplazadas por un sólo y vetusto auto cuya marca había sido borrada gracias a la sal que usan para derretir la nieve. Tan pronto como puse un pie dentro pude notar que había espacios enteros a medio construir, separados del resto de las habitaciones con hule o con gruesos tablones. Cuando se le preguntaba sobre su marido, mi tía repetía la misma excusa una y otra vez como si la hubiera estado ensayando durante meses: Eric estaba viajando bastante últimamente. Si tal cosa era cierta, dudaba, ¿por qué no aparecía en las fotos de la sala, del corredor o incluso en las que estaban pegadas con imanes sobre las puertas del refrigerador?

Sin duda la familia estaba pasando por un mal momento.

—Lleva a tu primo abajo —le ordenó mi tía a David en un tono que no admitía protesta alguna. Él me condujo hacia el sótano, el mismo sitio donde hacía algunos años habíamos jugado, reído e incluso peleado como hermanos. Conforme fui bajando los escalones deseé que aquel pequeño espacio donde habían surgido tan bellos recuerdos permaneciese intacto. Si tal cosa era posible, quizás entonces yo podría encontrar en aquel muchacho algún rastro del niño con quien había compartido tanto.

Por desgracia, lo que encontré no me trajo más que una dolorosa decepción: muros pintados por completo de negro. Posters con mujeres desnudas pegados al techo. Basura por doquier. El rancio aroma de algo en pleno proceso de descomposición que parecía surgir justo debajo de la cama…

—Y-Yo… No sabía quién eras —me dijo David tras permanecer en absoluto silencio durante varios minutos—. Sabía que ustedes se mudarían, es decir, mi mamá estuvo hablando de ello durante un tiempo… Pero esa mañana, cuando te vi subir al autobús, nunca me pasó por la cabeza que pudieras ser mi primo.

—De haberlo sabido, ¿hubieras actuado diferente? —le cuestioné, saboreando al instante la amargura en mi boca—. ¿Acaso me hubieras recibido con los brazos abiertos en tu círculo de amigos?

—¡No! Es decir... Por supuesto. Digo... Yo no sé qué hubiera hecho —concluyó con un suspiro—. Lo que hice... no fue nada personal. Lo sabes, ¿verdad?

¿Era aquella una disculpa? ¿Qué esperaba lograr con tan pobre excusa?

—Si mi amigo Linus no me hubiera rescatado aquella tarde, no sé qué cosas hubieran sucedido. O lo que es peor, sé con exactitud qué cosas hubieran sucedido.

La expresión de David se había endurecido.

—No debes juntarte con esa clase de gente —musitó con resentimiento—. Ese chico es un afeminado. Él—

—¿Ahora tratas de decirme cómo debo vivir mi vida o con quién debo juntarme? ¡Estás demente! —estallé. La rabia que sentía me quemaba las entrañas. Deseaba destruirlo con mis propias manos, golpearlo, ver su existencia entera reducida a cenizas... Pero tan pronto como lo hube pensado, mi mente hubo de liberar un torrente de recuerdos cargados de melancolía. Todas esas imágenes tan llenas de color, toda esa cacofonía interminable que amenazaba con consumirme por completo, dejándome tan vulnerable como lo estuve durante aquel primer encuentro en los vestidores...

Ahora lo recordaba. Fue David quien vio primero al gorrión precipitarse hacia el suelo. Y yo, como el rebelde que era en aquel entonces, sugerí que era nuestro deber encontrarle aun si esto significase romper algunas reglas. Los adultos nos habían prohibido dejar aquel espacio sagrado que era el patio de su casa, pero eso no nos impidió saltar aquel escaso metro y medio de cerca para aventurarnos en el bosque. Por supuesto, yo fui quien saltó primero, seguido de mi temeroso primo, quien no dejaba de mirar sobre su hombro por si algún mayor estaba al acecho.

Encontramos al ave justo en el hueco que formaban las raíces de un viejo tronco. Exhausto, el pequeño aleteaba de cuando en cuando como queriendo vencer la desesperanza, su diminuto pecho moviéndose de arriba hacia abajo con un ritmo en disminución.

—Debemos ayudarle —dije, motivado. David, como era de

esperarse, no estuvo de acuerdo—. Siempre es lo mismo contigo. Yo busco una forma de divertirnos, mientras que tú no haces sino ponerle peros a mis ideas.

—A mamá no le gustan los animales —me recordó.

—A la tía Lisa no le gusta nada que no involucre pasar la escoba o moverse de un mueble a otro con un trapo en la mano.

A los pocos minutos habíamos conseguido llevar al gorrión hasta el sótano, aunque admito que mantenerle callado mientras los adultos conversaban en la sala fue algo mucho más difícil de lo que esperaba. Cuando por fin le pusimos sobre el escritorio de David, al ave ya no le quedaban muchas fuerzas.

—¿Y ahora, qué hacemos? —quiso saber mi primo, consternado. Yo no supe qué responderle. Aquel había sido un plan como muchos que una vez comenzado nunca lograba concluir.

Tranquilo, puse al ave dentro de una caja de zapatos, para luego asegurar la tapa con algo de cinta adhesiva. Juntos le llevamos de nueva cuenta hasta el límite del bosque, donde le dimos sepultura con un ritual improvisado y oraciones que hacían más alusión al *Silmarillion* que a la Santísima Trinidad. David, siendo David, rompió en llanto. Parecía un muñequito desconsolado, con aquellos ojos verdes tan preciosos y su cabello como el trigo alborotado, intentando comprender en silencio un concepto tan complejo como la mortalidad. Él nunca hablaría de lo sucedido con los adultos, conocía tan bien como yo las consecuencias. Al menos en ello podía yo confiar. Sin embargo, como precaución, le hice jurar silencio con un apretón de manos ensalivado, el mayor acto de honor —sin mencionar de asquerosidad—, entre dos chicos.

De regreso en la realidad, supe con tristeza que aquellos días no regresarían nunca, y que con ellos se había marchado aquel tierno niño que no sólo había sido mi compañero de aventuras, sino como un verdadero hermano. En silencio me puse la chamarra tan rápido como pude, dispuesto a marcharme.

—Esto no cambia nada —me advirtió mi primo mientras subía los escalones—. Las cosas en la escuela... seguirán como hasta ahora.

Haciendo un esfuerzo por contener mi llanto, continué mi ascenso.

—Debo irme —le dije a Christine una vez en la sala—. Acabo de recordar que debo presentar un proyecto para mañana.

Ella no hizo preguntas, al menos no demasiadas. Y tras despedirme de mi tía, salí corriendo a perderme entre las calles, intentando dejar atrás aquellos fantasmas de mi pasado.

CAPÍTULO TRECE

Si algo detesto de mí mismo es lo impulsivo que puedo llegar a ser. Cuando hube recorrido unas cinco cuadras, me di cuenta que no tenía idea de dónde me encontraba. Las calles, las casas, la vegetación, todo era tan similar entre sí que cada curva parecía llevarme al mismo condenado sitio. ¿Cómo penetrar la espesura de aquellos bosques? ¿Cómo pedirle a los pinos que cedieran un poco ante mi torpeza?

Pronto mis pies me llevaron al centro de North Allen. Pese a tratarse de una tarde de domingo, parecía no haber mucha actividad en las angostas calles. Quizás la gente del pueblo solía pasar sus fines de semana acampando en las montañas o pescando salmón en el río.

En mi defensa, debo decir que tenía motivos para encontrarme distraído. Aún podía sentir la presencia de David Trevor cernirse sobre mi persona como una gigantesca ola. Lo que más me había dolido era que aun sabiendo del lazo entre nosotros, estaba dispuesto a seguir siendo el mismo idiota en la escuela.

Quizás… Quizás… lo mejor era resignarme ante su desprecio.

Consternado, sintiendo un fuego lento pero constante quemarme las entrañas, me detuve sin darme cuenta frente a la ventana de una pequeña tienda. Ésta se ubicaba justo sobre una esquina, y ocupaba por completo el primer piso de un edificio de cuatro. Sus toldos color esmeralda brindaban un poco de refugio del viento helado que soplaba con fuerza de vez en cuando. Iluminado gracias a una tenue luz ámbar, la ventana mostraba una gran variedad de artículos esotéricos, como collares con extraños dijes, cristales, geodas, pulseras con ojos turcos, inciensos e incensarios, cartas de Tarot, libros de astrología e incluso una que otra espada.

Adentro, una agradable música se escuchaba. Pronto mis oídos discernieron entre el sensual estilo jazz letras de famosas canciones de los ochentas. Aun a través del grueso cristal alcanzaba a percibir el delicioso aroma del café permeando el ambiente. Un numeroso grupo de personas, en su mayoría adultos, se encontraba en el interior.

En eso, le vi: una hermosa jovencita de cabellos dorados, sentada con su espalda hacia uno de los rincones, observando a un chico realizar una coreografía sobre una pequeña mesa circular. A pesar del clima éste vestía pantalones cortos, unos tenis sin calcetines, una playera de manga corta color plateado con la palabra *RENT* escrita sobre sus marcados pectorales, así como un colorido gorro de estilo andino para complementar el atuendo. Pronto me di cuenta que aquel desquiciado no era otro sino Aaron Turner, y que aquella quien le observaba tan entretenida desde su silla era Abigail Bennett.

De pronto comencé a experimentar emociones encontradas. Estaba contento de poder haber reconocido a alguien en ese pueblo tan pequeño pero al mismo tiempo tan inmenso para mí, seguido de un repentino pero justificado ataque de celos. ¿Quién se creía Aaron para robar la atención de alguien tan bello?

Temeroso, hice mi entrada. Una mezcla de deliciosos aromas y agradables sonidos me fue envolviendo por completo: animadas conversaciones, música suave, el canto de la máquina de capuchinos con su habitual gorgoteo, pasteles de queso y de manzana recién salidos del horno...

Una señora de abultado cabello pelirrojo, vestida con una playera polo tan esmeralda como los toldos del exterior atendía la caja registradora, toda una belleza de principios del siglo pasado, como ya no suelen hacerlas. La caja, no la señora, quiero decir.

Tan pronto como hubo pasado el asombro inicial, me dirigí casi corriendo hacia la mesa donde Aaron bailaba cual mono cilindrero para Abigail. Dios, era tan hermosa. Su risa tan sincera, la forma que tenía de aplaudir de vez en cuando, las pronunciadas curvas de sus pechos bajo—

—¡Albricias! —exclamó Aaron tan pronto como me hubo visto—. Señores, miren lo que nos ha traído la Providencia: el saco de boxeo más tierno de este lado de la Provincia.

—Cierra la boca, Ricitos —le dije sin poder contener una sonrisa—. ¿Dónde dejaste al tarado de tu amigo?

—Si debes saberlo, pequeñín, una tarde al mes desde que entré a la preparatoria tengo la costumbre de venir solo a este café. Y esta tarde es esa tarde. Pasa, pasa, toma asiento. Tendrás el honor de ser atendido por mi vieja amiga, la señorita—aunque algunos lo duden—Abigail Bennett.

—Es un empleo de medio tiempo —intervino ella alzando su pecho para mostrarme su nombre bordado sobre el delantal—. Es un sitio tranquilo, y las propinas no están nada mal. Pero, tengo que contarte un secretito —me susurró mientras palmeaba la silla a su lado, pidiéndome tomar asiento—: he encontrado un nuevo trabajo. Susanna me ha pedido que cuide del señor Noel durante las tardes.

—¿No crees que una enfermera sería la indicada para ese trabajo? —inquirí para mi propio asombro.

—Oh, Susanna nunca permitiría que yo le administrase medicamento alguno o algo por el estilo. No. Además, tampoco será necesario alimentarle porque eso lo hace ella a través de una sonda que...

—De acuerdo, de acuerdo —le detuve, sintiendo escalofríos recorrerme la nuca—. Ya entendí. Lo que Susanna quiere es que algo como lo del otro día no vuelva a repetirse, supongo.

Ella asintió.

—En verdad voy a extrañar trabajar aquí —comentó con cierta nostalgia en su tono—. ¿Sabes? Antes solía ser una tienda de artículos esotéricos administrada por mi abuela. Ella misma leía las cartas del Tarot y ofrecía otros servicios al público un tanto más... *místicos*. Cuando falleció, el negocio pasó a manos de mi tía—la señora que administra la caja—quien convirtió la tienda en una cafetería.

—¿Qué me dices de tus estudios? ¿Vas a volver a la

secundaria? —le cuestionó Aaron, al tiempo que saltaba al suelo para luego tomar asiento junto a nosotros.

—Por el momento voy a educarme en casa. Creo que es una decisión sabia tomando en cuenta los... como decirlo... *problemas* del año pasado.

Era cierto, supe con temor. La historia que Linus me había contado aquella mañana bajo el sauce... era real. Habiendo notado el cambio en mi expresión, Abigail dijo:

—Supongo que debes haber escuchado cosas horribles de mí en la escuela. Sin embargo, quiero que sepas que ya no soy esa persona. Todos... cada uno de nosotros... merece una segunda oportunidad en la vida. ¿No lo creen?...

—Te estás poniendo sentimental, querida Abby —intervino Aaron—. ¿Qué pasó con la reina helada, aquella que solía gobernar con puño de acero en la secundaria?

De pronto tuve la necesidad de golpearlo con la azucarera hasta dejarlo inconsciente. En lugar de eso, inquirí:

—¿Cómo es que ustedes dos se conocen?

—Aaron y yo estuvimos juntos en la misma clase desde jardín de niños hasta quinto de primaria —respondió ella con una sonrisa.

—Si mal no recuerdo, ese fue el año en que te salieron los senos, justo antes de que te volvieras una psicópata, engreída, vanidosa, arrogante, grosera, superficial y...

—¿Gustas algo de tomar? ¿O quizás un pedazo de pastel de queso? —me cuestionó Abigail, un tanto avergonzada.

—Vamos, Abby. Todos nos sentimos mal respecto a nuestro pasado de alguna forma u otra —continuó molestándola Aaron.

—¿En serio, Turner? ¿Por qué no le cuentas a Rory de la época en que usaste calentadores en las piernas, puntas y una cola de gato durante meses?

—Estaba ensayando para mi papel estelar en *Cats* —se apresuró a defenderse el chico con un aire de seriedad—. Además, eso fue hace mucho tiempo. Ya nadie lo recuerda.

—Lamento decirte que fue hace menos de *tres* años. Yo aún conservo las fotos, aunque las hayas borrado de tus redes sociales. ¿Quieres verlas, Rory?

—El enano es un chico impresionable, no hace falta que le llenes la mente con basura. ¿Por qué mejor, enano, no nos cuentas qué te trae por estos esotéricos rumbos?

Un suspiro salido del alma.

Entre frases entrecortadas les fui contando acerca de mi pequeño viaje al supermercado esa mañana, así como de mi desafortunado encuentro con David Trevor, atleta estrella, demonio encarnado y ahora mi primo.

—Suena a que Trevor tiene sus propios problemas con los cuales lidiar —comentó Abigail con seriedad—. Quizás toda esa mezquindad no sea sino un reflejo de su situación familiar. En mi experiencia, es un engreído de primera, en especial cuando se encuentra rodeado de sus amigos... Pero cuando llegas a conocerle, resulta bastante tierno.

Aaron y yo nos quedamos boquiabiertos.

—Espera, rubia. ¿Vas a decirme que saliste con "Mussolini" Thomas?

—"Eso fue hace mucho tiempo. Ya nadie lo recuerda." Aunque, yo no le llamaría "salir" a lo que hicimos bajo las gradas del gimnasio el año pasado durante...

—No quiero seguir escuchando —le detuve.

—Yo tampoco —dijo el chico, arrojando su gorro sobre la mesa—. Esto es increíble. Verdadera, absurda y condenadamente in-cre-í-ble.

—No sean tan mojigatos. En realidad no es para tanto.

—Admito que durante años escuché muchos rumores sobre ti, Abigail Bennett, e incluso puede que algunos de ellos yo mismo los haya comenzado... Pero nunca te creí capaz de seducir a un chico menor que tú.

—Yo era capaz de hacer muchas cosas. Y no me arrepiento de ello —dijo, cabizbaja—. En aquel entonces todo lo que me importaba era acumular la mayor cantidad de experiencias que pudiera. Buenas, malas... todo era lo mismo. Sin embargo, en el proceso le hice daño a mucha gente. Y aunque me disculpe un centenar de veces, existen heridas que nunca sanan del todo.

—Como cuando le prendiste fuego al cabello de Lana Coleman con las velas de su propio pastel de cumpleaños. Dicen que ha estado en terapia desde que tuvo que mudarse a Prince George.

Verlos discutir como un par de hermanos me era tan agradable que no pude sino sentirme agradecido por haberlos conocido: Aaron, el chico extrovertido con una personalidad desbordante, y Abigail, quien aun sin su estrafalaria vestimenta seguía siendo la chica más hermosa que hubiera visto.

—Debemos irnos —anunció nuestro amigo de pronto.

—¿Debemos? —le cuestioné, extrañado.

—Necesito hablar contigo. Lo siento, Bennett. Cosas de hombres.

—Date por vencido, Turner. Él no es de tu equipo.

Aaron me tomó del brazo obligándome a levantarme. Los amigos se despidieron con un abrazo. Yo estaba tan nervioso que quise salir corriendo, pero antes de que pudiera hacerlo, la muchacha me acercó a ella tomándome de la muñeca para besarme en la mejilla. Odiaba tener que alejarme de ella, en especial cuando comenzaba a conocerla, no obstante el muchacho no dejaba de presionarme para que saliera de la tienda. Una vez afuera pude notar que el viento se había apaciguado. En el ambiente se respiraba una calma agradable. Ahora no me cabía duda alguna: pronto comenzaría a nevar.

—Lamento mucho tener que sacarte a la intemperie de este modo, pero en verdad necesito hablar contigo —me dijo el chico mientras comenzaba su andar. Debíamos estar a uno o incluso hasta tres grados Celsius bajo cero. ¿Cómo es que lograba moverse con tanta soltura aun en pantaloncillos y playera de manga corta?—. Antes que nada, quisiera pedirte disculpas —musitó con seriedad—. Yo... no esperaba que Victor reaccionase del modo en que lo hizo.

—Tranquilo. Siempre quise una rinoplastia.

—Lo digo en serio. En verdad lo siento mucho —se lamentaba —. Victor ha estado tan deprimido desde hace un tiempo, que lo único que deseo es verlo contento de nueva cuenta. Creí que ayudándole a hacer nuevos amigos podría sacarlo de la oscuridad en la que se ha sumido.

—Te escuchas preocupado. Y culto —hube de notar.

—Las apariencias engañan —me hizo saber con una sonrisa —. Todo eso que yo hago, los bailes, las canciones, las imitaciones... son... un escudo, una pantalla de humo, un acto —se expresó haciendo una reverencia para una audiencia imaginaria frente a nosotros—. Pero a solas, me lamento, sufro e incluso lloro por demasiadas cosas, tanto que en ocasiones maldigo mi propia sensibilidad. Desde que lo conozco, Victor ha sido... es... la persona más importante de mi vida.

—Entiendo lo que dices, pero no veo cómo yo podría ayudarlo. Apenas esta mañana la hinchazón en mi cara comenzó a ceder.

Aaron meditaba en silencio mientras mantenía su vista en el camino frente a nosotros. De cuando en cuando me preguntaba con la mirada el rumbo a seguir, mientras que yo intentaba ubicarme en medio de tanta naturaleza. Lo único que esperaba era llegar a casa antes del anochecer.

—Quizás me ayudaría saber cómo es que tu amigo fue cayendo en su depresión —aventuré. Él asintió.

—Es... un tanto difícil de explicar. Lo que puedo decirte es que no hace mucho tiempo, Victor perdió a un ser querido, y desde entonces ha estado lidiando con su partida, aunque sin mucho éxito.

—¿Y en verdad crees que yo soy el indicado para ayudarle? Digo, hasta hace menos de una semana yo no tenía amigos. Las relaciones humanas no son mi fuerte.

—En eso te equivocas. Desde que te vi aquella mañana en Coro pude darme cuenta que llevas contigo un brillo inusual. Y lo que más me sorprende es que ni siquiera te esfuerzas en ser especial.

—Deja de halagarme, Aaron —le pedí, comenzando a sentirme un poco avergonzado.

Durante todo ese tiempo avanzamos con calma, manteniendo el ritmo de nuestros pasos. En ocasiones alguno hacía uno que otro vago comentario, aunque la mayor parte del tiempo la pasamos en medio de un agradable silencio. Pese al clima helado, me sentía contento de verme rodeado de tanta belleza, algo que nunca había podido experimentar del todo en la ciudad. La altura de los árboles, sus hojas multicolores, la forma en que las nubes ya cubrían las cimas de las montañas en la lejanía, incluso el pasar ocasional de los autos, todo me parecía tan lleno de un nuevo significado que incluso hube de preguntarme para mis adentros si todo aquello era real.

En cuanto a mi amigo, ¿qué pensamientos maquinaba mientras contemplaba hacia la distancia con tanta seriedad? En ocasiones me daba la impresión que su sola presencia me llenaba de un calor tan extraño como agradable.

Pronto dejamos aquella avenida poblada de casas para adentrarnos de lleno en la carretera, un atajo hacia mi hogar según Aaron. La densidad del bosque pronto vino a ceder para dar paso a un imponente río cuyas orillas ya mostraban algo del hielo que habría de cubrirlo por completo como un manto cristalino dentro de escasas semanas. Sobre éste, un enorme puente de piedra había sido construido. Sus columnas eran tan gruesas que parecían haber sido levantadas por gigantes, mientras que las rocas que lo componían estaban teñidas de un pigmento oscuro que a lo lejos daban la impresión de tratarse de brillante obsidiana. Desde sus cimientos hasta lo alto del pretil parecía haber unos veinte o quizás treinta metros de distancia. Era imposible calcular con aquella niebla cubriendo la superficie del agua que parecía emanar desde lo profundo del lecho del río como un denso vaho níveo. Justo a la orilla del puente sobre la cual comenzamos a caminar, una solitaria estatua se encontraba de pie sobre un pedestal que el musgo ya devoraba desde hacía tiempo. Ésta tenía la forma de un ángel con sus alas retraídas cual paloma en cautiverio. Con una mano sobre el pecho como queriendo sobrellevar su propia melancolía miraba hacia el horizonte con desesperanza.

—Existe algo en este puente que me hace sentir escalofríos —murmuró el chico para sí mismo—. Pero es el camino más rápido para llegar a tu casa. No quiero que la nieve nos tome por sorpresa.

Quise decirle que no se preocupase por mí, que en verdad

estaba disfrutando de todo aquello, cuando de pronto algo me hizo detenerme por completo: justo a la mitad del puente, parado sobre la orilla, de cara hacia el agua, una figura se encontraba. Sus ropas formales contrastaban con su juventud. Zapatos relucientes, corbata de seda, una elegante pero pesada gabardina azotada por el soplo otoñal, incluso un chaleco con una pequeña cadena colgando desde uno de los bolsillos. Fue entonces que me di cuenta que aquel muchacho de piel pálida a punto de precipitarse al vacío como una creatura celestial rechazando la vida misma no era otro sino el mismo Victor.

Aaron emitió un descomunal grito desde su sitio, como deseando que la sola fuerza de su garganta pudiera detenerlo. Pero ya era demasiado tarde. El muchacho había comenzado a extender sus brazos hacia ambos lados de su cuerpo formando una cruz.

CAPÍTULO CATORCE

¿Que qué sentí en ese momento? ¿La verdad? Duda, quizás, como nunca antes había sentido en mi vida. Cualquier sensación, cualquier otra emoción había sucumbido ante el peso sofocante de mi propia inseguridad.

¿Qué oscuros pensamientos pudieron llevar al muchacho hacia tal desesperación? ¿Qué voluntad, qué hilos invisibles le sostenían? Seguro, era un tanto taciturno, mas nunca imaginé que pudiera siquiera llegar a concebir la posibilidad de su propia destrucción.

Aaron emprendió una acelerada carrera. Al verle alejarse, un funesto presentimiento me dijo que sin importar lo que hiciera, no llegaría a tiempo para detener a su amigo. En cuanto a mí, ¿qué diferencia podía hacer? Yo no era mucho comparado con otros chicos de la escuela. Quise alejarme, salir corriendo en busca de ayuda, cualquier cosa que pudiese mantenerme al margen de aquella espantosa situación. Pero tan pronto hube retrocedido un paso, algo dentro de mí respondió con un poderoso impulso que no admitía vacilación alguna. Con una oración entre dientes, puse toda la fuerza que tenía en mis debiluchas piernas, corriendo como un desquiciado. Debía obligarme a mí mismo a seguir adelante sin importar lo que sucediese.

Tan pronto como hube llegado al lado de Aaron, alarmado, me di cuenta que Victor se negaba a escucharle. El chico le llamaba una y otra vez aunque manteniendo su distancia, como temiendo que un repentino movimiento pudiera acelerar la decisión de su querido amigo. Por mi parte, no pude evitar sentir una profunda compasión hacia Victor. Su rostro se mostraba cansado, mucho más allá de sus dieciséis años. Sus ojos hinchados de llanto estaban clavados en la distancia como queriendo forzar al ocaso a brindarle algún motivo por pequeño que fuese para no tener que continuar.

—Espera, por favor —le pedí con toda la calma que pude reunir—. Lo que sea que haya sucedido, lo que sea que estés sintiendo en este momento, puedo asegurarte que podemos remediarlo.

El músico se mantuvo en silencio.

Vamos, Harper. Si en alguna ocasión fue necesario que abrieras esa enorme boca tuya, ¡ahora es cuando!

—N-No... No lo hagas —comencé a suplicar al tiempo que intentaba sobreponerme a mis propios nervios—. Piensa... P-Piensa en todo aquello que...

—Si lo que vas a decirme es que aún me queda mucho por vivir —me respondió con un tono helado—, créeme que ya lo he considerado. Es por ello que quiero terminar con esto, porque no puedo enfrentarme a los años que me quedan por delante. Quizás en la muerte pueda encontrar el descanso que tanto he estado buscando.

Quise volcarme en un elaborado discurso sobre Dios, la vida y tantas otras cosas positivas, cuando de pronto el muchacho dio un paso hacia el frente comenzando su descenso.

—¡NO! —grité Aaron, aferrándose al pretil—. ¡No, no, no!

Pese a la aparente derrota, yo no estaba dispuesto a rendirme. No aún, no mientras quedase una mínima esperanza.

—Llama a una ambulancia, a la maldita policía, pero rápido —le grité a Aaron sin siquiera detenerme a ver si me había entendido.

Una vez me eché a correr, aunque en esta ocasión en sentido contrario. Tan pronto como estuve en el límite del puente, di un salto hacia la escarpada orilla. En ese momento no me importaba mi propio bienestar, ni lo mucho que lastimaban las rocas cada que resbalaba en mi precipitado descenso. ¡Maldición, ni siquiera me importaba el regaño inminente de Christine cuando me viese cubierto de fango! Lo único en que podía pensar en ese momento era en mantenerme en movimiento, siempre con la vista fija justo en el punto donde el muchacho había impactado contra el agua.

Aquella vertiente debía medir unos cincuenta metros de ancho. Ambas orillas estaban pobladas por frondosos arbustos y pinos cuyas copas tenían casi la misma altura que el puente, aunque en su mayor parte el río estaba rodeado por pesadas rocas de bordes nada amistosos. Si tal era su deseo, si acaso aún quedaba en Victor una chispa de esperanza, podría asirse a una de esas piedras... Claro, si la fuerza de la corriente no estrellaba su cara contra una de ellas primero.

Una parte de mí me dijo que debía esperar, que pronto la ayuda llegaría, mas debo confesar que la paciencia nunca ha sido una de mis virtudes. Antes de que pudiera arrepentirme, me fui adentrando en las frías aguas. ¿Qué pretendía? Siendo honesto, no tenía una condenada idea. De lo único que estaba seguro es que actuaba por instinto, como una creatura más del bosque.

Hubo un momento de duda en el que mis sentidos despertaron, haciéndome consciente de mí mismo. Durante este instante me di cuenta que mis palmas estaban sangrando; sólo Dios sabía si acaso contaba con alguna otra herida. Tan pronto la adrenalina abandonase mi cuerpo, éste protestaría al unísono, mas no podía darme el lujo de pensar en el futuro.

La noche caía. Parecía que con cada minuto que pasaba el frío se volvía más y más intenso. ¿Cuánto tiempo llevaba buscando? Si no me apresuraba, la oscuridad acabaría por cernirse sobre mí. Y en cuanto a Aaron, ¿qué podría estarle deteniendo? ¿Habría logrado sobreponerse?

—Vamos, Ricitos —murmuré, intentando no castañear los dientes—. No me falles. Mueve tu plano trasero y consigue ayuda.

De pronto el mundo se detuvo, las aguas se congelaron, mientras que cada uno de los sonidos a mi alrededor se extinguieron. Sostenido sobre un cúmulo de rocas, Victor luchaba por mantenerse a flote. Su rostro estaba cubierto en sangre.

La parte sencilla había pasado. Ahora venía lo interesante.

Paso a paso me fui adentrando, sintiéndome cada vez más inseguro. Aun con mis tenis, las piedras sobre el lecho me lastimaban los pies. Cuando el agua estuvo por encima de mi ombligo, no quedaban sino un par de metros entre Victor y yo, no obstante la corriente había comenzado a empujarme de modo que estuve a punto de perder el equilibrio. Cuánto no hubiera dado en ese momento por ser como Alan Morgan, el chico de mi clase tan alto como los maestros, o tan pesado como James Fisher, el troglodita de bigote que parecía comunicarse sólo con gruñidos. Uno para "sí", dos para "no"...

—"¿Hiciste la tarea, Fisher?".

Gruñido, gruñido.

—"¿Quieres jugar baloncesto, Fisher?".

Gruñido.

—"¿Crees que Rory, el chico nuevo, está lindo, Fisher?".

Un *bastante* firme gruñido.

De acuerdo, ni siquiera yo sabía de dónde había salido eso. Un problema a la vez, Harper. Un problema a la vez...

Un resbalón me llevó a tragar agua. Por fortuna pude reincorporarme antes que la corriente me arrastrase consigo. Tan pronto como pude asirme de las piedras sobre las cuales Victor se encontraba, nuestras miradas se encontraron. Él me observaba con una mezcla entre alivio y confusión. Seguro debía estar pensando que yo estaba por completo fuera de mis cabales, después de todo, estaba sonriendo como si todo aquello fuese una divertida broma. En mi defensa, debo decir que no era mi intención mostrarme tan despreocupado, supongo que era el modo en que mi cuerpo expresaba lo mucho que temía en ese instante.

Unos segundos de incertidumbre, y entonces...

—G-Gracias —dijo con un hilo de voz.

Era todo lo que necesitaba.

Tomando una de sus muñecas, quise transmitirle un poco de aquel impulso que me había sostenido durante aquella travesía. Sabía que el río no era demasiado profundo, que Victor tenía la capacidad de atravesarle por sí solo si acaso lo hubiera deseado.

Unos diez metros nos separaban de la orilla. Cómo conseguiría llegar me era un misterio.

Con el muchacho a mi lado, poco a poco me fui soltando de las rocas. Con mis pies bien puestos sobre el lecho, comencé a avanzar. El ruido del agua era ensordecedor, mientras que el frío ya comenzaba a entumir mis miembros. Un paso en falso. La sensación de perder el control. La ansiedad apoderándose de cada uno de mis sentidos. ¿Lo lograría? Dios mío, ¿en qué lío me había metido?

Justo en el momento en que quise darme por vencido, sentí una mano cerrarse con firmeza sobre la mía. Al mirar hacia el frente me encontré con los ojos de Aaron. No hubo palabras entre nosotros, nada más que su fuerza, nada sino su voluntad encendiendo la mía.

Tan pronto como estuvimos en la orilla, pude escuchar el sonido de una sirena en la distancia, seguido de pasos bajando por la colina. Los paramédicos bajaron una camilla sobre la cual colocaron a Victor, teniendo especial cuidado en no mover su cuello. En cuanto a mí, alguien puso una manta sobre mi espalda, mientras alguien más colocaba una taza de algo caliente entre mis manos. La verdad era que todo estaba sucediendo tan rápido que apenas lograba comprender. Sin embargo, la sola presencia de Aaron me reconfortaba. Era como un pequeño lucero en medio de la oscuridad.

—Ve con él —me dijo cuando los paramédicos me pidieron subir en la ambulancia—. Yo estaré con ustedes en un rato.

Al verlo alejarse, de pronto todas aquellas emociones que había estado conteniendo comenzaron a emerger. Alguien, quizás la misma persona que me había puesto la manta, intentaba consolarme, mas no era suficiente. Pese a su compañía, el mundo me parecía un lugar bastante solitario.

CAPÍTULO QUINCE

—Ya basta. Es el segundo vaso de café que tomas. ¡Estás comenzando a temblar!

—Es el tercero, en realidad, Linus —aclaré tratando de ocultar el tembloroso movimiento de mis manos—. El último me lo tomé de golpe frente a la máquina expendedora mientras ibas al baño.

—Te voy a confiscar tu dinero —advirtió con un tono de hermano mayor—. Si sigues así no podrás dormir. Mañana hay escuela, ¿lo recuerdas?

Yo asentí. En verdad quería quedarme quieto mientras ambos esperábamos en la pequeña estancia del hospital; no obstante, el silencio, aunado al constante ir y venir de personas, no hacía más que crisparme los nervios. ¿Cuánto había pasado desde que llegamos? ¿Una hora? Dos, ¿quizás?

—Ya verás que todo sale bien —me animaba mi amigo de vez en cuando palmeando mi hombro—. Si no hubiera sido por tu ayuda tal vez Victor ni siquiera estaría aquí en primer lugar. Por cierto, recuérdame regañarte mañana cuando todo esto haya pasado. ¡¿Cómo se te ocurre saltar hacia el agua helada para salvarle?!

—Ya te lo dije: lo hice sin pensarlo.

—Eso me queda claro...

—Pero, ¿qué otra cosa podía haber hecho? Además... tuve un poco de ayuda —admití recordando el cálido contacto de Aaron mientras los tres chicos yacíamos a la orilla del río. Linus se mantuvo con los brazos cruzados sobre su pecho.

Desde que había llegado, sus ojeras habían adquirido un tono violeta imposible de ignorar. De vez en cuando le pillaba mirando en todas direcciones desesperado, como queriendo

90

contener las ganas de salir corriendo. Pese a su propia incomodidad se quedó a mi lado, justo como lo hizo cuando mi primo y sus amigos me hicieron presa de sus bromas.

Recuerdo en una ocasión cuando de niño Christine me llevó a visitar su lugar de trabajo. Maravillado ante todo aquello que me rodeaba, comenté que el lugar me parecía bello en verdad. Ella me respondió con seriedad, aunque sin olvidar su tono maternal, que los hospitales no eran lugares de belleza en ningún sentido, sino sitios donde la vida lidiaba con la muerte a cada momento del día, lugares de sufrimiento, de pena e incluso de reflexión. En ese momento, inocente como era, no supe comprender. Pero ahora podía ver el significado de sus palabras. La pequeña sala de espera atiborrada de personas preocupadas, algunas rezando a solas, otras tantas charlando en grupo, temiendo, llorando, haciendo de la risa un medio de desahogo...

Dios mío, ¿cómo es que pude terminar en semejante sitio? Durante el viaje en ambulancia los paramédicos me bombardearon con preguntas. Sin embargo yo no tenía la fuerza suficiente para responderlas. Todo ese miedo contenido durante la conmoción golpeaba feroz contra mi pecho, buscando liberarse de sus cadenas. Hubo un momento de debilidad, y entonces rompí en llanto, pero estaba bien me hizo saber una de las muchachas. Yo era un chico valiente, un héroe o algo por el estilo. No había nada de qué avergonzarse.

Tan pronto como las puertas de la ambulancia se abrieron al término de nuestro viaje, pude ver a Christine esperando por mí en el hangar, consternada por completo. Caí en sus brazos, mientras que ella, cubriéndome de besos, me aseguraba entre susurros que todo saldría bien. Quise creerle, en verdad me esforzaba por hacerlo al tiempo que veía cómo se llevaban a Victor a través de unas gruesas puertas hacia lo desconocido. Y mientras tanto, ¿en dónde se encontraba Aaron? Entonces, como si no estuviera ya demasiado avergonzado, vomité enteras las entrañas sobre el pavimento. Por cierto, ¿en qué momento había comido maíz?...

Los estudios de rutina vinieron mucho después, en gran parte por mi negativa a dejarme examinar por otra persona que no fuera mi mami. Ella insistió en llevarme a casa, mas yo no estaba dispuesto a moverme. Quería ver a Linus. *Necesitaba* verlo. Por desgracia, no tenía su número ni tampoco sabía dónde vivía, y estaba seguro que preguntar por Cadmus el Hechicero me hubiera llevado directo al área de Psiquiatría.

—En mis tiempos teníamos algo llamado guía telefónica —dijo mi madre.

En cuestión de minutos mi amigo estuvo a mi lado con una mochila al hombro, y un cambio de ropa en su interior.

—Lamento mucho haberte molestado... de nuevo —le dije mientras me cambiaba en uno de los cubículos del baño. Aunque Linus me había visto desnudo, sentí que era necesario mostrar algo de pudor—. Esto de ponerme tus ropas se me está haciendo costumbre. Por cierto, ¿qué estabas haciendo en casa? ¿Estabas dormido?

—Ya llevaba yo unos cuantos minutos despierto, cuando en eso recibí la llamada de tu mamá.

—¿Un mal sueño? —aventuré.

—Un mal presentimiento, para ser exacto —murmuró al tiempo que guardaba mis ropas mojadas en su mochila. Quise agradecerle por su presencia, pero antes de que pudiera hacerlo, el chico me dijo—: Lo que hizo Victor... sabes lo que significa, ¿cierto?

Yo asentí. No se necesitaba ser un genio para saber que el muchacho había intentado acabar con su vida. ¿Qué estaría pensando en ese entonces? ¿Qué estaba pensando en ese preciso momento? ¿Estaría consciente siquiera?

—El Puente Negro es uno de los lugares más siniestros del pueblo —continuó diciendo Linus cuando llegamos a la estancia—. En la primaria te enseñan que la gente solía colgar criminales desde la orilla. Dicen que todo ese odio fue impregnando las mismas piedras de la estructura hasta sus cimientos.

Nunca he sido un chico asustadizo. Los fantasmas y los extraterrestres no tenían cabida en mi vida más allá de una pantalla. Sin embargo, había algo en la forma de narrar de mi amigo que me hizo estremecer.

—El puente es famoso por ser el sitio favorito de los suicidas no sólo del pueblo sino también de otros en la región —continuó —. Es como un vacío, un poderoso remolino que atrae a los desdichados hacia su centro para luego consumirles...

—En serio, amigo, necesitas callarte.

—¿Familiares de Victor Cain? ¿Victor Cain? —llamaba un joven enfermero. Linus me prometió esperar, así que hube de adentrarme hacia las habitaciones.

Recostado sobre una camilla, sin sus ropas formales o sus lentes de pasta gruesa, el chico se mostraba como era en realidad: nada más que un niño todavía, temeroso, tan vulnerable como cualquiera. Su frente se encontraba vendada casi por completo, sus mejillas estaban atiborradas con banditas que tenían ositos encima, mientras que una gruesa manta ocultaba su cuerpo de su cintura hacia abajo.

—Estuve preguntando, pero nadie me supo decir tu nombre —me dijo en voz baja, aunque sin poder mirarme a los ojos—. Desde que nos vimos en... tú sabes... pude reconocerte. Y-Yo... no quise... golpearte en...

Unas cuantas lágrimas rodaron sobre su rostro maltrecho, pero tan pronto como aparecieron, el muchacho las fue limpiando a punta de manotazos.

—Tranquilo —me apresuré a detenerle—. Eso ya no importa en este momento. En cuanto a mi nombre, puedes llamarme Rory.

—Eres el nuevo en la clase de Coro. El que canta como soprano.

—Esperaba que te hubieras golpeado lo bastante fuerte en la cabeza como para olvidar eso —le dije a modo de broma.

—Se ve peor de lo que es —admitió tentando sus vendajes con los pocos dedos que tenía libres—. Las radiografías dicen que no tengo fracturas ni nada parecido. Si algo lamento es no poder volver a tocar el piano durante un tiempo. La maestra Sasada se va a morir.

—No hablemos de muerte en este momento, ¿quieres? Por cierto —quise cambiar el tema al tiempo que tomaba asiento a su lado—, ¿saben tus padres que te encuentras aquí?

Él negó con la cabeza.

—Tuve que mentirle a los doctores. Les dije que estaban de viaje, y que por el momento no recordaba sus números de celular. Verás, ellos son bastante religiosos, y si se enteran que yo... que yo quise... Bueno, estoy seguro que me enviarían lejos a terapia o mucho peor, a un centro espiritual para adolescentes.

Azules. Hermosos ojos azules como los mares del norte, buscándome, suplicándome como nadie antes lo había hecho. Y yo, sosteniéndome de la barandilla de su cama en un intento de encontrar las fuerzas necesarias para continuar.

—Victor, ¿quieres decirme por qué lo hiciste? —le cuestioné con nerviosismo—. Dime, ¿en verdad deseabas hacerlo?

Él dejó escapar un lento suspiro.

—Por un lado lo hice para poder reunirme con la única persona que me hizo feliz en este mundo —respondió sin poder mirarme a los ojos—. Lo hice para poder cruzar el umbral que nos separa. Por el otro, debo admitir que estaba cansado de tener que remar a diario en contra de la corriente oscura que me empujaba hacia las sombras.

Mis manos colocándose sobre la suya. Mi mirada haciéndole saber que estaba en un lugar seguro.

—Verás, Rory... y-yo... lo conocí cuando tenía seis años —comenzó a narrar—. Fue durante el primer día de escuela en la primaria. Él no llevaba más que un sándwich en su lonchera, mientras que yo sólo cargaba con un jugo de uva porque mi mamá de nuevo había olvidado hacer las compras. Él me pidió que compartiésemos, y así fue como supe que habíamos sido hechos el uno para el otro.

"En quinto grado, saliendo del único cine del pueblo, me dijo que me quería. Así sin más. Pero yo no pude devolverle el sentimiento sino hasta segundo de secundaria, cuando le vi enfrentarse a unos bravucones que decidieron lanzarnos piedras al salir de la escuela. Esa tarde, aquí en el hospital, le tuvieron que poner seis puntadas en la frente y otras tres en el cráneo. Él dijo que no le dolía, pero yo sabía que se estaba haciendo el valiente por mí. Siempre lo hacía.

"Hace un par de años, al terminar nuestra graduación de secundaria, corrimos a mi casa para festejar. Mis papás habían salido de viaje en una especie de peregrinaje junto con su congregación. ¿Ya mencioné que mi papá es el Pastor de nuestra comunidad? Como sea, ellos me dijeron que no volverían sino hasta la semana entrante, así que no le vi problema en tener una pequeña pijamada.

"Al amanecer, mis padres nos encontraron abrazados el uno del otro. Mi padre no dejaba de gritarnos, citando pasajes enteros de la Biblia en ese tono tan autoritario que tiene, capaz de estremecer a cualquiera. Por suerte, mis padres se limitaron a echarlo de la casa. Pudo haber sido mucho peor. Esa misma tarde me amenazaron con enviarme lejos a un campamento *especial*, donde mis "perversiones" pudiesen ser corregidas y aquellos "siniestros" deseos subyugados.

Victor volvió a llorar, esta vez no hubo más que su respiración entrecortada, su tristeza permeando el cuarto entero como una densa bruma.

—Cuando me dijeron que se había suicidado al arrojarse del Puente Negro, supe que mi vida había terminado. Estaba seco por dentro, tan vacío como nunca antes lo había estado, sin embargo no hube de derrumbarme como esperaba. Por el contrario, seguía entero, consciente de mi realidad, sabiendo que a partir de entonces tendría que caminar solo por el resto de mi existencia. Ya no volvería a escuchar su risa en los pasillos de la escuela o volvería a ver sus payasadas en clase, ni mucho menos sentiría el tibio contacto de sus labios sobre los míos. Estaba solo.

"A partir de entonces comencé a visitar el sitio a diario como sopesando la posibilidad en mi mente, recordándome a mí mismo que yo no tenía el valor para hacerlo por más que lo deseara. Subir a la orilla, saltar hacia lo desconocido… Claro, no podía hacerlo… hasta esta noche.

—Yo… no puedo alejarme del pueblo —me dijo con una mirada suplicante—. Si mis padres se enteran de esto me llevarán lejos, y entonces la distancia desvanecerá los recuerdos que atesoro conmigo. Debes prometerlo, Rory. Por favor…

Su mano sobre la mía. Su mirada tan llena de temor.

—¿Cómo se llamaba tu amigo? —inquirí con curiosidad.

—Su nombre era Aaron Turner.

CAPÍTULO DIECISÉIS

—Necesito salir de aquí —le dije. Estaba sintiendo una repentina opresión en el pecho que me dificultaba respirar. Tan pronto como hube caminado hacia la puerta, las paredes comenzaron a alejarse de mí, mientras que el suelo entero parecía sacudirse bajo mis pies.

—¿Rory, te encuentras bien?

—No es nada —me apresuré a decir, haciendo un esfuerzo sobrehumano por contener el cúmulo de emociones en mi interior—. Si no te molesta, quisiera buscar algo caliente para beber.

Victor asintió.

Al salir del cuarto me aseguré de cerrar la puerta tras de mí. Paso a paso fui avanzando por el pasillo sin rumbo alguno, con los dedos de mi mano derecha acariciando la pared para ayudarme a mantener el equilibrio. Las fuerzas me faltaban. Los colores parecían diluirse a una velocidad vertiginosa. Hubo una sensación repentina de nauseas, y entre dolorosos espasmos vomité hasta que el ardor en mi esófago comenzó a nublar el resto de mis sentidos. Por suerte, no hubo nadie cerca para admirar el desastre.

Con el sonido de pasos acercándose, me apresuré a perderme en la primera ala que encontré. Una tenue iluminación. Bancos de madera alineados en perfecta armonía. El perfume de flores frescas contrastando con el penetrante aroma a desinfectante que parecía permear el hospital entero. Perturbar la calma de aquella capilla con mi agitada presencia me hacía sentirme un tanto culpable; sin embargo, caminando lentamente hasta tomar asiento sobre un banco hacia el fondo, me permití a mí mismo disfrutar de aquel silencio. Estaba en el lugar en el que necesitaba estar.

Aaron Turner.

Las palabras de Victor aún repicaban en mi cabeza.

No. Aquello no era cierto. No *podía* ser cierto. Me rehusaba a creer que aquel muchacho capaz de iluminar una habitación entera con su personalidad no sólo había acabado con su propia vida, sino que de algún modo su esencia había conseguido regresar a nuestra realidad.

Sumido en mi silencio, en mi mente fui reviviendo nuestros breves encuentros, esperando encontrar en ellos algún indicio de la verdad. No obstante, conforme lo hacía, más y más preguntas parecían surgir. ¿Quién... *qué* era Aaron ahora? ¿Cómo es que mi alma había logrado comunicarse con la suya? En cuanto a Abigail, ¿acaso ella también conocía el secreto? ¿Por qué Victor, entre todas las personas, permanecía ajeno a su presencia?

—Siendo sincero, es algo que ni siquiera yo logro comprender.

La voz de Aaron me vino a tranquilizar. Al alzar la mirada pude verle sentado con su espalda pegada al muro del fondo.

—Aunque haya muerto —continuó diciendo, esta vez en voz alta—, no poseo mayor conocimiento de la Otra Vida que el que tenía hasta hace algunos años. Aun así, creo... *siento*... que el hecho de que yo me encuentre ahora mismo en este sitio, en este mundo, es porque mi existencia conlleva una misión.

—Me mentiste —le reproché aunque sin resentimiento alguno—. Dijiste que estudiabas con Victor en la misma escuela.

—Eso no es cierto, enano —dijo, mostrando de nuevo aquella sonrisa que parecía tener el poder de apartar cada sombra hacia la nada—. Si mal no recuerdo, yo te dije que *seguía* a mi amigo a todas partes.

—Entonces, eres...

—En verdad quisiera saberlo, Rory —continuó, esta vez con mayor seriedad—. Victor y yo hemos estado juntos desde niños. Crecimos, aprendimos, y con el tiempo descubrimos el gran amor entre nosotros. El mundo, no obstante, no fue tan bondadoso con nosotros todo el tiempo. Hubo voces que se alzaron en protesta, motes capaces de provocar profundas heridas... Y sin embargo, salimos adelante. Hace tiempo yo... cometí un grave error —murmuró—. Pese a ello, Dios, dondequiera que se encuentre, debe haber mirado en mi corazón porque me ha permitido cumplir con mi deseo más anhelado: permanecer al lado de aquel a quien amo. ¿Qué importa el nombre que reciba? El sentimiento que me ata a su persona seguiría siendo el mismo.

Pese a estas revelaciones, había tantas cosas que no comprendía. Su historia me resultaba insuficiente. Quise correr, quise gritar tan fuerte como mi cuerpo me lo permitiera, pero lo mejor que pude hacer fue hundir la cara sobre mis manos para echarme a llorar. Pronto sus brazos me cubrieron, haciéndome saber en silencio que lo peor había pasado.

—Tan pronto te marchaste, desesperado, disipé mi conciencia en el viento, logrando comunicarme con Abigail. Fue ella quien llamó a la ambulancia que los ayudó casi tan pronto como salieron del río.

—¿Y ahora, qué? —le cuestioné cuando los sollozos terminaron—. ¿Qué se supone que ocurra? ¿Qué se supone que deba hacer?

—Lo que creas correcto —me respondió—. Cuando supe que podías verme me sentí emocionado. Tenía la esperanza de que fueras el puente entre mi querido amigo y yo. Pero... tras los eventos de esta noche... sé que no puedo pedirte eso. Ya has pasado por demasiadas cosas. Eres apenas un niño.

—Él debe saberlo —le dije—. Él *necesita* saber que estás a su lado.

—Las cosas no cambiarían —repuso.

—Si acaso puede ayudarle a sanar, entonces vale la pena intentarlo. ¿No lo crees?

Un corto suspiro de su parte.

—Supongo... que tienes razón, pequeño. Nada me daría más gusto que verlo contento, tan apasionado con la vida misma como solía serlo... Pero si acaso no llegase a creerte y esto no hace más que empeorar las cosas, yo... deberé aprender a vivir con ello. Hazlo cuando te sientas listo —me aconsejó, colocando sus manos sobre mis hombros como un hermano mayor—. Gracias de nueva cuenta.

Y diciendo esto, Aaron se desvaneció en el aire, dejándome una agradable sensación de cosquilleo en el cuerpo.

Pasaron cerca de veinte minutos antes de que mi cuerpo pudiese reunir las fuerzas suficientes para levantarse. Antes de salir de la capilla alcé una oración, esperando encontrar el valor necesario para continuar. Para cuando pude llegar al cuarto, Christine ya se encontraba hablando con Victor.

—Comprenderás que como madre es mi deber informar a tus padres sobre lo sucedido; como médico, también es mi deber mantener la confidencialidad entre mis pacientes y yo. Rory... me ha pedido mantener el secreto. Por el momento les he dicho a tus padres que tuviste un... *desafortunado incidente* mientras caminabas junto al río. Ellos ya vienen en camino.

—Es usted muy amable, doctora —murmuró el muchacho—. Lamento mucho ponerla en esta situación.

—Aunque me siento consternada, y en un caso similar recomendaría la intervención de un terapeuta —continuó ella con una autoridad que nunca antes le había visto ejercer—, quiero que sepas que si en algún momento necesitas ayuda, no tienes más que llamarme. Descansa, cariño. *Ambos* lo necesitan.

Su mirada me dijo que era hora de que mi trasero regresase a casa.

Camino a la salida de la habitación, Christine y Linus se encontraron. Por alguna razón aquello me puso los vellos de punta con nerviosismo.

—¿Cadmus el Hechicero Oscuro, Mago Elemental nivel trece?

—A su servicio —respondió el chico siguiendo el juego—. ¿Sabe? Es la segunda ocasión que conozco a otro jugador de *Érato*.

—Sí que le pusimos una paliza a ese Gigante en el Bosque de Dafne. Aunque tú hiciste la mayor parte del trabajo, debo reconocer.

—Usted mantuvo su terreno bastante bien a pesar de tener

apenas un nivel seis. Casi no fue un estorbo, no como otros...

—¿Christine, no tienes vidas qué salvar o algo por el estilo?

—Si no cierras la boca te enviaré directo al quirófano para una amigdalectomía, niño —advirtió—. ¿Cómo lo soportas, Cadmus?

—¿Quién dice que lo soporto?

—Te admiro. Pidan un taxi a casa, se hace tarde.

Y con esto, Christine se marchó.

—Lamento mucho molestar —dijo Linus para Victor—. ¿Cómo te encuentras?

—He tenido días mejores. Al menos los calmantes que me dieron surten efecto —respondió el otro tratando de esbozar una sonrisa—. Eres... Linus, ¿cierto? ¿Linus Saint-Pierre? Creo haberte visto en los pasillos de la prepa.

—Me sorprende que me hayas reconocido, siempre caminas con la cabeza metida en tus partituras.

—Es una mala costumbre para mantener alejado al resto del mundo —admitió el muchacho con tristeza—. Es una de las muchas cosas que debo cambiar.

Linus palmeó con cuidado su mano, para luego tomar asiento en silencio. Aunque intentaba mostrarse maduro y comprensivo, era evidente que aquella situación le incomodaba bastante.

A continuación, los tres chicos nos quedamos bajo un absurdo silencio durante lo que pareció una eternidad. Por la forma que tenía de mover sus dedos pude ver que Victor estaba nervioso ante la inminente llegada de sus padres, mientras que Linus se distraía a sí mismo mirando a través de la ventana hacia la noche.

—Siento mucho haber tenido que contarle todo a mi madre, Victor —le dije en un intento por romper el hielo—. Yo... sentí que era lo correcto.

—Lo fue —musitó el músico mientras sus dedos acariciaban teclas imaginarias—. En cuanto a mis padres, ya pensaré en algo qué decirles para complementar la historia de la doctora. Digamos que tengo experiencia mintiéndoles —admitió aunque sin emoción alguna en su voz—. Gracias... por todo esta noche.

Si no hubiera sido por ti... Bueno, creo que ambos sabemos lo que habría sucedido.

Yo le hice saber con una sonrisa que comprendía. Mientras tanto, un nudo se formaba en mi garganta. Sabía que tarde o temprano debía explicar que había hablado con Aaron. No obstante, la sola idea de hacerlo me provocaba fuertes nauseas, así como un repentino deseo de echar a correr. Lo último que deseaba era causarle un mayor malestar al chico.

Luego de varios minutos de meditar el asunto en silencio, decidí vocalizarlo todo, esperando en Dios que Victor, maltrecho como se encontraba, pudiese comprender.

—Escuchen, yo... tengo algo que decirles —articulé con dificultad. Y con el corazón latiendo acelerado en mi pecho, fui narrando lo mejor que pude la historia.

Justo como imaginé que sucedería, al terminar mi relato Victor estaba tan molesto como acongojado. Sus manos envueltas bajo capas de vendajes se habían tensado formando puños. Pronto la tela comenzó a teñirse de carmesí en el lugar donde los puntos que le aplicaron se habían reventado. Un copioso llanto bañaba su rostro, mientras que hilos de sangre se asomaban entre la comisura de sus labios.

Yo le comprendía hasta cierto punto. ¿Cómo no odiarme después de semejante cosa? ¿Cómo me atrevía yo a jugar con sus emociones de ese modo?

Cuando Victor pudo finalmente echarme del cuarto, haciendo un esfuerzo sobrehumano por mantener sus insultos tras sus dientes, tuve que aceptar su voluntad sin replicar. Linus me acompañó hasta la entrada del hospital, donde me detuvo tomando de mi brazo.

—¿Es cierto todo eso que dijiste? —inquirió, sosteniéndome la mirada—. Dime que no serías capaz de mentir al respecto.

Todo era verdad, le hice saber. Cada una de mis palabras, desde mi primer encuentro con Aaron aquella mañana en Coro, hasta nuestra última conversación en la capilla. Linus se limitó a sumirse en su propio silencio.

—¿Aún quieres compartir un taxi? —quise saber, nervioso.

—Creo… Creo que caminaré a casa —respondió, llevándose una mano a la nuca—. Tengo demasiadas cosas en qué pensar.

Verle alejarse fue mucho más de lo que pude soportar. Con las pocas fuerzas que me quedaban encontré refugio en el baño más cercano. Encerrado en un cubículo, con las piernas recogidas sobre el retrete y mis rodillas pegadas a mi barbilla, comencé a llorar entre gritos ahogados.

Estaba desecho por completo.

CAPÍTULO DIECISIETE

Desperté alrededor de mediodía. Había dormido durante horas, no obstante me sentía tan cansado que lo único que deseaba era volver a cerrar los ojos para no tener que pensar en todo aquello que había sucedido. Desde mi cama pude ver que los cielos se habían ocultado tras un grueso manto de nubes que impedían el paso de la luz. Y ahí, entre las sombras, me senté a contemplar hacia la nada aún con las cobijas hasta el cuello, sintiendo cómo el tiempo pasaba con lentitud.

¿Cómo es que las cosas se habían complicado tanto en tan poco tiempo? Pasé horas en mi habitación intentando comprender el caos a mi alrededor, y no me refería a la ropa interior en el suelo o a los restos de comida dejados por doquier. Me sentí pequeño, temeroso, incapaz de enfrentar lo que la vida había decidido arrojarme a la cara. Ni siquiera la situación con los Daniels me había afectado tanto.

Al atardecer, decidí tomar un baño en la tina, pero para cuando el agua estuvo a punto de desbordarse yo aún no me había siquiera desvestido. Hincado, con ambas manos aferradas a los bordes, hundí la cabeza entera en el agua caliente hasta que pude sentirle quemarme la piel.

Los recuerdos galopaban veloces en mi cabeza: la vorágine del río, el miedo clavándose en mi pecho, los gritos de Aaron mientras intentaba desesperado hacerme llegar a la orilla...

Una desesperada inhalación. El agua escurriendo sobre mis hombros...

Dios mío... ¿Acaso estaba perdiendo la cabeza?

Habiendo quitado el tapón de la bañera, volví a la cama, esperando que el sueño me llegase pronto para poner fin a ese espantoso día.

Martes por la mañana. A las siete con veinte yo ya me encontraba en la esquina de la cuadra, esperando el autobús escolar. No había dormido sino escasas dos horas a lo mucho. Estaba tan molesto y tan cansado que una vez que el autobús hubo llegado a la parada, y Helga Wilken me recibió con un comentario sobre lo "fresco" que me veía, le dije que por favor se fuera al carajo.

Aquellos quienes estaban sentados en las primeras filas se callaron al instante. Pasaron unos segundos de incertidumbre, y entonces Helga soltó una sonora carcajada. Cosa curiosa, desde entonces no tuvo mucho interés en volver a molestarme.

Camino a mi asiento noté que mi primo no se encontraba. La satisfacción que sentí pronto vino a disiparse al ver que Linus tampoco estaba a bordo.

Nunca antes el camino hacia la escuela me pareció tan largo.

Las horas transcurrieron. Justo como esperaba, el pianista no estuvo presente durante Coro, reemplazado por una maestra Sasada al borde de un ataque de ansiedad. Al parecer dirigir a un grupo de adolescentes mientras interpretaba no le agradaba del todo, ya que durante la clase entera estuvo gritando e incluso maldiciendo en su lengua natal.

Cuando llegué al *Santuario* durante la hora del almuerzo, Linus ya me esperaba junto al viejo sauce, mostrando una expresión tan seria que tuve miedo incluso de acercarme.

—Tendremos que dejar de vernos, al menos mientras termino mis exámenes —me dijo tras un largo silencio—. La prepa es mucho más pesada de lo que esperaba. Quizás me precipité adelantando un par de grados.

Por supuesto, yo no estuve conforme. Los minutos que pasaba a su lado eran los pocos que tenía en el día en que lograba sentirme seguro. Quise reprocharle, decirle que yo sabía que todo era una maldita mentira para alejarse de mí, mas cuando pude notar el cansancio en su mirar, supe que aquello era lo mejor.

Al terminar la escuela, de regreso en casa, hube de llorar sobre mi almohada hasta empaparla por completo. La tristeza me permeaba de pies a cabeza. Todo mi ser se había convertido en un agujero negro donde convergían tanto el silencio como la oscuridad, un remolino que se alimentaba incluso de la luz que me rodeaba.

Vacío, tan vacío...

Las semanas se fueron tan pronto como vinieron. La escuela se dificultaba a medida que el semestre menguaba hacia las vacaciones de invierno. Con las evaluaciones bimestrales en puerta, el tiempo que pasaba en casa lo mataba estudiando, realizando algún proyecto especial para alguna materia, o con la vista sumida en mis cuadernos. Estaba nervioso, debo admitirlo. Quería obtener buenas calificaciones no sólo por mí, sino para demostrarle a Christine que su esfuerzo no era en vano. En ocasiones me veía tan envuelto en mi mundo académico que el incidente del Puente Negro se convertía en un mero y borroso recuerdo, algo por lo cual estuve agradecido.

En cuanto a mi persona, las cosas iban de mal en peor. En ocasiones despertaba sintiéndome molesto sin saber la razón; otras, sentía como si el sol se hubiese esfumado hacia un sitio lejano del cual nunca volvería. Invisible para mis compañeros, notado en especial por los adultos, quienes no dejaban de presionarme por cosas que yo no entendía ni tampoco deseaba entender. La ropa en mi armario no me agradaba. Tampoco me agradaba mi cuerpo. Cuando apenas lograba acostumbrarme a mi nuevo yo, nuevos centímetros aparecían de la noche a la mañana, tanto que en ocasiones temía que aquel constante acto de expansión terminase por romper con toda mi humanidad hasta derramarme a mí mismo por todo el suelo de mi habitación: nada más que agua, sangre y bebida energética por doquier.

¿Qué demonios me estaba sucediendo? ¿Algo químico?, ¿emocional?, ¿algo adolescente? Me sentía harto, en conflicto conmigo mismo, confundido por tantas cosas que la cabeza me daba vueltas. Deseaba con desesperación hablar con alguien, con Linus sobre todas las personas. Quizás por ello no me atrevía a buscar refugio entre las numerosas capas que formaban el universo de *Érato*, por temor a descubrir que mi amigo ya no estaba ahí, o peor, que no tenía deseo alguno de hablar conmigo. Y entonces, atrincherado en mi cuarto, escuchaba la misma canción una y otra vez en espera de que los minutos transcurriesen y la realidad no pudiese alcanzarme.

Una mañana, en Coro, Victor regresó, seguido de su rubio protector. Tan pronto como les vi desde mi lugar junto a las sopranos, quise correr hacia ellos. Deseaba con todas mis fuerzas que el pianista hubiese reflexionado mis palabras, que comprendiese que yo no mentía ni tampoco deseaba herirle en ningún sentido. Sin embargo, su expresión funesta le hacía tan inaccesible que supe que nada lograría.

Durante la clase, Aaron se limitó a quedarse sentado en el suelo, abrazando sus piernas en completo silencio. El resplandor tan bello que le acompañaba había sido reemplazado por un aura oscura que parecía alimentarse de la luz a su alrededor. Por su parte, Victor se comportaba mucho más serio que de costumbre. Refugiado tras su enorme piano golpeaba los pedales con enojo, mientras que sus dedos se deslizaban sobre las teclas con una tensión que aumentaba a medida que los minutos transcurrían. Cuando los tenores echaron a perder la armonía por quinta o sexta vez seguidas, frustrado dejó caer sus puños sobre el marfil, provocando que la maestra Sasada diera un sobresalto.

—Lo siento mucho, es un mal día —se excusó. Las miradas le siguieron hasta que se hubo adentrado en el pasillo.

Para mi sorpresa, Aaron no hizo el esfuerzo de seguirle. Por el contrario, se mantuvo en su sitio hasta que la clase hubo terminado, y entonces, cabizbajo y con las manos ocultas en los bolsillos de sus jeans, se perdió entre la multitud.

Al sonar la campana que marcaba el final de aquel suplicio educativo, comprendí —aunque con una buena dosis de dolor—, que ayudarlos no estaba en mis manos. Si Victor Cain no deseaba tener nada que ver conmigo ni con mis historias de fantasmas, ¿de qué serviría quebrarme la cabeza buscando una solución?

Esa misma tarde, en casa, estuve horas en mi cuarto intentando distraerme. Sentado frente al espejo de mi armario me observaba a mí mismo, buscando las respuestas que parecían eludirme a cada segundo. Entonces, en un arranque de furia, tomé unas tijeras de mi mochila y comencé a recortar sin misericordia los mechones de cabello que me habían acompañado desde la infancia. Cuando hube terminado con la masacre, volví mi mirada hacia el suelo, sabiendo como nunca antes que existían cosas que, una vez realizadas, eran imposibles de remediar.

Justo estaba por ponerme de pie, cuando de pronto un nombre apareció como una estrella fugaz en el firmamento de mi mente: Abigail Bennett.

Desde nuestro encuentro aquella tarde en la cafetería no había vuelto a hablar con ella, y no por falta de oportunidades. Sabía que pasaba sus tardes a escasos metros de distancia, cuidando del señor Noel, que ella me escucharía si acaso llegaba a pedírselo; no obstante, el hecho de que me hubiese mantenido oculta la verdad sobre Aaron me hacía sentir una ligera desconfianza hacia su persona.

Tras darle muchas vueltas al asunto, decidí tragarme mi orgullo e ir a su encuentro. Justo como lo supuse, la muchacha se mostró bastante sorprendida de verme, su expresión reflejaba una sincera alegría. Cuando le dije que necesitaba hablar con ella, no hubo sino un asentimiento de su parte.

—Había estado esperando el momento —confesó, y enseguida se dispuso a hervir un poco de agua para el té—. El señor Noel descansa en el cuarto contiguo, así que tendremos privacidad.

Para mi propio asombro, conversar con Abigail me resultó mucho más sencillo de lo que había imaginado. Seguro, seguía siendo tan bella como el día en que le había conocido, mas por alguna razón su brillo ya no me deslumbraba. Conforme los minutos transcurrieron, me fui sintiendo mucho más tranquilo, como si estuviese ante una vieja amiga. Ella se mantuvo en silencio salvo por una que otra pregunta ocasional, algo por lo cual estuve agradecido. Y entonces, llegó el momento que tanto temía.

—¿Cómo pudiste hacerlo? ¿Por qué no me dijiste que Aaron no pertenecía a este mundo? —le reproché con verdadero dolor.

—Porque no me hubieras creído —me respondió con serenidad—. Admito que estuve tentada a hacerlo, mas algo me dijo que no era mi deber. Lamento que esa misma noche hayas tenido que enterarte de ello —murmuró, bajando la mirada—. Supongo... que todo sucede por una razón. No me preguntes cómo es que tú o yo podemos verlo, es algo que no logro comprender. Sin embargo, me siento contenta de que haya sucedido—. Su mano sobre la mía transmitiéndome su calor—. Él... en verdad te aprecia, Rory. ¿Y cómo no hacerlo? Eres un chico amable y valiente que no duda en ayudar a alguien en necesidad.

—Si lo que dices es cierto, ¿por qué me siento tan miserable? —repliqué—. No entiendo cómo Victor—

—Debes comprender que, como muchos de nosotros, Victor ha sufrido demasiado —me interrumpió—. Su problema es creer que su propia naturaleza es el motivo de su desgracia. Hasta que no logre amarse a sí mismo, encontrar dentro de su propia alma el perdón que tanto necesita, me temo que cualquier esfuerzo de acercarse a él será en vano. En cuanto a ti —prosiguió—, estás creciendo. Es natural que te sientas intranquilo contigo mismo. Aunque, si me lo preguntas, todo este dilema existencial se reduce algo bastante simple: extrañas a alguien.

—Basta, no digas tonterías. ¿A quién demonios podría yo extrañar?

—Christine pasa mucho tiempo en el hospital... —aventuró.

—Eso no es nada nuevo.

—Entonces... ¿qué me dices de tu amigo, Linus?

El estómago se me hizo un nudo al instante.

—Yo... no extraño a Linus —musité, evadiendo su mirada.

—De acuerdo, niño. Lo que tú digas —dijo con un suspiro. Enseguida se marchó hacia el cuarto donde el señor Noel descansaba. Cuando regresó, sobre su mano derecha cargaba una toalla, mientras que en la izquierda sostenía un estuche de estilismo—. Suceda lo que suceda, Rory, quiero que sepas que puedes contar conmigo. Ahora, procura quedarte quieto mientras trabajo...

Tras colocarme la toalla alrededor de mis hombros, Abigail se dispuso a darle sentido al desastre que yo mismo me había ocasionado. La espera no hacía sino acrecentar mis nervios. Cuando finalmente ella puso un espejo frente a mí, no pude moverme de la impresión. Atrás había quedado el niño, y ahora, ante mí se encontraba un jovencito tan extraño como fascinante. Frente despejada, sienes cortadas al ras, estelas de cabello apuntando hacia el cielo, un par de ojos dorados como topacios que parecían haber adquirido un renovado brillo...

—G-Gracias —le dije con timidez.

—No lo menciones. Para eso somos los amigos.

CAPÍTULO DIECIOCHO

Sintiéndome contento por primera vez en mucho tiempo, a la mañana siguiente me levanté más temprano que de costumbre. Tras un rápido baño, estuve parado frente al armario en mi ropa interior cerca de media hora, escogiendo algo que ponerme que fuera acorde a mi nuevo estilo. De pronto los jeans que había comprado aunque sin mucho afán en el supermercado hacía unas semanas cobraron una nueva importancia. Y aunque al caminar me sentía como un vaquero que había recibido una patada en las bolas, era cuestión de acostumbrarse, supuse. Una camiseta tipo polo celeste, botas y una chamarra con una piel falsa alrededor del gorro vinieron a complementar el atuendo.

Afuera, las densas nubes que oscurecían los cielos anunciaban lluvia. Con cada paso la brisa matinal helaba mi rostro, mientras que un ligero vaho escapaba de entre mis labios con cada exhalación. Por un lado me sentía contento de que volvieran los días de los guantes y de los gorros, mientras que la idea de usar ropa térmica que parecía diseñada para atrapar los gases me provocaba repulsión.

En el autobús, las miradas no se hicieron esperar. Siendo sincero, no podía importarme menos; mas cuando los ojos de David Trevor se posaron sobre mí, no pude evitar devolverle la mirada. Este era nuestro primer encuentro desde aquel domingo en su casa. Supongo que había estado tan absorto en mis exámenes que no había notado su ausencia en el transporte. Al verlo sumido en su asiento, con una expresión funesta en su rostro, descubrí que ya no le tenía miedo. El sentimiento había sido reemplazado por una compasión como nunca antes había experimentado.

Seguí de largo hacia el fondo del autobús, donde esperaba

mantenerme alejado de la vorágine de hormonas a mi alrededor. Tras haber avanzado unas cuantas cuadras me di cuenta con cierto temor que aquel no era el camino hacia la escuela. ¿Hacia dónde nos llevaba la chofer gigante?

Confundido, me dediqué a observar a través de las ventanas empañadas en busca de algún indicio sobre nuestro destino. Cerca de veinte angustiosos minutos más tarde pude ver cómo una torre se alzaba de entre la espesura del bosque como una daga buscando perforar el cielo mismo. Poco a poco Helga fue deteniendo la marcha hasta colocarse justo detrás de una enorme hilera de autobuses que, como el nuestro, aguardaban su turno para entrar hacia una vasta propiedad.

La espera se hacía insoportable, mientras que el caos en el interior del autobús parecía ir en aumento. Steve Delgado le mostraba el dedo a cualquiera que pasase junto a su ventana. Desde su asiento cuatro filas atrás, Randy Gilmore le gritó que era un idiota por alguna razón que no pude escuchar, mientras que Lucy Adams y su grupo de clones no hacían sino aplicarse capa tras capa de maquillaje al tiempo que desmembraban a cada uno de los que les rodeaban con sus comentarios. Por alguna extraña razón, aquella mañana mi primo parecía no participar en aquel alboroto. Estaba nervioso, me di cuenta. Los dedos de su mano tamborileaban sobre sus muslos, mientras que su piel parecía palidecer a cada segundo. ¿Qué cosa podría provocarle tanto temor a alguien como David Trevor? Lo que fuera, sin duda era algo que yo ansiaba averiguar.

Con el autobús reanudando la marcha, pude ver que nos adentramos en un enorme complejo industrial. Pronto los pinos fueron cediendo sus dominios ante enormes edificios que echaban continuas columnas de vapor hacia el aire. Hermosos jardines convergían con extensos estacionamientos repletos de hileras de modernos —además de caros—, autos. Una fuente por ahí, canchas de soccer en la distancia, un campo de juegos con columpios para los niños, un lago con botes atados a un solo muelle que se mecían con el vaivén del viento...

Y entonces lo supe: aquel sitio no era otro sino N&D, la

empresa que había traído tanto crecimiento a North Allen, la misma donde mi tío, Eric Thomas, laboraba, y el motivo por el cual mi primo estaba a punto de una diarrea nerviosa.

Cuando nos hubimos estacionado, el profesor de Física llegó a nuestro encuentro.

—Vengan, muchachos. Dense prisa. Aún quedan muchos grupos esperando para ingresar.

Los muchachos salieron casi en estampida, mas no David Trevor, quien se mantuvo en su asiento hasta que casi todos hubimos descendido. Al verlo tan taciturno, cualquiera diría que era un chico esperando su turno para subir al cadalso. Una vez en grupo, el profesor nos condujo hacia la explanada principal del complejo, donde enormes carpas blancas con el logotipo de la empresa habían sido colocadas. Un ejército de jóvenes en atuendos blanquiazules se movía de un lado a otro como una bandada de aves, buscando atender a la mayor cantidad de personas tan pronto como fuera posible. Altas torres de metal esparcidas por doquier como afiladas estalagmitas disimulaban calentadores de gas, un agradable pero insuficiente consuelo ante la mañana que parecía tornarse más y más helada con cada minuto que pasaba.

La multitud era impresionante. La enorme fila de personas trajo a mi mente aquel mito nórdico de la serpiente que, habiendo sido arrojada al mar, había aumentado tanto de tamaño que su cuerpo alcanzaba a rodear el mundo entero. Quizás aquella columna no era tan grande, pero vaya que era atemorizante. No sólo la secundaria entera había sido reunida, sino que también había chicos de primaria e incluso los de preparatoria, en conjunto una hueste tan destructiva como aquellas que moraban en mi querido juego.

—Detesto las visitas escolares —comentó Nicholas March, uno de los pocos compañeros con los que hablaba—. Espero que al menos nos sirvan desayuno, olvidé mi almuerzo en casa.

—¿Cómo es que no recuerdo haber escuchado sobre esta visita? Seguro debieron haberla mencionado en varias ocasiones.

—¿Bromeas, Rory? Durante las clases no haces más que observar por la ventana, por completo distraído. Nunca pones atención a nada de lo que te rodea. Cómo logras siquiera pasar los exámenes me es un misterio.

Por desgracia, él estaba en lo cierto.

Bajo las carpas se ofrecían una gran cantidad de productos que la empresa creaba. Pronto mis bolsillos estuvieron llenos de panfletos, mercancía promocional que, tenía la sospecha, había sido impresa en el negocio de nada menos que nuestra casera Susanna Noel, así como decenas de muestras gratis, desde pasta de dientes hasta tratamiento para el acné.

Justo estaba por dirigirme hacia una carpa donde estaban ofreciendo donas glaseadas con algo de chocolate caliente para acompañar, cuando de pronto alguien me tomó del cuello de mi chamarra para llevarme con demasiada facilidad hacia un podio de metal que habían levantado frente a las puertas de la torre. Un par de hombres en traje tan grandes como trolls se aseguraron que yo no pudiera salir corriendo. Al poco tiempo mi primo apareció a mi lado, su expresión denotaba una confusión tan grande como la mía.

—Dime que es una broma —murmuré cuando de pronto las pantallas colocadas por todo el complejo se encendieron mostrando mi enorme rostro pubescente para todos los presentes. Hubo un estallido de aplausos, seguido de un numeroso grupo de hombres y mujeres, algunos de ellos luciendo relucientes batas blancas, que procedieron a desfilar frente a nosotros. David y yo estrechamos una infinidad de manos, entre ellas la de mi propio tío Eric, quien nos confió, fue responsable de habernos seleccionado entre cientos de otros chicos para participar en aquella farsa, mientras los trolls nos mantenían asegurados al suelo gracias a sus enormes manos presionando sobre nuestros hombros.

Dios, aquello era tan vergonzoso que por un momento quise ser tan invisible como Aaron Turner. El sonido de cámaras fotográficas disparando por doquier me estaba alterando. ¿Significaba eso que mi cara estaría en las noticias? En eso, un joven nos dio a ambos chicos una canasta repleta de productos de la empresa, una playera promocional, además de la más reciente expansión de *Érato* que ni siquiera había salido al mercado.

Bueno, ¿quién era yo para cuestionar su generosidad?

Hubo un video que mostraba a un hombre a quien los subtítulos describían como el presidente de la compañía, bla, bla, bla, aplausos y más aplausos, y entonces mi primo y yo fuimos liberados de nuestro deber publicitario.

—Toma, idiota —me dijo entregándome su canasta. Orgulloso, quise decirle que no deseaba su caridad, no obstante, el chico se mostraba tan ansioso de salir corriendo como un conejo asustado que no tuve más remedio que aceptar su regalo. Bien por mí.

Antes de que mis compañeros como cuervos hambrientos pudiesen rodearme, quise alejarme tanto como me fuera posible. En el momento en que alcé la mirada, mi corazón comenzó a latir acelerado al tiempo que una extraña sensación se manifestaba en mi vientre. La chaqueta le quedaba un tanto grande, me di cuenta, un monstruo de piel ostentando los colores celestes de la preparatoria. Un gorro gris cubría la mitad de su cabeza, dejando al descubierto un rostro lleno de melancolía.

Linus.

Bello, tan bello, un niño demasiado inteligente para su edad buscando su rincón en el mundo dónde pertenecer.

Para entonces me fue imposible ocultar mi sonrisa. En verdad estaba contento de verle.

CAPÍTULO DIECINUEVE

—Era de mi hermano Alexander —me dijo señalando hacia su chaqueta, sus mejillas rojas como granadas—. Me la dio antes de irse a la escuela militar.

—Con razón te queda algo grande —respondí.

A sus quince, Linus era tan delgado que, de no haber sido por sus perforaciones, podía haber pasado con facilidad por un niño de ocho años. Esa mañana el arete expansor negro que solía llevar había sido reemplazado por una pequeña pero hermosa ala negra que alcanzaba a cubrir todo el contorno exterior de su oreja.

—Es de auténtico hueso de bisonte —volvió a explicarse con timidez—. La chica de la tienda me dijo que había sido tallado a mano. ¿Te gusta?

Yo le dije con un asentimiento que sí. Cuando menos me di cuenta, mis dedos ya se encontraban jugando con el accesorio.

De pronto me sentí bastante avergonzado. Linus no hacía sino mirarme, extrañado, pero divertido al mismo tiempo. Quise apartar la vista, desviar mi atención hacia cualquier otra cosa, no obstante descubrí que me era imposible hacerlo. ¿Cómo no había notado antes lo bellos que eran sus ojos? Avellanas, eran como hermosas avellanas…

—Este sitio es un caos —comentó tras una incómoda pausa—. ¿Quieres…?

—Seguro —dije antes de que pudiera terminar.

Habiéndole cedido una de mis canastas, juntos nos fuimos alejando. Por suerte, nuestras escuelas no notaron nuestra ausencia. Avanzamos en silencio, compartiendo uno de esos extraños momentos en los que las palabras parecen estar de sobra. Hacia el lado oeste del complejo encontramos los columpios. Y aunque no había muchos árboles a nuestro alrededor, ni mucho menos maniquíes surgiendo del suelo como zombis, era un sitio bastante agradable.

Pasamos los siguientes minutos meciéndonos, acompañados del ruido que producían las cadenas al moverse y el canto del bosque a nuestras espaldas. Por mi parte, no lograba recordar cuándo había sido la última vez que me había sentido tan tranquilo. La ansiedad que me había embargado durante las semanas pasadas por fin se había marchado, algo por lo cual estaba agradecido.

—Lamento mucho haberme alejado —murmuró mi amigo—. Estuve... algo ocupado, eso es todo. Siento mucho, también, si hube de lastimarte. En verdad quiero que sepas que no fue mi intención.

—Soy yo quien te debe una disculpa —me apresuré a responder—. Lo sucedido aquella noche fue... por completo inesperado. Había tantas cosas en mi cabeza, tantas emociones atoradas en mi pecho que...

Uno a uno los recuerdos del hospital comenzaron a sacudirme. Con mi cuerpo tensándose a cada segundo, aceleré el ritmo, deseando que el movimiento pudiese llevarme a un sitio donde el pasado no pudiese alcanzarme.

Hacia delante. Hacia atrás. Hacia delante. Hacia atrás...

—Yo te creo —dijo en voz baja—. Eres un buen chico, Rory. Lo he podido ver en el poco tiempo que llevamos de conocernos. ¿Qué motivo tendrías para inventar una historia semejante? Confieso que la sola idea de un estado entre la vida y la muerte me provoca algo más que temor. Aun así, *quiero* creer. Por una vez en mi vida quiero dejar de depender de mi intelecto para entregarme de lleno a la esperanza.

Entonces, su mano se posó sobre la mía. Fue un gesto tan sencillo pero al mismo tiempo tan lleno de intención que no pude evitar estremecerme. Con las suelas de mis tenis aferrándose al suelo, levantando una ligera nube de polvo, me detuve por completo.

En ese momento comprendí que la razón por la cual había

estado tan enfadado con todo el mundo —incluyéndome a mí mismo—, era porque le había extrañado. Abigail había tenido razón.

¿Cuánto tiempo estuvimos de ese modo? Siendo sincero, tuve miedo de llevar la cuenta. Su sola compañía me hacía sentir como el chico más afortunado del mundo. Nada más importaba.

—Te veías bastante cómodo arriba en el templete —comentó, su mirada puesta sobre su regazo.

—Creo que no puedo evitar ponerme a mí mismo en el centro de la acción —dije entre risas.

—Lo que me sorprende es que el Anticristo no haya querido molerte a golpes.

—Apuesto que deseaba hacerlo, mas no se hubiera atrevido, no con su padre, mi tío Eric tan cerca.

Sus ojos se abrieron por completo ante el descubrimiento.

—En verdad te compadezco, Helio.

—David Trevor y yo nos dimos cuenta el mismo día que Victor... tú sabes.

Él asintió.

—Fue uno de esos días, supongo —se lamentaba—. ¿Qué me dices de tu mamá? ¿Acaso ella sabe que...?

—No tiene una maldita idea. Ella cree que mi primo y yo seguimos siendo tan unidos como cuando éramos niños.

—Tarde o temprano debes decirle la verdad. ¿Qué sucederá cuando David Trevor logre lastimarte en serio?

—Gracias por preocuparte, Linus, pero Christine ya tiene bastantes problemas en su trabajo. Además, aunque se lo contara, tengo la sospecha de que no me creería. Desde la mudanza nosotros... nos hemos distanciado un poco.

Su mano transmitiéndome su apoyo con un ligero apretón.

—Vaya gesto de tu primo —comentó señalando hacia las canastas.

—Una de ellas es tuya —le hice saber—. Dicen que la expansión de *Érato* abre nuevos niveles, mejoras y armamento. Necesitaremos de todo ello si queremos participar en las Batallas Grupales en Pallas.

Su sonrisa vino a iluminar mi mundo. Supongo que hice algo bien porque tras haberme soltado la mano, en silencio me compartió de su bolsa de ositos de gomita que siempre llevaba en uno de sus bolsillos, algo que nunca antes había hecho.

—Por fin los encuentro.

Victor Cain trajo la realidad a nosotros. El muchacho se mostraba cansado, como si hubiera pasado noches enteras en vela. Su cabello era un desastre, sin mencionar que parecía haber adelgazado bastante en muy poco tiempo. Ya no jugaba al adulto, vistiendo los elegantes trajes que solía llevar durante los ensayos de Coro, sino que había optado por algo mucho más... bueno... *normal*: jeans azules, un suéter negro, unos tenis que hicieran juego. Sin duda era un muchacho bastante apuesto.

—Siento molestarles, chicos. Y-Yo... los he estado buscando —nos dijo acercándose aunque con cautela, como si temiera una repentina reacción por nuestra parte.

—Te ves terrible —respondí. Hubiera querido decirle alguna otra cosa menos ofensiva, pero supongo que mi cabeza no estaba conectada con mi boca en ese momento en particular.

—Lo sé... Estas semanas han sido...

—Una mierda —dijo mi amigo con naturalidad.

—En verdad lo han sido —continuó el músico cuando se hubo recuperado de la impresión—. Chicos, yo... he venido a disculparme, con ambos en realidad.

—Sabes que no es necesario —le dije.

—En verdad *quiero* hacerlo —insistió—. Lamento mucho haberme comportado como un idiota. Esa noche, digamos que tuve... "emociones encontradas" —murmuró, bajando su mirada—. Tenía miedo, no sólo de lo que estaba sucediendo a mi alrededor o de las consecuencias que podría enfrentar, sino de mí mismo por haber encontrado la oscuridad absoluta en mi alma tras años de un precipitado descenso. Quise creerte, Rory. En verdad quise hacerlo. Pero la sola mención del nombre de Aaron me llenaba de rabia, además de una cruda envidia. ¿Cómo era que podías verlo sin siquiera pedirlo cuando ese había sido mi deseo durante tanto tiempo?

Por un momento sus manos se volvieron puños. Victor estaba haciendo un doloroso esfuerzo por abrirse ante nosotros. Casi podía escuchar el ruido en su cabeza, el torrente de imágenes llenando cada rincón de su pensamiento hasta sofocarle por completo.

Yo no estaba seguro de querer responderle. Los recuerdos del hospital aún estaban frescos en mi memoria. Fue Linus quien con una mirada me dio el valor que necesitaba.

—Yo te entiendo. Sin embargo, desconozco la razón tanto como tú. Si en mis manos estuviera, daría cualquier cosa para que Aaron y tú pudiesen reencontrarse aunque fuera por unos instantes.

Él asintió. Su rostro era el reflejo mismo de la melancolía.

—Quiero cambiar —dijo en voz baja—. Quiero despojarme de todo esto en lo que me he convertido para volver a ser el chico de antes: aquel que tocaba el piano no por compromiso sino por gusto, aquel que se perdía entre sus propias composiciones, el mismo que solía escaparse de la secundaria con Aaron para bañarse en el río durante el verano.

Justo cuando quise responderle, me vi sobresaltado ante la repentina aparición de su protector. El muchacho caminó hacia Victor con tranquilidad, para luego brindarle todo su cariño en un solo abrazo. La calidez que emanaba del cuerpo de Aaron fue suficiente para calmar los temblores que ya comenzaban a estremecerle.

Gritos en la distancia. El inconfundible rugido de decenas de motores encendiéndose en sucesión.

—Los autobuses se preparan para irse —comentó Linus con tristeza—. Debemos irnos.

La sola idea de separarnos me provocaba malestar. Por suerte, nuestro nuevo amigo el músico tuvo una idea:

—Quiero mostrarles algo. Es un lugar especial que Aaron y yo solíamos compartir hace algunos años. Les prometo no quitarles mucho tiempo. ¿Qué dicen?

Linus y yo intercambiamos una mirada.

—Oh, no se preocupen por las clases —continuó Victor con su

espíritu renovado—. Fueron suspendidas en todas las escuelas durante el resto del día.

Era todo lo que necesitaba escuchar. Un tanto nerviosos, mi amigo y yo tomamos nuestras canastas para luego seguir al pianista hasta el estacionamiento. Su auto no era nuevo ni mucho menos elegante. Siendo honesto, era un armatoste de metal que más semejaba una lancha que un vehículo; no obstante, se mantenía en buen estado. Tras colocar las canastas en la cajuela, Linus y yo nos sentamos en la parte trasera, mientras que Aaron lo hacía en el asiento del copiloto.

—Enano, yo no me sentiría tan cómodo allá atrás si fuera tú—me dijo con una expresión siniestra cuando hubimos arrancado—. Lo que el aburrido este y yo solíamos hacer ahí era —por ponerlo con humildad— *épico*...

CAPÍTULO VEINTE

Victor condujo hacia una calle donde la prosperidad parecía haberla abandonado mucho tiempo atrás. Ésta estaba flanqueada hacia ambos lados por siniestros edificios que espiaban nuestro avance como centinelas. Algunos eran antiguos complejos de apartamentos de tres o incluso cuatro pisos de alto, aunque la mayoría se trataba de negocios cuyas ventanas de exhibición yacían ocultas tras gruesas tapias. Los pórticos estaban cubiertos de basura, algo bastante inusual, vine a notar, mientras que los muros de los callejones —al menos hasta donde mi vista alcanzaba a percibir— estaban decorados con grafiti o incluso una infinidad de posters que en conjunto formaban grotescos tapices.

—Alexander solía venir a este sitio —murmuró Linus. Su tono cargado de melancolía me hizo saber que lo que fuera que su hermano mayor hiciera, no podía tratarse de nada bueno.

—En una ocasión mi madre me contó que esta calle había sido el centro de todo el comercio en North Allen —dijo el pianista al tiempo que reducía la velocidad del auto a una lenta marcha —. Ese edificio de ahí era un restaurante bastante concurrido, mientras que de este otro lado había una tienda de ropa que en algún momento fue la sensación por tener las primeras y únicas escaleras eléctricas del pueblo.

Yo me mantuve con la cara pegada a la ventana, permitiendo que sus palabras dieran vida a mi imaginación. Por su parte, Aaron se retorcía en su asiento, con incomodidad. Y vaya que tenía motivos. Aquella calle parecía sumida bajo una oscuridad que permeaba cada uno de sus rincones. Aun con las ventanas tapiadas, yo sentía como si alguien nos estuviera observando desde lo alto.

¿Qué había sucedido con ese sitio? ¿Quiénes habían sido los dueños de aquellos comercios de antaño? ¿Acaso eran ciertas las palabras de la señora Cain?

Luego de un largo recorrido, Victor detuvo el auto justo frente a un edificio de cuatro plantas con fachada de ladrillos.

—Hemos llegado —nos dijo bajando tan pronto como pudo. Aún en el auto, sin saber cómo proceder, Linus y yo intercambiamos miradas al ver cómo el chico, emocionado, se lanzaba de lleno hacia las puertas de cristal protegidas por gruesas cadenas que el tiempo se había encargado de oxidar. Hacia ambos lados de éstas, enormes exhibidores dejaban entrever una extraña colección, desde cajas de cartón enmohecidas repletas de ganchos para la ropa, muñecas con vestidos mordisqueados por generaciones de roedores, herramientas e incluso uno que otro animal disecado observando desde las sombras.

Aaron hubo de atravesar la puerta del auto en un acto tan inesperado como inquietante. No hubo esfuerzo alguno de su parte. Al parecer aquello le resultaba tan ordinario que ya ni siquiera reparaba en ello. Al verlo parado sobre la acera, con una mano sobre la nuca denotando nerviosismo, me di cuenta que en el lugar donde el metal había hecho contacto con su cuerpo, éste se había desgarrado a sí mismo revelando una infinidad de luminosas fibras multicolores que se agitaban de un lado hacia otro como diminutos tentáculos. Una a una estas se fueron uniendo entre sí hasta volver a formar la sola y compleja entidad que era mi etéreo amigo.

Quise sentir miedo, pero algo me dijo que aun perdido en sus propias emociones, había intención en todo aquello que Aaron realizaba. Quizás deseaba recordarme su propia condición, aquel delgado velo que separaba nuestras realidades. O tal vez, al igual que Victor —quien para entonces ya había sacado una pesada mochila de la cajuela— deseaba mostrar un poco de sí mismo ante la amistad que entre nosotros ya comenzaba a despertar.

Linus y yo bajamos del auto de un modo más *tradicional*. Para entonces, el músico ya había roto el candado que resguardaba las puertas gracias a unas enormes pinzas que había sacado de su mochila. Las cadenas cayeron al suelo con un sonoro tintinear, algo que me hizo sentirme emocionado pero nervioso al mismo tiempo. Linus paseaba su vista de un lado hacia otro, como si la policía pudiera sorprendernos en cualquier momento, mas tuve la sospecha de que ya nadie se molestaba en vigilar aquella parte del pueblo perdida en el pasado.

Para mi sorpresa, Victor extrajo una pequeña llave de su bolsillo que vino a abrir las puertas con facilidad. A continuación, nos dio a Linus y a mí una linterna, nuestra única arma en contra de las sombras que nos esperaban. Tan sólo hubiera deseado que en su mochila también hubiese cargado con cubrebocas o incluso algo de aromatizante. La bodega olía a mil demonios.

—Esto no me gusta —expresó mi amigo con cierto temblor en su tono. Por mi parte, hice lo posible por controlarme, aunque admito que lo único que deseaba hacer era salir corriendo de regreso al exterior.

—Sigan adelante —nos urgía Aaron unos cuantos pasos frente a nosotros—. Quiero llegar arriba tan pronto como pueda. Este lugar me pone de punta los vellos del trasero.

Conforme la oscuridad le fue envolviendo, su cuerpo entero vino a cubrirse de un hermoso resplandor que vino a disipar todos mis temores. En silencio le di gracias a nada en particular y a todo al mismo tiempo por la oportunidad de contemplar tanta belleza.

Salvo por el rechinar de nuestros pasos o el agitado resoplido de nuestras respiraciones, el único sonido que alcanzaba a percibir era el ruido de diminutos y afilados dientes royendo algo que, esperaba, estuviese bastante alejado de mí. Sorteando torres de cajas con contenidos inciertos, sillones con el relleno expuesto e incluso uno que otro tapiz que colgaba del techo, seguimos a Victor hasta el fondo de la bodega, donde se encontraba una vieja caja de fusibles. Tras comprobar que la electricidad había sido cortada por completo, el chico se lamentó en voz alta.

—Supongo que tendremos que continuar así al menos por unos cuantos minutos más.

Sintiendo una extraña pesadez anidar en mi pecho, supe que no teníamos más remedio.

Victor nos condujo por unas escaleras hasta un cuarto piso, donde una solitaria puerta aguardaba por nosotros. Habiendo sacado una nueva llave de su bolsillo, comenzó a forcejear con la cerradura.

—Aaron tenía un talento natural para esto —comentó—. De haber estado aquí, estaríamos dentro en un santiamén.

—El truco está en escuchar al mecanismo —dijo el chico rubio con orgullo.

Luego de un par de minutos, la chapa cedió. Las bisagras de la puerta soltaron un agudo rechinar que me hizo estremecer. Comencé a caminar hacia el interior en medio de una creciente incertidumbre. Gracias a mi linterna pronto me di cuenta que me encontraba no en otro almacén, sino en un amplio estudio amueblado por completo. Salvo por el penetrante aroma a humedad permeando el ambiente o las innumerables capas de polvo que alcanzaban a cubrir cada uno de los rincones, aquel sitio había permanecido intacto durante un tiempo imposible de adivinar.

Uno a uno mis amigos fueron avanzando, revelando cada uno de los detalles que le componían. Hacia la derecha se encontraba una chimenea con el hogar obstruido por unas tablas. A nuestra izquierda, enormes ventanas cubiertas por pesadas cortinas floreadas. Un piano de pared en el fondo, un baúl con la cabeza de un fiero lobo por cerradura, un escritorio tan antiguo como hermoso... ¿Qué era ese sitio? ¿A quién había pertenecido?

Cuando mis ojos se encontraron con los de una figura espiando desde las sombras, no pude evitar soltar un grito para nada masculino. Cuando me di cuenta que aquel quien nos observaba no era sino mi propio reflejo en un gran espejo montado sobre la pared, maldije entre dientes.

Habiendo sacado una bolsa llena de velas del baúl, así como un encendedor, Victor fue iluminando el estudio. Aunque sus labios mostraban una sonrisa, podía ver la preocupación deformar poco a poco su expresión.

—Siento mucho haberlos traído hasta aquí sin siquiera preguntarles si sus familias les esperaban. Ahora me siento culpable —expresó mientras volcaba su atención sobre las tablas que ocultaban el hogar de la chimenea—. Si gustan pueden llamar a sus casas desde mi celular. Sus padres deben estar preocupados.

Yo le dije que, aunque hubiera querido, los turnos en el trabajo de mi madre no le permitían darse el lujo de preocuparse de mis asuntos.

—¿Ahora nos dirás qué es este lugar? —le cuestionó Linus con sequedad

—Este, chicos, es el sitio donde Aaron y yo solíamos ocultarnos del mundo —explicó—. Era nuestro refugio.

Con un martillo que había estado cargando en su mochila, Victor fue removiendo las tablas que obstruían la chimenea, para luego colocarlas en el interior. Luego, las encendió gracias a un poco de periódico que pudimos encontrar. Pasados unos minutos, las llamas chisporroteaban alegres, trayendo un agradable calor. Linus y yo nos sentamos juntos sobre el suelo, sin reparar en la gruesa capa de polvo sobre la que descansaban nuestras ropas.

—En algún momento perteneció a los abuelos de Aaron —continuó diciendo, mas no sin antes permitirse a sí mismo una pausa para soltar un suspiro—. Ellos, los señores Turner, eran dueños casi por completo de la cuadra, y heredaron todo a sus hijos al morir. Verán, cuando N&D comenzó a construir su sede en el pueblo, trajo consigo una inesperada ola de compradores de bienes raíces. Cuando los tíos de Aaron —e incluso su propio padre—, tuvieron la oportunidad de vender la herencia a un precio razonable, se negaron con la esperanza de que los edificios aumentasen su valor con la demanda. Como verán, lo que sucedió fue que los tipos de bienes raíces se llevaron el comercio hacia otro lado del pueblo, dejando esta zona en completo abandono. Para cuando mi amigo y yo descubrimos este sitio, durante nuestro cuarto o quinto año de primaria, el edificio entero, así como el resto en toda la cuadra salvo por una licorería y uno de esos lugares de AA justo frente a ésta —por irónico que suene— ya llevaban años clausurados. Aquí solíamos pasar nuestras tardes al salir de la escuela. Y cuando crecimos también llegamos a pasar unas cuantas noches —dijo con sus mejillas sonrosadas.

—¿Qué pensaban sus padres al respecto? —quiso saber Linus con esa seriedad que tanto le caracterizaba.

—Los míos nunca se enteraron. Y en cuanto al señor Turner, bueno... digamos que era un hombre *complicado*. El alcoholismo le impidió convertirse en la gran persona que pudo haber sido. Saltando de un trabajo a otro, endeudado por completo, a menudo pasaba sus noches en la estación de policía por haber reñido en un bar o por hacer una escena en la calle. ¿Que si amaba a Aaron? Supongo que lo hacía —expresó el chico encogiéndose de hombros—, o al menos *intentaba* mostrarse preocupado de vez en cuando. La verdad es que su enfermedad le ataba con una pesada cadena, una que con el tiempo habría de arrastrarle a su propia perdición.

—Aunque al principio el señor Turner no estaba de acuerdo en que ambos niños pasásemos nuestras tardes en un edificio abandonado —continuó luego de una breve pausa—, decidió ayudarnos a acondicionarlo durante uno de sus esporádicos momentos de sobriedad. Debo admitir que era habilidoso con las herramientas, por lo que no tardó en instalar las cortinas, los espejos e incluso un pequeño baño. Juntos, los tres subimos el piano de pared, así como los demás muebles. Una vez solos, Aaron se dedicaba a ensayar sus rutinas con el sueño de convertirse en el próximo gran descubrimiento del teatro musical, mientras que yo fui componiendo nota por nota lo que en mi mente era una especie de sinfonía que reflejase el amor entre nosotros, un homenaje a nuestra vida misma.

Mi amigo etéreo, quien hasta entonces había permanecido junto a la ventana, por fin se decidió a tomar asiento junto a su protegido.

—Frodo, dile al Señor Nostalgia que te muestre el contenido del fondo falso del baúl —me pidió—. Eso debe quitarles el frío mejor que cualquier fuego.

Yo hice como me dijo, sintiéndome un tanto inseguro. Para mi sorpresa, Victor no tuvo reparos en hacerlo, trayendo a la luz una botella nueva e intacta de vodka, así como un elegante estuche de piel que protegía unos pequeños vasos de metal.

—No estoy seguro de si sea lo correcto —nos dijo mientras nos repartía los vasos llenos hasta el borde.

Aquello fue tan asqueroso como haber tragado combustible. Linus tampoco lo estaba disfrutando. Sin embargo, ambos hubimos de continuar hasta haber vaciado el primer trago.

—Quiero pedirte un favor, Rory —me dijo Aaron. La cabeza había comenzado a darme vueltas, mientras que las manos me cosquilleaban. Cuando hubo terminado de explicarme su petición, me volví hacia mis amigos con toda la seriedad que pude reunir.

—Escuchen, chicos: yo... Aaron, en realidad... tiene algo que contar.

Victor se mantuvo callado. Yo temía una reacción similar a la de aquella noche en el hospital. Pero tan pronto como hubo terminado con su trago, asintió haciéndome saber que estaba dispuesto a escucharme.

CAPÍTULO VEINTIUNO: LA HISTORIA DE AARON, PRIMERA PARTE

Cuando el señor Cain me pidió que nos encontrásemos en aquel pequeño restaurante a las afueras del pueblo, a la salida de la escuela, nunca imaginé que pasarían horas antes de empezar a conocer sus intenciones. Estaba cansado de escucharle, sin embargo no tenía otro remedio que quedarme sentado. Después de todo, era el padre de mi mejor amigo y compañero de vida.

—Quiero pedirte algo —me dijo hacia el final de nuestro almuerzo. Sus manos se habían entrelazado sobre la mesa, denotando seriedad—. Un favor en realidad. Algo... entre amigos.

Un suspiro que contenía mi cansancio entero escapó de mi pecho. Con los puños tensos sobre mis muslos hice un último intento por sofocar las ganas de salir corriendo.

—¿Un favor... señor?

Cómo es que lograba irritarme tanto me era un misterio. Aunque le conocía desde niño, había algo que me impedía sentir el más mínimo agrado hacia su persona. Quizás era su andar engreído, su porte altanero, o tal vez era su tono, su único y muy particular tono de voz: el balance justo entre autoridad y condescendencia que usaba para dirigirse a aquellos quienes no pertenecíamos a su pequeño círculo de divina perfección.

—¿Sabes? La otra noche, mientras terminaba mis deberes en el templo, me puse a reflexionar —comenzó a elaborar—. Pregunté: "Señor, ¿por qué nos cuesta tanto pedir algo?". Y el Señor me respondió. Cuando hubo terminado de iluminarme con Su sabiduría comprendí que cuando pedimos algo quedamos en deuda con nuestro proveedor, nos ponemos en sus manos en espera que tanto sus medios como su propia bondad nos ayuden a satisfacer nuestra necesidad. Y si a esto le agregamos nuestro miedo, nuestra pena, incluso nuestro orgullo... Bueno, como sabrás, en ocasiones pedir algo puede convertirse en un verdadero suplicio.

Sus palabras me sonaban tan huecas que no pude evitar sentir una profunda repulsión. No obstante, yo seguía asintiendo como una marioneta, intentando que mi rostro no reflejase mi tedio.

—Aaron —dijo, sosteniendo mi mirada—, nos conocemos desde hace mucho tiempo. Nos hemos sentado a la misma mesa, hemos partido el pan juntos, incluso hemos viajado juntos en algunas ocasiones. Nunca antes te he pedido algo. Pero esta mañana en particular quiero ponerme en tus manos. Dime, ¿puedo hacerlo?

Un nuevo asentimiento, cualquier cosa con tal de callarle.

—Quiero que te alejes de Victor.

No me di cuenta cuando derramé mi refresco sobre la mesa. Para cuando pude reaccionar, el mesero ya se encontraba limpiando el desastre ante la escrupulosa mirada de mi acompañante. Por supuesto, no pude responderle. Él podía llamarlo como le diera la gana, mas yo sabía que aquello no había sido una petición, sino una orden.

—Él... Victor... tiene un gran futuro por delante —continuó —. Su talento puede llevarlo a muchos sitios: escuelas en el extranjero, renombrados auditorios... Y ni qué decir de los años que vendrán después de ello: alguien que le ame, una familia, hijos que mantengan vivo su legado en este mundo... Sin embargo... el cariño que siente hacia ti es como un ancla que le impide emprender ese maravilloso viaje que tiene por delante. Dime, ¿no te gustaría verlo alcanzar la cima de su potencial?

Las piernas me temblaban. No llores, me pedía a mí mismo en silencio. No permitas que te vea llorando...

—Como padres es nuestro deber tomar las mejores decisiones por nuestros hijos y para nuestros hijos. Es por ello que su madre y yo hemos decidido llevarlo a un campamento un tanto... *especial*.

Sus palabras me hicieron estremecer. Ya antes había escuchado sobre estos supuestos "campamentos". Aquellos pobres chicos quienes caían en estos sitios eran sometidos de lleno al concepto de desgracia. Por medio de duchas heladas, círculos de humillación, insultos constantes, caminatas a las tres de la mañana, así como repetitivos cantos, sus voluntades eran desquebrajadas hasta convencerlos que su propia naturaleza les había traicionado. ¿Cómo podían hacerle semejante cosa a Victor? ¿Acaso estaban tan desesperados por "corregirle"?

No recuerdo el momento exacto en el que me puse de pie dispuesto a marcharme.

—Eres un buen muchacho, Aaron —musitó—. Estoy seguro de que harás lo correcto.

Tan pronto estuve fuera del restaurante comencé a caminar. Luego a trotar. Luego a correr. Cuando menos me di cuenta me encontraba sin aliento, intentando detenerme. Sabía que debía controlarme, mas en ese momento ya no me pertenecía a mí mismo. Debía llegar a casa de mi amigo lo antes posible, hacerle entender que sus padres habían ido demasiado lejos. Alejarlo del pueblo durante meses era algo inconcebible. Debíamos pensar, debíamos actuar, debíamos...

—Entra en la casa —le ordenó su madre cuando estuve frente a ellos.

—Está bien, mamá. Subo en unos minutos —le aseguró Victor, Victor el bueno, Victor el obediente, siempre dispuesto a complacer a sus padres a pesar de su propia felicidad—. Lo prometo.

Nunca antes había visto a la señora Cain tan alterada. Si hubiera podido, estoy seguro que me hubiera matado con su sola mirada. Y no la culpo por ello. De hecho, la entiendo hasta cierto punto. Sudado, desaliñado... ¿Quién era yo sino un vago que pasaba sus tardes montado sobre una tabla, soñando con pisar un escenario? ¿Qué cosa era sino un anormal, una abominación?

La señora se marchó. Yo sabía que tan pronto cruzase el umbral, marcaría al celular del señor Cain para darle el chisme. Pero estaba bien, todo lo que necesitaba eran unos cuantos minutos.

—Supongo que estás enterado —aventuró Victor mientras terminaba de colocar su maleta en el interior de la cajuela del auto—. Si de algo sirve, en verdad quise decírtelo antes. Pero creo que no tengo tanto valor como tú.

—¿Vas a rendirte? ¿Así sin más?

—¿Y qué podemos hacer al respecto, Aaron? Este mundo no es nuestro, sino de ellos. Te guste o no, jugamos con sus reglas.

—Escucha: lo que sea que ellos te hayan dicho, juntos podremos hacerlos cambiar de parecer.

—Cuando hablo de "ellos" no me refiero a mis padres, sino a la sociedad entera —murmuró en un tono que denotaba cansancio—. Debemos aceptarlo: nos odian. Nos odian porque esparcimos enfermedades. Nos odian porque atentamos contra sus tradiciones. Nos odian porque la Biblia dice que merecemos ser odiados, porque pervertimos a sus niños, porque ponemos en riesgo la especie misma.

Tuve que alejarme. Podía ver sus labios moverse, pero todo lo que escuchaba era una ensordecedora cacofonía.

—E-Ellos... Ellos no pueden obligarte a marcharte. Ellos... *tienen* que entender que... que... que nosotros...

—Aaron —dijo, su mano tomando de la mía—, fui yo quien les pidió el dinero para inscribirme en el campamento.

Caos.

Caos total.

Si hubiera sabido que aquella sería nuestra última conversación, nuestro último encuentro, seguro las cosas hubieran sido distintas. Pero claro, ¿quién de nosotros puede saber semejante cosa? Creaturas de instinto, navegamos a ciegas directo hacia un inmenso vacío.

Aunque odie admitirlo, siempre fui un chico bastante sensible. Cada sentimiento, cada sensación, desde el gozo hasta un simple desaire, me dominaban por completo. El amplio espectro emocional que vivía tan pronto comenzaba mi día en ocasiones me dejaba exhausto para el atardecer. Ciego, confundido, incapaz siquiera de pensar con claridad, me eché a correr y no me detuve sino hasta que estuve justo a la mitad del Puente Negro, de cuyas piedras se decía eran capaces de atraer las almas atormentadas.

Mucho se dijo sobre mí durante las siguientes semanas: que vivía perturbado, que tuve una dura infancia, que mis padres fueron los responsables de mi locura, que mi acto no fue sino un mero ejemplo de la desesperación que agobiaba a la juventud local, que mi cuerpo había sido encontrado a un kilómetro de distancia del sitio del impacto... Supongo que era de esperarse. Las personas siempre van a hablar, en especial en un pueblo tan pequeño como el nuestro.

Lo que nadie sabía hasta este momento era qué había sucedido con exactitud durante aquellos escasos minutos entre mi llegada al puente y mi desafortunado deceso. Cubierto de llanto, hice un recuento de mi vida, de las cosas que amaba y de todo aquello que no lograba sino despertar en mí un profundo resentimiento: el abandono de mi madre, el alcoholismo de mi padre, el hecho de que la suerte nunca estuvo de mi lado... Sumido en mi propia oscuridad, cuando pude reaccionar me di cuenta de que ya me encontraba de pie sobre el pretil, observando hacia la nada.

Tuve miedo. Dios mío, estaba temblando de pies a cabeza. Un paso, era todo lo que se necesitaba y entonces quedaría libre por siempre. Pero justo cuando quise intentarlo, la diminuta chispa de voluntad que aún vivía en mí me dijo que debía detenerme, recapacitar, pensar en todo aquello que estaría dejando atrás: aún había cosas por hacer, cosas por ver, sentir, un mundo entero esperando a ser descubierto por mí. Pero sobre todo, mientras siguiese vivo, tendría la posibilidad de amar. Y aunque Victor no quisiese estar conmigo, aunque la vida misma nos arrastrase lejos el uno del otro, sabía que siempre, siempre, siempre le amaría.

No obstante... como ya he dicho, la suerte nunca estuvo de

mi lado. Algo de familia, ¿quizás? Supongo... Supongo que era mi destino. Con toda sinceridad, amigos míos, les digo que mientras daba la media vuelta para descender del pretil y ponerme a salvo, mi cuerpo de bailarín hubo de perder el equilibrio en el momento menos adecuado, y entonces caí de espaldas, directo hacia la nada.

El silencio me fue envolviendo hasta que cada uno de mis pensamientos fue acallado. No hubo dolor, ni pena, ni tampoco sufrimiento alguno. Tan sólo... nada.

Como pueden imaginarse, mi alma no fue llamada a la Eternidad. No hubo campanas que me recibieran con su canto ni tampoco enormes puertas doradas que se abrieran a mi llegada. Tampoco hubo grieta alguna bajo mis pies que me dejase ver entre sus fauces el fulgor del profundo Abismo.

Oscuridad.

Silencio.

La conciencia vino después. Yo me encontraba flotando en medio de una inmensa vastedad. Aunque intangible, en ocasiones mi cuerpo *olvidaba* —a falta de una mejor palabra— que debía permanecer unido. Y entonces, movido por la constante corriente de energía que alimenta el universo, se dejaba llevar a un ritmo lento, casi imperceptible, hasta perder su forma por completo.

El tiempo transcurría. La penumbra continuaba. Tarde o temprano, descubrí, el flujo siempre terminaba invirtiendo su propio curso, trayéndome de regreso pieza por pieza hasta hacerme uno de nuevo. ¿Qué clase de juego era ese? ¿Cómo podía semejante cosa provocarme tal... *satisfacción*?

Pero justo cuando comenzaba a acostumbrarme a mi propia incorporeidad, algo sucedió: del firmamento comenzaron a llover palabras con la furia de llameantes meteoros. Estas no eran palabras comunes soltadas a la ligera, sino antiguos vocablos, verdaderos navíos de intención pura. Una a una se fueron uniendo hasta formar cadenas de oraciones que envolvieron cada uno de mis miembros. Y entonces, a una velocidad vertiginosa, me elevaron directo hacia la noche.

Fue como un segundo nacimiento.

Todos mis sentidos despertaron al mismo tiempo. El agua helada me cubrió por completo, la escaza luz lastimaba mis ojos, mientras que el clamor del trueno me hacía estremecer. Estaba aterrado. Quise rendirme ante el frío que ya comenzaba a paralizarme, mas mi instinto me ordenó moverme, salir adelante, *luchar*. Con torpes brazadas me fui impulsando a mí mismo poco a poco hasta la orilla del río. Tan pronto mis pies tocaron tierra sentí un gran alivio; no obstante, estaba tan alterado que no lograba pensar con claridad.

Los recuerdos me impactaron como una centella. Todos aquellos rostros de mi pasado desfilaron ante mí. ¿Cómo ocultarme de ellos? ¿Cómo huir de sus miradas siempre acusadoras? Ellos sabían quién era yo, conocían mis pecados, la debilidad que me mantuvo preso y las obsesiones que me motivaron durante tantos pero al mismo tiempo tan pocos años.

No había escapatoria.

Con las pocas fuerzas que me quedaban, salí corriendo desde el río del cual había emergido hacia el bosque, y no me detuve hasta que las piernas me fallaron. Como un bulto me hube de desplomar justo al lado de un tronco caído, donde el musgo abundaba. Que la lluvia me cubra por completo, que la noche se lleve todo mi cansancio. ¿Qué importancia tenía?

En eso, de entre la noche apareció un hombre a quien nunca antes había visto. Sus cabellos eran blancos, la piel tanto de su rostro como de sus manos estaba marcada por el inevitable paso del tiempo, su vestir era simple, mientras que su porte, aunque elegante, ya se mostraba un tanto encorvado.

—Dios mío, es un muchacho —murmuró con asombro.

—U-Usted... ¿puede verme?

Él asintió.

—Al menos lo bastante bien para mi edad.

Al observarle con detenimiento pude notar que tanto su cuerpo como sus ropas formaban parte de la misma niebla: nada más que humedad en plena condensación, agua suspendida en el aire inmóvil. Su naturaleza, supe de algún modo, era similar pero al mismo tiempo distinta a la mía. Estaba intrigado, mas no pude evitar desconfiar de su persona. Hacía apenas unas horas mi alma había regresado desde dondequiera que se encontrase. En lo que a mí respectaba, mi mente bien podía estarme engañando.

—Cierto, cierto. ¿Qué le ha pasado a mis modales? Jeremiah Noel —se presentó, ofreciéndome su mano para ayudarme a levantarme—. Siento mucho haber aparecido así de pronto, no quise asustarte.

—¿C-Cómo… me encontró?

—Yo mismo no lo puedo entender del todo, muchacho. Estaba ocupándome de mis cosas, cuando de pronto comencé a caminar hacia el bosque. Sabía que estaba siendo atraído hacia algo, mas no supe qué cosa era hasta que te vi en el suelo. Dime, ¿te encuentras bien?

No estaba seguro de cómo responder a eso. Estaba consciente de mi muerte, de todo aquello que había experimentado hasta entonces. Todo mi conocimiento me decía que mi mente debía estar deshecha por completo, sin embargo, ahí me encontraba, entero, temeroso pero al mismo tiempo agradecido —aunque muy en el fondo— de tener algo de compañía.

—¿Puedes recordar tu nombre?

—A-Aaron. Aaron Turner —respondí.

—Es un gusto conocerte. Escucha, no estoy seguro de qué debe hacerse en este tipo de situaciones. La verdad es que nunca antes había conocido a alguien como yo. Pero, ¿qué me dices si continuamos conversando en mi casa? Puede que no tenga las respuestas que buscas, pero al menos tendremos un techo donde refugiarnos.

Juntos caminamos cerca de dos horas. Sorteando rocas, colinas y uno que otro riachuelo, me mantuve a su lado, aunque siempre procurando guardar una distancia suficiente entre nosotros en caso de que necesitase salir huyendo. Conforme la noche menguaba, mi cuerpo se fortalecía, descubrí con alegría. Para cuando la niebla se hubo disipado me sentía tan lleno de energía como no me había sentido en mucho tiempo.

—Llegamos —anunció. Nos encontramos ante una vieja verja de metal que la maleza parecía haber cubierto desde hacía años. Detrás de ésta se encontraba una antigua casa de estilo victoriano, con sus techos de tejas inclinados y enormes ventanas que le daban el aspecto de una gigantesca casa de muñecas—. Pasa, pasa —me animaba, atravesando el metal sin problema alguno, continuando su camino con calma hacia la casa. Temeroso como estaba de quedarme atrás, me apresuré en seguirle. La sensación al moverme entre los objetos fue similar a la de haber atravesado una nube de vapor: nada más que una suave caricia sobre mi piel.

Lo que vi al llegar la sala me hizo estremecer: recostado sobre una cama, iluminado gracias a una pequeña lámpara, se encontraba el cuerpo del señor Noel. La piel se pegaba a sus huesos, su mirada estaba perdida en algún punto de la pared, mientras que un hilo de saliva le corría por el labio.

—Usted... está vivo —dije casi sin aliento.

—Temo que esto no es vida, muchacho —se lamentaba mi anfitrión—. Aunque mi consciencia hace mucho que abandonó mi cuerpo, éste se sostiene, año tras año tras año. Confieso que en ocasiones aborrezco verme a mí mismo reducido a esto, nada más que una carga para mi hija, Susanna. Es duro saber que me encuentro tan cerca de ella pero al mismo tan alejado. Ella hace lo posible por cuidarme, ¿sabes? No obstante, todo sería mucho más sencillo si acaso mi cuerpo... si acaso *yo*... pudiese finalmente marcharme —dijo para luego soltar un suspiro que encerraba toda su melancolía.

—¿Alguna vez ha buscado cómo comunicarse con ella, señor?

—Bueno, antes solía mover cosas en la casa para llamar su atención —admitió sonrojado como un niño—: platos, un salero, cosas pequeñas. Pero me detuve cuando Susanna comenzó a enfermar de los nervios... Ven conmigo —me pidió mientras caminaba hacia las escaleras. Pronto llegamos hasta una puerta en el piso superior que, algo me dijo, no se había abierto en mucho tiempo. Gracias al pequeño truco que había aprendido de atravesar la materia, estuvimos dentro en un instante. El aroma a humedad permeaba cada rincón, mientras que una gruesa capa de polvo cubría desde los cristales en las ventanas hasta los cuadros que colgaban de las paredes.

—Esta era mi habitación —me dijo con tristeza—. Descubrirás que en tu estado no necesitas dormir, mas siempre es bueno tener algo de privacidad. Yo suelo pasar las noches junto a mi cuerpo. Si acaso la muerte llegase a visitarme, quiero estar presente. Puedes quedarte cuanto lo desees, muchacho —me aseguró, haciendo un esfuerzo por sonreír.

—Le agradezco mucho por haberme encontrado —le hice saber. Con pasos temerosos fui recorriendo el lugar, esperando que todo aquello no fuese sino un sueño del cual esperaba despertar pronto.

Sin embargo, tan pronto como el señor Noel se hubo marchado, me fui deslizando hacia la oscuridad de mis propias reflexiones. Pronto concluí que aquello que experimentaba era real, aquel era mi destino, y que tanto como si quisiera aceptarlo o no, estaba condenado a sufrirlo.

CAPÍTULO VEINTIDÓS: LA HISTORIA DE AARON, SEGUNDA PARTE

Yo nunca fui una persona religiosa. Palabras como "pecado" o "redención" carecían de significado en una vida tan despreocupada como la mía. ¿Cómo imaginar en aquel entonces que mis acciones podrían llevarme hasta este purgatorio? Consumido por la culpa, por mi propio arrepentimiento, ¿acaso existía un castigo peor?

Las horas que siguieron pasaron en lenta agonía. Tantos recuerdos, tantas preguntas... ¿Cómo es que había regresado? ¿Qué poder, qué voluntad me había rescatado de entre la noche? ¿Qué propósito tenía mi existencia? ¿Acaso había un propósito del todo?

Pese al dolor que experimentaba, la sola idea de reencontrarme con Victor me mantenía cuerdo. Debía buscarle. *Necesitaba* encontrarle. La posibilidad de que no pudiera verme o escucharme ni siquiera me pasaba por la cabeza. Un amor como el nuestro seguro sería capaz de romper con las limitaciones de la vida misma.

Al amanecer, salí de casa sin siquiera despedirme del señor Noel. El tiempo apremiaba y no podía perderlo en tontas charlas o explicaciones. Seguro lo entendería. Los nervios me mataban... en sentido figurado, claro. ¿Qué tanto habría cambiado mi amigo desde mi partida? ¿Qué experiencias habría vivido desde entonces? ¿Acaso pensaría en mí, siquiera? Seguro sus padres habían celebrado con champaña la noticia de mi muerte. Siendo sincero, no los culpaba por haberme odiado. Supongo que de haber estado en sus zapatos, yo también lo hubiera hecho. Victor había sido educado para triunfar en la vida, para convertirse en una figura ejemplar dentro de la comunidad tal como lo era su padre el Pastor. ¿Y quién era yo sino un vago, un caso perdido, el hijo de un alcohólico y de una madre que se marchó a la primera oportunidad?

Cerca del anochecer, encontré a Victor en casa de una de sus estudiantes, una niña de seis años llamada Leslie. Apenas podía contener la emoción que sentía. Quería correr hasta donde se encontraba, abrazarle, decirle lo mucho que le había extrañado. ¡Estaba de regreso! Ahora tendríamos la oportunidad de estar juntos como siempre lo deseamos. Sin embargo, una parte de mí sabía que, a pesar de la cercanía, la distancia entre nosotros nunca había sido mayor. Él estaba frente a mí, mas no era sino un espejismo, un sueño inalcanzable.

La pequeña estancia donde se encontraban se llenaba con el constante pero un tanto nervioso sonido de las escalas. A mi parecer, Leslie no era un prodigio del piano, no obstante, se esforzaba tanto en mejorar como en complacer a su estricto maestro. Sin importar lo ocupado que estuviese con sus propios estudios, mi amigo siempre encontraba el modo de compartir su talento con otros. Era una de las miles de cosas que admiraba de su persona. Por supuesto, nunca se lo dije. ¿Qué sentido hubiera tenido?...

—Respira. ¿Por qué contienes el aliento cada vez que comenzamos? —le cuestionaba, a lo que ella respondía:

—Tengo miedo de equivocarme. Creo que... me ayuda a concentrarme.

Victor soltó una carcajada que me hizo estremecer de felicidad. Parecía tan contento al lado de aquella niña, como un hermano mayor.

—Si te funciona, puedes hacerlo por el momento. Sólo procura no desmayarte sobre el teclado, ¿quieres?

La siguiente media hora se fue en un pestañeo. Las escalas dieron pie a un estudio, y de ahí a una corta canción que Leslie debía memorizar para su próxima lección la semana entrante.

Ella le dio a Victor un efusivo abrazo al despedirse, y nada más. Por qué nunca aceptaba paga alguna es algo que hasta entonces no había podido comprender. En ocasiones, admito avergonzado, incluso me atreví a reprenderlo, diciéndole que las familias de aquellos niños se aprovechaban de su bondad. El dinero, cualquiera que fuese su origen, siempre era bienvenido. Pero esa tarde entendí que mi amigo *sí* recibía algo a cambio: una admiración y un cariño que no encontraba en su propio hogar. ¿Por qué, Dios, había tenido que morir para darme cuenta de ello?

Tan pronto estuvo fuera de la casa, salí corriendo a su encuentro, pero Victor no dio seña alguna de haberme visto. Cuando estuvo lo suficientemente lejos, se cubrió el rostro con sus manos para luego dejar morir un grito sobre sus palmas. El sonido me produjo escalofríos. Quise sostenerle, decirle una y otra vez que estaba su lado... mas todo lo que pude hacer fue quedarme parado viendo cómo sus manos se volvían puños, para luego descargar su propia rabia contra su rostro. Odiaba esa costumbre que tenía, la forma de decirse a sí mismo entre dientes que dejase de llorar, que debía ser un hombre, no un maldito afeminado. Pasado un rato, el muchacho pudo sepultar con un suspiro todos aquellos sentimientos negativos que le embargaban, logrando entonces emprender su marcha. Y yo, sombra suya, le hube de seguir.

El cielo soltando un rugido. Oscuras nubes desplazándose a gran velocidad sobre el pueblo. Era como si la naturaleza misma estuviese imitando las emociones de mi amigo. Tras haber caminado durante unos quince minutos, un fuerte viento comenzó a bufar. Victor tuvo que apretar el nudo de su bufanda para no perderla, al tiempo que acercaba a su pecho el maletín que siempre llevaba consigo con sus preciosas partituras. Yo estaba tan concentrado intentando comunicarme con Victor que no me di cuenta que hacia donde se estaba dirigiendo todo ese tiempo era hacia el Puente Negro. Quise disuadirlo hasta que las palabras se me agotaron, incluso intenté interponerme en su camino, mas todo fue en vano. El muchacho caminó hacia uno de los bordes, con su mirada perdida en la distancia. De vez en cuando se permitía a sí mismo soltar un suspiro, nada más que vaho escapando entre sus labios. Sin embargo, su silencio era inquebrantable. Aquel a quien yo conocía ya no estaba, supe con tristeza, se había retraído hacia un rincón de sí mismo en un intento desesperado por sobrevivir.

Luego de angustiosos minutos de incertidumbre, Victor, quien parecía haber salido de su embrujo, comenzó a alejarse en dirección a su hogar.

Aquella escena me había perturbado. Mas ahora sabía que tenía una misión: proteger a mi amigo. ¿Qué oscuridad pululaba entre los pasillos de su mente? ¿Qué cadenas, qué grilletes aprisionaban su corazón? ¿Cuánto tiempo pasaría antes de que tomase aquella última decisión? Yo estaba cerca, pero al mismo tiempo tan lejos que no podía evitar preguntarme si estaba destinado al fracaso, si acaso perderlo era el castigo que merecía por mi error.

El viento arreciaba. Era hora de volver a casa.

Tras asegurarme de que mi amigo estuviese a salvo en su hogar, emprendí una carrera en busca de la única amiga que había conocido en vida: la temida Abeja Reina Abigail Bennett.

En aquel entonces ella no era la muchacha que ahora pasa sus tardes cuidando con amabilidad a un anciano en estado vegetativo. De hecho, ella hubiera cortado el suministro de cada uno de sus tubos por mera diversión. Cada mañana de escuela solía llegar en un lujoso auto deportivo que cambiaba de color o de modelo según su estado de ánimo, cortesía de alguno de sus muchos, muchos —y vaya que eran muchos—, digamos... *admiradores*. Su círculo de amigos era reducido, nada más que deportistas y chicas con severos desórdenes alimenticios, quienes le servían como a una soberana del antiguo Egipto. Se decía que Abigail poseía un desarrollado sexto sentido que le permitía conocer las intenciones ajenas, e incluso era capaz de anticiparse a las malas acciones en su contra. Las consecuencias para quienes le desafiaban eran terribles, mientras que las cicatrices que solían dejar sus heridas eran permanentes. Una chica rapada a la fuerza a mitad del bosque, fotos de un maestro casado en plena acción con uno de sus alumnos filtradas en redes sociales, dolorosos resultados médicos fotocopiados y repartidos por todo el pueblo como volantes...

Pese al miedo que me provocaba, algo dentro de mí me impulsaba a buscar su compañía. En algún punto de nuestro pasado habíamos sido amigos, los mejores amigos, en realidad. ¿Qué importaba si nuestras vidas ahora coexistían en planos distintos? Lo único que deseaba en ese momento era sentirme conectado con algún otro ser, quien quiera que fuese.

Una vez dentro de su cuarto, me sorprendió descubrir que los rumores sobre éste estaban equivocados. No había charcos de sangre de animales sacrificados en el suelo. Tampoco una colección de cueros cabelludos decorando las paredes, ni mucho menos una enorme estrella de cinco picos dibujada en el suelo donde ella solía tener salvajes encuentros sexuales con habitantes del inframundo. Lo que vi fue una cama, un tocador tapizado de maquillaje, un enorme armario, y una vieja casa de muñecas acumulando polvo en una esquina. Nada más.

Al verla leyendo una verdadera novela clásica, recostada sobre su cama, me sentí desmayar. ¿Quién era esta chica y qué había hecho con el Acólito de Satanás? Quise picarle una pierna con un gancho para la ropa para ver si era de verdad o si estaba viendo visiones, cuando ella murmuró:

—Si me tocas, haré que te arrepientas.

Retrocedí unos cuantos pasos, sobresaltado.

—¿P-Puedes...?

—¡Claro que puedo verte, idiota! —dijo, dirigiendo toda su atención hacia mí—. Lo que no entiendo es cómo a alguien tan patético como tú se le fue concedida una segunda oportunidad cuando han habido docenas de almas que desfilaron por estos pasillos suplicando nuestra ayuda a lo largo de los años.

—Lo dices como si hablar con espíritus fuese algo cotidiano —pude decir pasado el susto inicial—. ¿Acaso les enseñan a hacerlo en el campamento de porristas?

—Cuando era niña, mi abuela solía hacerlo todo el tiempo. No en nuestra casa, claro, sino en su propio negocio. Ella solía decirme que yo tenía el don, que era la primera en la familia en tenerlo en no sé cuántos años... Supongo que la vieja bruja tenía razón después de todo.

—Sigues siendo tan cruel como hasta hace unos meses —le reproché.

—Hasta ahora me ha funcionado bastante bien —admitió al tiempo que echaba su cabello hacia atrás con una mano. Aquel era su gesto particular, imitado mas nunca igualado por generaciones de chicas bobas que aspiraban a ser como ella.

—Lo que haces es sembrar rencor por dondequiera que caminas. ¿Alguna vez te has detenido a pensar en ello?

—Estás comenzando a molestarme. Además, te equivocas. *Todos* me aman —expresó con una sonrisa triunfal.

—Si eso es lo que crees, estás más ciega de lo que imaginaba, Abigail. Aquellos quienes te rodean no son sino aduladores, farsantes, gente que no dudará en darte la espalda apenas les des motivo.

—¿Es eso lo que querías decirme? Eres un bastardo malagradecido —siseó—. ¡Yo fui quien te trajo de regreso!

Dios mío.

—Mientes. N-No... No puede ser cierto...

—¿Y quién más pudo haberlo hecho? Que yo sepa nadie hasta ahora ha encendido una veladora en tu memoria. Nunca hubo ceremonia alguna para pedir por tu alma, ni siquiera en la escuela, donde fuiste noticia por unos tres o cuatro minutos.

Con algo de esfuerzo la muchacha se puso de pie. Por mi parte me sentía tan frustrado como no me había sentido en mucho tiempo. Puños tensos, garganta seca... Hablar con ella siempre tenía ese efecto sobre mí. En silencio tuve que recordarme a mí mismo el motivo por el cual le había buscado.

—Es cierto. Yo... te debo una disculpa —le dije tras haberla alcanzado—. Como haya sido, lo que hiciste por mí fue—

—En realidad, lo hice por mí misma —se apresuró a corregirme—. Desde que pude sentir tu presencia navegando en el Éter, no has sido más que una molestia. El ruido de tus lamentos me mantuvo con insomnio durante semanas. Las ojeras eran tales que el maquillaje ya no lograba disimularlas. Durante mucho tiempo le permití a tu alma alimentarse de mi energía en espera de que pudieses retomar tu camino, mas nunca imaginé que te aferrarías a mí como a un parásito. Te habría conjurado antes, pero no tenía la energía necesaria...

—No te creo. Admítelo, Abigail: me ayudaste porque *querías* hacerlo, porque aún recuerdas nuestra amistad, porque MUY en el fondo sigues siendo una buena persona.

Ella no hizo más que girar los ojos.

—Dime, ¿terminamos? Quiero bajar a cenar.

—De hecho...

—No me lo digas: quieres que busque a tu novio. Eres tan predecible que me das asco.

—Pero...

—No tengo interés alguno en seguirte ayudando, Aaron. Fuimos amigos, pero eso fue hace mucho tiempo. Además, ¿cómo crees que reaccionará cuando le diga lo que sea que tengas que decirle? ¿Te has puesto a pensar en ello? Los Cain son personas religiosas, seguro buscarán quemarme viva o colgarme o sumergirme en el río hasta que muera para probar mi inocencia. La vida continúa. ¿Nunca te lo han dicho? Y el hecho de saber que tu muerte no fue un suicidio sino un accidente, no cambiará nada su realidad. Tarde o temprano tu novio seguirá adelante, porque eso es lo que se espera de todos. Alguien más llegará para reemplazarte, quizás un hombre, quizás una mujer, y con el paso de los años no serás más que una historia triste para contar durante sus sesiones de terapia.

—P-Pero...

—El anciano Noel lleva horas buscándote. ¿Por qué carajos no le dijiste hacia dónde ibas? Eres un egoísta, Aaron Turner —espetó golpeando mi pecho con su palma—. En vida tuviste muchos a quienes les importabas, pero siempre los hiciste a un lado anteponiendo tus propios deseos a sus sentimientos. Igual que tu padre. Y veo que nos has cambiado. ¿Qué me dices de todo el daño que causaste, de las vidas que dejaste atrás? En lugar de buscar a tu novio, dime, ¿has pensado en buscarle sentido a esta nueva realidad tuya? ¿Acaso tienes idea de por qué estás aquí? Escucha, ¿en verdad quieres mi ayuda? Pues aquí la tienes —dijo extendiendo sus brazos con burla—: consigue una vida. Oh, es cierto... no puedes. ¡Estás muerto!

Ella salió del cuarto azotando la puerta tras de sí, dejándome paralizado. Pronto sus palabras me orillaron a un copioso llanto. Le odiaba, tanto como me odiaba a mí mismo. Pero aunque me doliese admitirlo, ella estaba en lo cierto: yo no merecía el haber regresado.

CAPÍTULO VEINTITRÉS: LA HISTORIA DE AARON, PARTE FINAL

Esa noche no pude volver a casa del señor Noel. Estaba demasiado avergonzado y molesto conmigo mismo por haberme puesto en aquella situación. ¿Cómo pude siquiera creer que Abigail podría ayudarme? Ella ya no era más aquella niña con la que solía compartir el almuerzo durante la primaria, sino un simple maniquí: hermoso sin duda, mas carente de alma.

Tras adentrarme en el bosque comencé a navegar a través de la oscuridad con una extraña seguridad. Como una aguja bajo el influjo de un magneto, estaba siendo movido por una fuerza mucho más allá de mi control. En ningún momento me cuestioné hacia dónde me estaba dirigiendo, por el contrario, estaba agradecido de alejarme de la casa de los Bennett tanto como me fuese posible. Sin embargo, al llegar a mi destino, sentí un doloroso estremecimiento.

Estaba en el cementerio.

Salvo por el sonido agitado de mi propia respiración, la calma imperaba sobre la propiedad entera. Nada sino una vasta soledad a mi alrededor. Cuando por fin pude reponerme de aquella primera impresión, continué mi camino, sintiendo de nuevo cómo cada uno de mis miembros estaba siendo halado como por hilos invisibles, sorteando decenas de tumbas, mausoleos y estatuas que me observaban con sus helados ojos desde las alturas.

Y entonces, le encontré: el cuerpo que durante dieciséis años había servido como navío de mi espíritu. ¿Quién lo hubiera pensado? ¿Quién habría imaginado que aquel chico que soñaba con la inmortalidad que brindaban los escenarios terminaría de ese modo, en una solitaria tumba?

De pronto caí como una marioneta. No recuerdo siquiera haber impactado el suelo, me encontraba en un trance sin escapatoria. Para cuando pude reponerme, horas habían transcurrido, y aun entonces, con los primeros rayos del amanecer disipando las sombras, no pude sino golpear la tumba una y otra vez como queriendo perforar la tierra hasta llegar a esos mismos huesos que habían sido incapaces de encontrar una mejor solución a su pesar.

¿Cuántos días transcurrieron? ¿Dos? ¿Cinco? Lo ignoro por completo. Las horas no significaban nada para mí. La noche, la mañana, eran ambas lo mismo. De algún modo me había liberado a mí mismo del embrujo del tiempo, de aquella oscura ilusión que rige nuestra existencia. Y ahora, me di cuenta, me encontraba solo, flotando en un perfecto vacío carente de fronteras.

Era mi Purgatorio.

Era mi condena personal.

Meses han transcurrido desde entonces, no obstante, el mero recuerdo de aquellos días aún me provoca malestar. Ahora que lo pienso, de no haber sido por el señor Noel sólo Dios sabe cuánto tiempo hubiera permanecido en aquel punto, incapaz siquiera de levantarme. Lo primero que me dijo al encontrarme fue:

—Debes reconciliarte con tu propio deceso. —Seguido bastante cerca de—: Esto que se te ha brindado, muchacho, es una oportunidad.

Por supuesto, mi adolescente boca conectada a mi adolescente cerebro no pudo más que entregar una bofetada verbal:

—Es sencillo para usted decirlo; usted no ha muerto todavía.

Por suerte, el señor Noel no se inmutó.

—Hijo, entiendo que la culpa consume —dijo, tomando asiento justo a un lado de mi tumba—. Entiendo que existen errores que son imposibles de enmendar. Sin embargo, nuestras fallas también forman parte de nosotros. Aceptarlas es el primer paso hacia la sanación. Y no lo digo por decirlo. Lo último que deseo es escucharme como uno de esos motivadores baratos. Yo también... he cometido errores —soltó en un suspiro—. Una noche en la que había bebido copiosamente, me negué a cederle el volante a mi esposa. Tras el accidente, estuve consciente lo suficiente para verle morir a mi lado. En medio del caos estuve esperando ese momento en que mi cuerpo finalmente cediera para poder reencontrarme con ella y, entre muchas otras cosas, decirle cuánto lo sentía. Pero mi cuerpo, mi lastimado, traicionero y maldito cuerpo se sostuvo.

Tuve que reincorporarme. ¿Cómo continuar lamentándome tras semejante historia? Al instante pude sentir cómo un profundo respeto hacia el señor Noel nacía dentro de mí.

—Lamento mucho si le hube ofendido antes —le dije aunque aún sin poder mirarle a los ojos—. Abigail Bennett estaba en lo cierto: he sido demasiado egoísta.

Él se sonrió.

—Esa muchacha es mucho más sabia de lo que le gustaría admitir —expresó.

Y no dijo más.

Aunque estuve un poco reacio al principio, ambos regresamos al pueblo ese mismo día.

Durante las siguientes semanas el señor Noel me fue guiando a través de la senda de la enseñanza. Con paciencia y —de vez en cuando— un poco de severidad, vino a mostrarme no sólo aquello en lo que me había convertido, sino todo aquello que podía llegar a ser. Fue, debo confesar, como un padre para mí.

Esto es lo que aprendí:

Yo no necesito dormir. Cuando me siento cansado o abrumado por mi propia condición, disperso mi cuerpo en el viento, dejando que las corrientes me lleven tan lejos como les plazca. Durante ese tiempo mi pensamiento permanece suspendido en el espacio en un estado similar al sueño, donde en ocasiones llego a soñar durante días enteros hasta que me siento renovado y el subconsciente me obliga a unificarme de nueva cuenta.

Tampoco necesito comer. El sol me provee alimento suficiente, así como la luna con su resplandor espectral. ¿Qué proceso, qué intercambio se produce cuando mi cuerpo entero parece beber de la luz como si de un dulce néctar se tratase? Por extraño que suene, puedo sentir cómo cada una de las capas que componen mi ser se nutren, se fortalecen y se renuevan. Energía atada a un sentido. Voluntad bajo un nombre. Tantos conceptos, tantas preguntas pero tan pocas respuestas.

Con el tiempo pude explorar aquellos sentimientos que durante tanto me había negado a enfrentar. Desde niño, aprendí, cargué con mis emociones con orgullo, desde las más brillantes hasta aquellas que yacen en la frontera más oscura del espectro. Siempre estuve dispuesto a vivir cada una de ellas al máximo: dicha, duda, celos... Y, siendo sincero, no lo hubiera deseado de otro modo.

Sin embargo, voluble como era, durante años me hice daño a mí mismo creyendo que estaba bien saltar de un estado a otro, en ocasiones sin importarme lo que aquellos quienes me rodeaban pudieran sentir.

¿Qué había sucedido con mi padre? El señor Noel me dijo que luego de mi muerte, éste se marchó del pueblo con rumbo desconocido.

—Su enfermedad era como una enorme grieta que nos separaba, imposible de saltar —le confesé a mi mentor en una ocasión—. Faltar a clases, fumar hierba en el bosque, pasar horas en las calles, era mi forma de demostrarle que podía valerme por mí mismo, que no le necesitaba. Pese a lo mucho que me lastimaban sus acciones, lo último que deseaba era mostrarme vulnerable al hacerle saber que me importaba.

—El amar no nos hace vulnerables —me hizo saber—. Dondequiera que se encuentre ahora, tengo la seguridad de que te sigue amando.

Estar callado, mantenerme en contacto con mis propios sentimientos, escuchar, ser aire y ser respirado, reconciliarme con mi pasado, una a una estas enseñanzas llegaron a mí a su momento. Por supuesto, tuve mis malos momentos. Había días enteros en los que no hacía sino lamentarme por mi propia condición. Desesperado, gritaba al cielo esperando que Dios me notase en medio de la vastedad del universo. ¿Cómo pude ser tan tonto, tan torpe como para haber caído al vacío? Y aunque por algún extraño motivo me encontraba "vivo", la idea de una nueva existencia carente de significado me resultaba insoportable. Temía que de no encontrar las respuestas que buscaba, caería sin remedio en las sombras.

Una mañana como tantas otras, el señor Noel y yo nos encontrábamos sentados sobre el pórtico de su casa bebiendo de los rayos del sol matinales, cuando éste me sorprendió con un anuncio:

—Hijo, he decidido alejarme de este sitio para ayudar a otros como tú.

Yo ni siquiera sabía que tal cosa era posible. Desde que le conocí me hice a la idea de que mi mentor estaba atado a North Allen por una fuerza más allá de su control porque era donde su cuerpo se encontraba.

—Ya lo he pensado suficiente —continuó hablando, cabizbajo —. Esta experiencia de enseñanza a tu lado me ha dejado claro que mi viaje todavía no termina, que todavía quedan cosas que debo realizar antes de poder continuar con lo que sea que me depare el destino. Quizás por ello mi cuerpo es incapaz de marchitarse después de todos estos años: porque aún tengo algo que hacer.

—¿Sabe hacia dónde dirigirse? —quise saber, procurando no sonar ansioso—. ¿Tiene idea de dónde comenzar?

—Quisiera poder saberlo. Pero algo me dice que más allá de estas fronteras caminan otros como nosotros, seres incapaces de encontrar su rumbo. Con algo de suerte, quizás pueda ayudarles —expresó con una sonrisa—. De alguna manera debo encontrar la forma de resarcir mis propios errores. Dios sabe que Susanna ya ha pagado suficiente por ellos...

Yo apenas lograba pensar con claridad. Las palabras se aglutinaban en mi garganta, las manos habían comenzado a temblarme. Quise disuadirle, mas yo sabía que la decisión estaba tomada.

—Dígame: ¿nos volveremos a ver?

—Es una posibilidad. Tranquilo, hijo. Todo estará bien —me aseguró colocando su mano sobre mi hombro—. Ten confianza en ti mismo. Con el tiempo descubrirás que ya cuentas con todo lo necesario para salir adelante. Por mi parte, te prometo que desde dondequiera que yo me encuentre, estaré cuidando de ti.

A continuación se puso en pie, volviendo a sonreír aunque con cierta timidez. Estaba contento, me di cuenta. ¿Cómo pedirle que se quedase conmigo por temor a quedarme solo? Un corto abrazo cargado de cariño, y enseguida se desvaneció. Así sin más.

Pese a la tristeza que me embargaba, me hice a la idea de que aquello era lo mejor. Había llegado el momento de que yo también continuase con cualquiera que fuera la causa por la cual me mantenía en este mundo.

—Hasta pronto, señor Noel —dije mientras me alejaba caminando de la casa—. Gracias por todo.

Esa misma tarde me decidí a buscar a Victor de nueva cuenta. Le encontré tocando el piano en su habitación, una escena bastante familiar. Sus manos, hube de notar, habían perdido práctica, no obstante aún poseían su antiguo virtuosismo. Amaba la forma en que sus dedos se deslizaban sobre las teclas, cómo atacaba las notas matizando los movimientos con sus propias turbias emociones.

Sentado al pie de su cama, observándole tejer una sonata compás por compás, me prometí a mí mismo permanecer a su lado a partir de ese momento. Sabía que no podía percibirme, que el abismo que nos separaba era demasiado grande, sin embargo, le amaría en espera de que ese mismo cariño le envolviese como un manto en los momentos de mayor necesidad.

Antes de disipar mi presencia en el viento, decidí que había una cosita más que necesitaba hacer aquella tarde...

—Vaya, Turner. Nunca creí verte en un sitio como este.

Abigail se encontraba en el vestidor de las mujeres de la

escuela, terminando de maquillarse frente al espejo.

—Vengo a darte las gracias por haberme rescatado —le dije con todo el valor que pude reunir—. Gracias por permitirme regresar... aunque no lo haya merecido. Tenías razón, el egoísmo me había cegado. Durante años me hice mucho daño a mí mismo, y en especial a aquellos quienes me rodeaban. Lo siento mucho.

Tras asegurarse que nadie estuviera cerca para escucharla, se dio la media vuelta, dirigiéndome una expresión burlona.

—Veo que el autoexilio te ha sentado de maravilla. Bien por ti. Ahora, si me disculpas...

—He cambiado, Abigail. ¿Cómo es que tú aún no lo haces? Aquella noche, en tu cuarto, no mentía cuando te dije que aquellos quienes te idolatran en realidad te aborrecen. Si no haces algo ahora...

—¿Pero quién rayos te crees? ¿El Fantasma de las malditas Navidades Futuras? El mundo es cruel, Aaron. Tarde o temprano la gente debe aprenderlo.

—De acuerdo —dije en un suspiro—. Lamento mucho tener que hacer esto...

Instinto, inspiración divina, pueden llamarle como quieran, lo sucedido a continuación es algo que ni yo mismo alcanzo a comprender: con mis dedos medio e índice me fui abriendo paso a través de las numerosas capas que componían su cuerpo. Hubo un pequeño estímulo de energía, y entonces aquellos pocos dones que habían permanecido dormidos fueron llamados a despertar.

—¡¿Qué demonios hiciste?! —demandó saber sintiendo cómo un estremecimiento le recorría el cuerpo entero.

—Con tus dones me ayudaste a abrir mis ojos hacia una nueva realidad. Te he devuelto el favor.

Enseguida me hice uno con el viento, seguro de que ella no me vería en este nuevo estado. Pasados un par de minutos Abigail pudo recuperarse, para luego reunirse con sus amigos en la cafetería. Pese a encontrarse intranquila, jugaba su papel de soberana a la perfección. Ellos le dirigieron la misma sonrisa falsa, las mismas adulaciones, las mismas mentiras de siempre. Pero yo podía escuchar sus pensamientos, conocía aquellas intenciones que incluso permanecían ocultas para ellos mismos. Tuve que apartar la mirada, intentando contener mis ganas de llorar. Sin importar el tiempo que hubiese transcurrido o lo mucho que Abigail hubiese cambiado, yo seguía creyendo en su bondad, en aquella amistad que alguna vez hubo entre nosotros.

Y entonces sucedió.

El estallido psíquico fue tan grande que me provocó una violenta sacudida. Tan pronto pude reincorporarme, vi que Abigail se encontraba de pie frente a su mesa con la vista perdida, incapaz de moverse. En un acto de salvaje evolución su mente comenzó a conectarse con la de todos aquellos quienes le rodeaban gracias a hermosos hilos plateados. Los pensamientos se movieron a través de las conexiones como pulsos eléctricos, llegando a ella veloces y certeros como flechas. La muchacha tuvo que llevarse ambas manos a la cabeza en un intento desesperado de sofocar aquel flujo interminable que amenazaba con destruir su cordura. Y mientras tanto los celulares se alzaron, los murmullos a su alrededor aumentaban mientras las burlas fueron ganando valor. Pronto los insultos cayeron sobre ella como una lluvia torrencial. Una de sus compañeras sentada frente a ella soltó una carcajada, y entonces Abigail saltó sobre la mesa como una bestia para callarle de un zarpazo.

—¡SILENCIO! —gritó al borde de la histeria. Quise intervenir, pero para entonces ya era tarde. El pandemonio se había desatado.

Aunque admito que me hubiera gustado quedarme para ver el desenlace, supe que lo mejor era marcharme. Y pronto. Los gritos que surgían de aquel caos me acompañaron durante varios kilómetros —aún no dominaba cómo desconectarme por completo de mi entorno— hasta que estuve lo bastante alejado.

¿Qué cosa había hecho? Temía por mi antigua amiga, no obstante confiaba en que era lo mejor para ella. Por otro lado, ¿quién era yo para andar repartiendo lecciones semejantes? ¿Y qué si Abigail era incapaz de contemplar de lleno el rostro de la verdad? ¿Qué sucedería entonces con ella?

Esa misma semana me enteré que se había marchado de North Allen para vivir con sus parientes al otro lado del país. Todos en la escuela estaban felices, era el evento por el cual habían estado orando durante años, el final de la maldición, la casa caída del cielo.

Ding-dong. La bruja estaba muerta.

Los meses transcurrieron de nueva cuenta, el paso de las estaciones tiñó los bosques de hermosas tonalidades. La vida pasaba sin ninguna novedad. Nada sino una larga espera, una lenta contemplación.

Entonces, a principios del otoño, algo extraordinario sucedió: un chico llamado Rory Harper me vio durante la clase de coro. Estaba tan agradecido que tan pronto puse un pie fuera de la escuela, salí corriendo al bosque a llorar de felicidad. Aquella era la oportunidad que tanto había estado esperando.

—Sigues siendo demasiado sensible —me reprochó una voz familiar.

—¿Y tú? ¿Sigues siendo la misma muchacha vanidosa, engreída y doble cara de siempre?

Abigail se rió. No fue una risa malvada ni tampoco cargada de cinismo, sino la expresión de una niña atrapada en una travesura.

—Lamento decepcionarte, Aaron. Pero muchas cosas han cambiado desde que nos vimos.

Lejos habían quedado aquellos caros atuendos con los cuales solía cubrir sus inseguridades. La piel tanto de sus brazos como de su rostro estaba cubierta por numerosas cicatrices que, tenía la sospecha, se había provocado a sí misma tras aquel ataque de histeria aquella tarde en la escuela. Una capa un tanto más gruesa de maquillaje, un estilo hermoso pero al mismo tiempo amenazante en su atuendo para mantener a raya a los curiosos. Los mismos ojos grises como la bruma, no obstante revestidos con el resplandor que brinda la madurez.

—Debes estar emocionado, por fin ha llegado el día —me dijo

sin malicia alguna en su tono—. Tranquilo, estoy enterada. Tan pronto como hice contacto con el cuerpo del señor Noel esta mañana, sus recuerdos pasaron a mí. No te molestes en querer descifrarlo. Son... cosas de brujas. Es un buen chico —agregó con una sonrisa—. Un poco raro, pero supongo que todos lo somos a esa edad.

—¿Crees que pueda ayudarme? —aventuré.

—Eso espero. Es decir, si el señor Noel se tomó la molestia de escogerlo... Aunque, siendo sincera, creo que necesitará de tu ayuda tanto o incluso más que tú de la suya. Él... tiene sus propios problemas.

—Y que lo digas. Parece que ese idiota de David Trevor Thomas se ha empeñado en hacerle la vida imposible. A veces quisiera poder darle una—

—¿Lección? —me interrumpió—. Ya has repartido suficientes. Lo mejor será que te mantengas al margen.

Abigail comenzó a caminar de regreso hacia la carretera. Durante aquellos meses había imaginado un sinfín de escenarios en los cuales ambos nos reencontrábamos, incluso había ensayado decenas de frases con las cuales estaba decidido a reprocharle todo el daño que me había causado y lo mucho que había disfrutado verla experimentar un poco del dolor que durante años me había provocado. Sin embargo, al verla alejarse todo lo que pude decirle fue:

—Me da gusto verte de nuevo.

Y en verdad lo sentía.

—De nuevo con tus sentimentalismos —respondió entre risas —. Ven a visitarme cuando gustes en la cafetería, nerd. Seré la del delantal esmeralda.

CAPÍTULO VEINTICUATRO

Fue el llanto de Victor lo que me trajo de vuelta a la realidad. La forma que tenía de abrazarse a sí mismo como queriendo protegerse de sus propias emociones era tan dolorosa que no pude sino sentir una profunda compasión hacia su persona. Si mal no recordaba, esta no era la primera sino la segunda vez que le veía llorar. Sin embargo, aquella noche en el hospital seguíamos siendo un par de desconocidos, unidos por un acto de bondad y una pizca de valentía. Ahora éramos amigos, y su tristeza era mi tristeza.

Aunque no había hecho más que repetir la historia mientras Aaron narraba, la energía que emanaba de su persona me había permeado por completo, haciéndome sentir sus propias emociones. La experiencia me había dejado una ligera sensación de mareo. Tan pronto como pude recuperar el control de mí mismo, quise levantarme para ir hacia donde mi musical amigo se encontraba, sentado sobre una caja de cartón...

Pero no pude hacerlo. Tenía miedo. Miedo de sentirme rechazado, miedo de haber roto algún límite que pusiera en juego nuestra nueva amistad, miedo de haberle lastimado sin remedio. Por supuesto, Aaron ya estaba a su lado, sosteniéndole entre sus brazos con todo el amor que en vida le había tenido. Pero, ¿sería suficiente?

Aaron me había demostrado que, aunque intangible en esencia, en situaciones de necesidad él era capaz de ejercer cierta influencia sobre nuestro mundo. Su contacto me había llenado de una sensación tan cálida que me hizo saber que ya fuera ángel, guardián o cualquier otro título con el que gustase nombrarse, era una entidad compuesta de energía. Al verlos tan juntos, protector y protegido, no obstante, tan lejanos el uno del otro, supe con dolor que todo se reducía a una simple explicación: Victor era incapaz de ver a su amado porque sus energías ya no eran compatibles. Aaron era un lucero, intentando guiarle a través de las oscuras aguas de la noche, sin embargo, hacía mucho que el pianista se había entregado con devoción a su zozobra. Y ningún divino resplandor podría hacerle cambiar de parecer.

Haciendo acopio de todo mi valor, fui hasta donde Victor se encontraba para abrazarle. Como esperaba, el muchacho quiso soltarse al instante, llegando incluso a golpear mi pecho con sus puños. Pero yo estaba decido a quedarme a su lado el tiempo que fuera necesario. Sus gritos me mostraban una impotencia como nunca antes había contemplado, mas siempre que estuve a punto de ceder, era Aaron quien me alimentaba con su calor.

Pasaron unos minutos antes que Linus, perdido entre sus propios pensamientos, se nos uniera. Y así el círculo estuvo completo.

¿Qué éramos en ese momento? Nada más que niños compartiendo secretos, emociones y experiencias que nos unían en niveles tan profundos que quizás nunca llegaríamos a comprender. Amigos, hermanos en soledad, parias de una sociedad que pregonaba cariño, pero al mismo tiempo ansiosa de emitir juicios, de beber de nuestro miedo, de comer de nuestra propia vulnerabilidad.

—Gracias… por todo —nos dijo Victor, enjugando su llanto con las mangas de su suéter.

—No es necesario que lo digas —le hice saber.

—*Debo* hacerlo. Ustedes me han ayudado tanto, me han hecho comprender tantas cosas, en especial tú, Rory, que no estoy seguro de poder devolverte el favor, al menos no en esta vida. Quizás, cuando sea mi tiempo de partir, pueda dedicarme a ustedes como Aaron lo hace conmigo.

Linus tuvo que apartarse hacia la ventana, incómodo, intentando ocultar sus propias emociones.

—Quiero cambiar. Quiero hacerlo —decía Victor, aunque tenía la sospecha que sus palabras estaban dirigidas hacia sí mismo—. Quiero componer como antes lo hacía, quiero volver a sentir como solía hacerlo, quiero creer... Quiero creer —murmuró, bajando la mirada.

Hacía tiempo que el fuego había consumido la madera en el interior de la chimenea, dejando ardientes brasas como detrito. Y en cuanto al vodka, la botella yacía vacía sobre el suelo.

—Como podrán haberse dado cuenta, desde la muerte de Aaron no había visitado este sitio. Supongo que no encontraba motivo alguno para hacerlo. Los recuerdos, aunque abundantes, no son suficientes para hacerme querer revivir el pasado. Pero ahora... creo que juntos podremos darle un nuevo propósito.

Linus se volvió hacia nosotros.

—¿Qué quieres decir?

—Ahora es nuestro —anunció Victor—. Puede ser lo que nosotros deseemos: un nuevo refugio, una guarida, una bastante elaborada "casa del árbol"...

—¿Quieres que compartamos este desastre? —inquirió el chico del gorro con desdén—. Digo, mira a tu alrededor. Necesita reparaciones, una limpieza profunda, algo de pintura, fumigación...

Yo estaba a punto de volcarme en disculpas hacia nuestro anfitrión, mas en ese momento los labios de Linus dibujaron una sonrisa.

—Es perfecto —anunció—. Loca, genial y extraordinariamente perfecto. Como dije, necesita mucho trabajo. Pero creo que juntos podemos devolverle a su antigua gloria.

El músico asintió.

—No puedo esperar a sentarnos a platicar de todos los planes que se nos puedan ocurrir. Pero creo que por ahora debemos irnos.

Linus y yo estuvimos de acuerdo. Con nuestro nuevo amigo y su etéreo compañero guiando el camino, salimos al corredor. Victor nos condujo hacia una salida de emergencia, donde una oxidada escalera metálica aguardaba para llevarnos seguros hacia abajo. Tan pronto como fui recibido por el helado viento nocturno, sentí como si el edificio entero hubiese comenzado a temblar. Tuve que asirme de la barandilla para evitar caer de bruces, mientras mi visión se tornaba borrosa y mis pensamientos se nublaban.

—Cuidado, enano. ¿Te encuentras bien? —Aaron me cuestionó. Su tono denotaba preocupación. ¡Por supuesto que no estaba bien! ¿Acaso esperaba a verme embarrado en el suelo como el Coyote Calamidad u otro desafortunado dibujo animado para ayudarme?

—Así que esto es estar ebrio —dijo Linus, habiéndose detenido justo bajo el marco de la puerta de emergencia—. Supongo que voy a odiarlo al amanecer.

—Vamos, chicos. Un paso a la vez —nos animaba Victor.

Cuando menos me di cuenta, nos encontramos al fondo de un callejón. Los muros que lo delimitaban estaban decorados con obscenos grafitis, mientras que un denso aroma a suciedad parecía provenir de cada uno de sus rincones. Cómo es que habíamos llegado hasta ese sitio, o cuánto tiempo habíamos estado sobre aquella maldita escalera, no era algo que desease averiguar. Por alguna extraña razón tenía la necesidad de besar el suelo, así como de salir corriendo a perderme como un perro casero siguiendo el llamado de la naturaleza.

Justo cuando Victor me tomó de la mano para llevarme al auto, sentí el vómito acumularse en mi boca.

—Tu primer malestar con el alcohol, supongo —me dijo—. ¿Qué tan inapropiado sería que nos tomase una *selfie* en este momento?

—Vete al demonio —espeté tan pronto como las arcadas cesaron—. Christine... va a matarme.

—Al menos tienes a alguien que se preocupe por ti —murmuró el chico del gorro.

Sintiéndome como una versión adolescente del Espantapájaros de Oz, me fui tambaleando hasta llegar al auto. Tuve que poner ambas manos frente a mí para evitar golpearme la cara contra el cristal de la ventana del copiloto. Tuve que reírme de mi propio reflejo. ¿Qué pensarían los chicos de la escuela, mi primo en especial, si me vieran en ese estado?

—Quizás no debas conducir —señaló Linus cuando Victor tomó su asiento frente al volante—. Bebiste mucho más que nosotros.

—Tranquilos, lo he hecho antes —respondió el otro al tiempo que encendía el motor, lo cual no hizo nada para reconfortarme.

¿Hacia dónde nos dirigíamos? ¿Acaso importaba? Nuestro conductor se había soltado hablando sobre algo que ya no lograba escuchar. Seguro era algo sin importancia. Los dedos de mi mano derecha encontraron la manivela de la ventana, y entonces, habiendo sacado la cabeza, supe que no existía una mejor sensación.

Parques. Calles desiertas. Pinos y más pinos. Y entonces...

—Quiero bajarme —anunció Linus.

Nos detuvimos en una calle justo en el corazón del pueblo. La escaza iluminación que nos rodeaba provenía de un anuncio de neón en lo alto de un edificio. El sonido inconfundible de su vómito rompió el silencio. De pronto tuve que reírme. Por alguna razón ver a mi amigo tan vulnerable por primera vez desde que nos conocimos me resultaba bastante gracioso.

—Siento mucho esto —se lamentaba Aaron, apareciendo justo al lado de su amado. Con una mano sobre la espalda de Linus y la otra sobre su abdomen, comenzó a transmitirle un poco de su energía, misma que emanaba de sus manos como un dorado fulgor.

Hacía unas cuantas semanas aquello me habría resultado tan extraño que podría haber jurado que, como una desventurada Alicia, había caído hacia lo profundo del agujero del Conejo Blanco. Pero ahora, tras haber sentido su ardiente espíritu dentro de mí, sentía que Aaron era tan tangible como cualquiera de nosotros, un verdadero amigo dispuesto a vigilar nuestros pasos.

Estaba por volver al auto, cuando me di cuenta que tras haberse recuperado, Linus abrazaba a Victor quizás con demasiada fuerza. Por alguna razón que no comprendía tuve la necesidad de apartarles el uno del otro, incluso de lastimar al pianista por haberlo permitido siquiera. Estaba molesto, pero dolido al mismo tiempo, como si algo se hubiese roto dentro de mí. Aaron lo notó porque tan pronto quise alejarme, me detuvo cerrando su mano sobre mi muñeca, aunque sin lastimarme.

—Tranquilo, Rory. Todo está bien —me aseguró. Pero yo no quería escucharle.

—C-Creo que… Creo que caminaré a casa —les dije con apenas un hilo de voz. Antes de que pudieran hacerme alguna pregunta, salí corriendo, intentando reconocer entre el mareo alguna señal que me indicase el camino a casa. Gracias al cielo, mi amigo etéreo decidió cuidarme, guiándome con su brillo hasta mi hogar, empero, manteniendo su distancia.

No recuerdo qué hora era cuando llegué al departamento, tampoco cómo es que había logrado subir los escalones, abrir la puerta, ponerme la pijama y recostarme sobre mi cama. De lo único que estaba seguro es que me sentía desdichado, con unas ganas tremendas de llorar.

TERCERA PARTE

CAPÍTULO VEINTICINCO

—Lo primero que necesitamos para poder participar en las Batallas Grupales es un estandarte —dijo Linus. Apenas lograba contener su entusiasmo—. Un símbolo que identifique a nuestro equipo y que motive a otros a unirse a nuestra... *causa*. Después, necesitaremos un lema. *Érato* tiene un programa de diseño, y aunque es bastante bueno, quisiera que aquello que nos uniese tuviese un verdadero trasfondo cultural. En otras palabras, necesitamos investigar.

El chico había sacado de entre las fauces de su mochila un grueso cuaderno cuya portada estaba cubierta por un colorido collage donde convergían recortes de periódico, fotografías, titulares de revistas y uno que otro dibujo hecho a mano. Absorto en su tarea, comenzó a escribir en un aparente golpe de inspiración, deteniéndose de vez en cuando para llevarse un oso de gomita a la boca.

Ver a Linus tan contento me llenaba de sincera felicidad. Lo único que arruinaba ese momento era el espantoso dolor de cabeza que se negaba a desaparecer, producto de la noche anterior. Recargado con mi espalda sobre el tronco del sauce en el *Santuario*, me reprendía a mí mismo en silencio. ¿Vodka? ¿En qué rayos estaba pensando? Tan pronto puse un pie fuera de la cama aquella mañana, las nauseas me invadieron. Por fortuna alcancé a llegar al baño antes de que pudiera ensuciar la alfombra. Al ver el desastre que había dejado, con las sienes a punto de reventar, imaginé que la niña de *El Exorcista* estaría bastante orgullosa.

Y Christine, ¿en dónde se encontraba? Simple: en el hospital trabajando horas extras, sumida en su propio mundo, como de costumbre. Y aunque estaba agradecido de que no me hubiese encontrado en semejante estado, debo confesar que su ausencia despertaba en mí un profundo rencor. ¿Qué pensaría ella de mi pequeña "aventura"? ¿Acaso le importaría del todo?

Una hora más tarde, armado con unos lentes oscuros y mucha paciencia, salí del apartamento.

El bullicio escolar me pareció insoportable, desde las charlas en los pasillos hasta la condenada campana que marcaba los inicios de cada periodo de clases. Para cuando se llegó la hora del almuerzo, arrastré mi humanidad hasta el bosque, donde el sonido de mis propias pisadas sobre la hojarasca parecía amplificarse un centenar de veces. ¿Quién habría pensado que la naturaleza era tan ruidosa?

No fue sino hasta ver a mi amigo esperando sobre nuestra colina que los eventos de hacía apenas unas horas llegaron a mí. De pronto me sentí avergonzado. El estómago me dio un nuevo vuelco, aunque no estaba seguro si se trataba de mis nervios o era la misma resaca. Por fortuna, Linus estaba tan emocionado por comenzar a diseñar una estrategia para las Batallas Grupales que apenas notó mi malestar.

—Te ves terrible —fue lo único que comentó cuando me senté a su lado, y enseguida se puso a hablar sobre *Érato*.

Quizás era lo mejor, supe tras varios minutos. Lo que fuera que hubiese sentido la noche anterior, seguro había sido producto de mi mente obnubilada por el alcohol. ¿Siquiera valía la pena mencionarlo cuando las cosas apenas estaban volviendo a la normalidad entre nosotros?

—¿Helio? ¿Me escuchas?

—¿Qué? Este... claro. Lo siento, estaba distraído —me apresuré a decir, cayendo de golpe a la realidad—. ¿Decías?...

—Que anoche Victor nos invitó a ambos a pasar la tarde en el estudio, que podemos ordenar pizza. ¿Qué te parece?

La idea de probar alimento me sonaba espantosa.

—¡Suena genial! —mentí—. Aunque me sorprende que el señor Corchea quiera faltar a clases.

—¡Bien! Nos veremos en el estacionamiento a la hora de la salida.

Linus se apoyó en mi hombro para poder levantarse, y antes

de que mi mano tuviese oportunidad de posarse sobre la suya, el muchacho se marchó dejándome en completo silencio.

Dios mío, ¿qué me estaba sucediendo? ¿Por qué de pronto sentía como si hubiese dejado de pertenecerme a mí mismo?

Cuando llegamos al estudio esa misma tarde, nuestro amigo el músico nos condujo hacia arriba a través de la escalera de emergencia a un lado del edificio en espera de poder evitarnos la travesía por los pisos inferiores, algo por lo cual estuve agradecido. De haber tenido que soportar aquel olor nauseabundo de nuevo habría vomitado frente a todos, aunque no había comido nada en toda la mañana.

Una vez dentro, el muchacho nos pidió ponernos cómodos. La pizza llegaría en un rato. Enseguida y en silencio se puso a limpiar gracias a unos cuantos utensilios que había encontrado en un baño contiguo. Cuando estuve a punto de ofrecerme, Linus me detuvo como adivinando mis pensamientos.

—Deja que lo haga solo —me pidió en apenas un susurro—. Él necesita esto. Es… su catarsis.

Recostados bocabajo sobre el suelo, mi amigo sacó un libro de su mochila sin fondo, un volumen sobre heráldica que, me hizo saber, había tomado prestado de la biblioteca de la preparatoria.

—Con esto podremos crear nuestro estandarte —anunció con entusiasmo—. Por suerte estaba disponible. Estuve hojeándolo, y en verdad me parece fascinante. Aquí se describen algunos de los símbolos y animales más comunes usados en los emblemas a lo largo de la historia.

Le dije a mi amigo que no me importaban mucho ni el animal ni los colores —o *esmaltes*, según aprendí luego—, de nuestro emblema, siempre y cuando fuesen llamativos, pero éste insistió en hacer de aquella tarea algo especial, brindándole un significado a cada uno de los elementos. Él se encontraba tan emocionado que apenas lograba reconocerle: sus ojos brillando, su sonrisa sincera, ya no un pequeño genio sino un niño emprendiendo la aventura de su vida.

—¿Un armiño? —inquirí cuando por fin me hubo mostrado su elección para nuestro animal—. Creí que debíamos elegir un emblema que nos representase en una batalla. Con el armiño podremos matarlos pero de ternura.

—El armiño simboliza tanto realeza como fidelidad —aclaró.

—¿Fidelidad? ¿Fidelidad hacia quién?

—¿Yo qué sé? ¿A nosotros mismos?

De pronto me sentí inspirado, como si sus palabras hubiesen despertado algo en mí.

—"Fiel a mí mismo" suena como un buena lema, ¿no te parece? —dije con renovado interés.

—Suena bastante bien, Helio.

Un repentino y por demás inesperado golpeteo sobre la puerta del estudio nos hizo dar un sobresalto. Victor nos dirigió una mirada, confundido. Tomando una tabla de las pocas que habían sobrevivido al fuego en la chimenea la noche anterior, procedió hacia la entrada con cautela.

—¡¿Tú?! ¿Qué demonios haces aquí?

—Veo que los modales escasean por estos rumbos —expresó Abigail, pasando al muchacho de largo, despreocupada. Aun con unos jeans y un suéter casual se mostraba tan hermosa como de costumbre—. Y, a juzgar por el estado de este sitio, también el desinfectante.

—Pudiste haberte anunciado —le reprochó el muchacho—. Creí que era una banda de matones. Casi me matas del susto.

—Aún conservo el toque...

—Es un gusto que hayas venido —le dije al tiempo que me sentaba sobre mis piernas.

—Ella no fue invitada ni mucho menos es bienvenida —replicó Victor. En ese momento Ricitos hizo su aparición bajo el marco de la puerta. Su sonrisa de triunfo me dijo que esto había sido su idea—. Abigail, debes marcharte —ordenó—. Este era el único lugar donde Aaron y yo solíamos estar a salvo de tu maldad. Agradezco lo que hiciste por su alma, mas eso no remedia el pasado.

—Vamos. Lo dices como si yo fuera una—

—Solías pedirme la tarea todas las mañanas en el autobús camino a la secundaria, para luego llamarme "maricón" a mis espaldas. En primero de prepa mandaste cortar las cuerdas del piano del salón de música porque el sonido te producía "migraña". Un mes más tarde de algún modo mandaste quemar todos los instrumentos de madera de la banda escolar con mis composiciones originales como combustible. Luego...

—Es un gusto conocerte, Abigail —intervino Linus, como siempre el más racional entre nosotros—. Qué bueno que hayas podido visitarnos.

De pronto, ella retrocedió. El color de su rostro se fue desvaneciendo, al tiempo que sus manos se posaban sobre su vientre como si su existencia entera estuviese por desbordarse fuera de sí misma. Aaron, quien hasta entonces había permanecido al margen de la escena, apareció detrás de ella, brindándole su apoyo.

—¿Te encuentras bien? —quiso saber con sincera preocupación.

Abigail asintió, haciendo un esfuerzo por mantener la compostura.

—Linus, ¿cierto? —continuó ella, extendiendo su mano—. Rory me ha hablado de ti. Dice que...

—¡Llegó la pizza! —anuncié antes de que pudiese soltar la sopa sobre mis sentimientos hacia mi amigo. Tomándolo de la muñeca, le hice acompañarme a la entrada del edificio. Por suerte, el repartidor no tardó mucho en llegar—. Lo siento, necesitaba salir de ahí. La tensión me estaba matando —mentí.

—¿Crees que haya sido buena idea dejar a esos dos solos allá arriba?

—Aaron está con ellos —le hice saber.

—Oh, claro. El "chico fantasma" —expresó girando los ojos—. Quizás los ponga en un círculo de armonía fantasma con sus poderes fantasmas a cantar canciones de sanación fantasmas. Seguro cuando lleguemos Victor y Abigail se habrán matado entre ellos, y entre los tres podrán ser...

—Si dices "amigos fantasmas" te pateo el trasero —advertí

aunque divertido.

Para asombro de ambos, cuando regresamos al estudio encontramos que los viejos enemigos ya conversaban uno junto al otro sobre el banco del piano.

—He cambiado mucho desde aquellos días —expresó Abigail—. Y aunque sé que no puedo cambiar el pasado, espero poder resarcir el daño que te hice.

En un acto por completo inesperado, ella tomó de su mano para colocarla sobre el teclado. A su vez, Aaron puso la suya junto a la de su querido amigo. Pasaron segundos de incertidumbre, y entonces sucedió: por primera vez desde su partida, el músico pudo sentir la presencia de su protector.

—Durante años maldije mi propia naturaleza. Pero ahora entiendo que este don me permite ser el puente entre este mundo y todo aquello que se encuentra más allá de sus propias fronteras. Si me lo permites, quiero enseñarte a comunicarte con Aaron —le pidió ella—. Es lo menos que puedo hacer.

Victor, cuyos ojos ya se encontraban cubiertos en llanto, asintió.

CAPÍTULO VEINTISÉIS

Esa misma noche, desde nuestras respectivas casas pero comunicados gracias al chat de *Érato*, construimos con la ayuda del pequeño sistema del juego nuestro estandarte con los elementos que habíamos escogido: un fondo azur representando el servicio a otros, bordes plateados que expresaban nobleza, con nuestro animal protector al centro. Al final, Linus decidió agregar una rama de olivo que envolviese la pata frontal izquierda del armiño por mero capricho. Al verlo terminado tuve que admitir para mí mismo que era bello sin duda. La parte sencilla estaba terminada; encontrar los otros dieciocho miembros restantes para nuestro equipo sería todo un reto.

Pasamos las siguientes horas recorriendo el Reino Sagrado en busca de nuevos adeptos, desde la Forja de Hefestos protegida por los Enanos, hasta los Bosques Grises donde habitaban los Elfos. Desafortunadamente, no muchos mostraron interés en querer marchar bajo la insignia de un animal pequeño y por demás inofensivo.

—Tendremos más suerte mañana —le dije cerca de la medianoche—. Ya llegarán.

—Eso espero, Helio. ¿Te veo mañana en donde siempre?

—Seguro. Descansa, Cadmus.

Recostado sobre mi cama, no pude evitar preguntarme cómo es que un videojuego tenía tanto valor para mi amigo. ¿Qué otras cosas además de recorrer calabozos en un mundo ficticio llenaban sus días?

Por desgracia, las respuestas me eludían. Parecía que mientras más me acercaba a Linus, menos sabía de su persona. ¿Cuánto pasaría antes de que pudiera llegar a conocerle en verdad?

Durante las semanas siguientes Linus y yo continuamos con nuestra misión, yendo de un lado virtual a otro, hablando con cuanto avatar se nos cruzase en nuestro camino. Sin embargo, la respuesta parecía ser siempre la misma: un rotundo "no".

—Tal vez debamos olvidarlo —sugirió el Hechicero en una ocasión—. Estamos a pocas semanas de la Batalla Grupal. Quizás esto no sea más que una enorme pérdida de tiempo... ¿no lo crees?

En ese momento no supe qué responderle. Estaba dispuesto a hacer cualquier cosa con tal de verle contento. Y aunque me había prometido a mí mismo mantener el entusiasmo, podía sentir cómo me iba entregando poco a poco a la desesperanza.

Esa noche no pude dormir. Inquieto, daba vueltas en el mismo lugar una y otra vez intentando alcanzar un sueño que cada vez parecía alejarse más y más. Estaba preocupado. Después de todo ese esfuerzo aún no teníamos una sola persona que estuviese cuando menos interesada en unirse a nuestro grupo. Si acaso perdíamos aquella oportunidad, era imposible saber cuánto pasaría antes de que *Érato* volviese a convocar a las huestes. Meses, un año, quizás...

A la mañana siguiente, sintiéndome exhausto, comencé a cuestionarme si acaso tanto esfuerzo valía la pena. ¿Qué no tenía mejores cosas qué hacer? Las notas que estaba obteniendo en la escuela eran poco menos que buenas, seguro podía mejorarlas si acaso me dedicaba a estudiar la mitad del tiempo que pasaba cazando monstruos. Al menos Christine estaría complacida, si acaso me prestase algo de atención, claro...

Llegada la hora del almuerzo, por primera vez desde que nos habíamos conocido no tenía deseos de ver a Linus. Tenía miedo de que tan pronto me mirase, pudiese adivinar lo que estaba sintiendo. No deseaba mentirle, como tampoco evitarle. Pero, ¿cómo decirle que estaba a punto de decepcionarlo?

Caminando por el bosque, sintiendo cómo cada paso me pesaba mucho más que el anterior, me tuve que recordar a mí mismo que había hecho una promesa. Cualquiera que fuese el motivo por el cual mi amigo deseaba convocar un equipo, sin importar lo que sucediera, debía mantenerme fiel a mi palabra. Además, para un par de chicos como nosotros, ¿qué otra cosa quedaba en el mundo?

Al adentrarme en el *Santuario* me di cuenta con sorpresa y cierto alivio de que Victor se encontraba ahí, conversando con el chico del gorro. Sentado sobre el suelo, Aaron se alimentaba de los agradables rayos solares que se filtraban por el techo abovedado que formaban las copas de los árboles.

—¿Te encuentras bien? —me cuestionó Linus tan pronto me vio llegar.

—Tuve una mala noche. Es todo —dije aunque esquivando su mirada.

—Abigail nos ha invitado a cenar en su casa —comentó Victor —. ¿Qué dicen si vamos? Prometo no embriagarlos en esta ocasión.

—Tenía pensado seguir explorando —murmuró mi amigo mientras revolvía su mochila—. Tengo el presentimiento de que hoy será nuestro día de suerte. Anoche estuve rediseñando nuestro estandarte. Hice unos bocetos que...—. Justo cuando estaba por volver su atención hacia mí, maldijo entre dientes—: Olvidé mi cuaderno en el casillero. No tardo en traerlo.

—¿Qué no puede esperar?

Para entonces el fastidio en mi voz era evidente. Gracias al cielo Linus estaba tan concentrado en su mundo que no me prestó atención. De un salto se puso en pie, y echó a correr colina abajo.

—¿Quieres decirme qué demonios te sucede? —me cuestionó el músico tan pronto estuvimos solos—. Parece como si no quisieras estar aquí. ¿Estás molesto por algo?

Odiaba ser tan transparente. Entre oraciones entrecortadas le hice saber lo cansado que estaba de todo ese asunto de la Batalla Grupal, de pretender ser alguien que no era, de perder mi tiempo viajando sin llegar a ninguna parte en realidad. ¿No era momento, quizás, de madurar?

—Siendo sincero, Rory, no estoy más cerca de alcanzar la

madurez que ustedes —respondió para mi asombro—. Supongo que ser maduro no implica dejar de jugar o de hacer cosas de niños, sino valorarse a uno mismo, hacerle frente a la vida, aceptando sus retos y sus consecuencias. No me preguntes por qué Linus ama tanto ese videojuego, es algo que tampoco logro comprender, mas tengo el presentimiento que existe un motivo que *debes* averiguar.

Él tenía razón. De pronto me sentí avergonzado de mí mismo.

—Por cierto, tengo excelentes noticias —continuó con entusiasmo—. La maestra Sasada me ha pedido que toque un solo durante el Festival de Invierno.

—¡Eso es genial! —expresé—. ¿Ya tienes pensado qué vas a interpretar?

—Al principio me inclinaba por una sonata de Chopin. Pero, he estado pensando y creo que me gustaría presentar una pieza de mi propia autoría, algo en lo que he estado trabajando desde hace tiempo. Y es todo gracias a ustedes, chicos.

Estaba a punto de responderle, cuando repentinamente Aaron rompió su meditación, anunciando alarmado:

—Algo sucede en el estacionamiento. ¡De prisa!

Con el muchacho dispersando su conciencia en el viento, supe que el tiempo apremiaba. Tras explicarle a Victor lo sucedido, ambos emprendimos una acelerada carrera.

En cuanto cruzamos la verja que delimitaba nuestro refugio, el sonido de adolescentes aullidos surgió en la distancia. Con el estómago hecho un nudo, fui el primero en llegar. Un numeroso grupo de curiosos, la mayoría con celulares en mano, se habían reunido en torno a un punto en el asfalto. En medio del bullicio pude ver a mi primo, acompañado de dos de sus matones favoritos, el Conejo y el Santa Claus que me habían acosado en los vestidores, tenía la sospecha. Burlas, insultos, incluso uno que otro escupitajo…

Dios mío, no permitas que suceda, no permitas que suceda, no per—

Linus se puso de pie aunque con aparente dificultad. La parte inferior de su rostro estaba cubierta de sangre.

—¡¿QUÉ HICISTE?! —grité con todas mis fuerzas.

Como si mi voz hubiese albergado alguna clase de fuerza divina, la multitud se partió en dos. David Trevor me observaba con desprecio, mientras que sus amigos mostraban amplias sonrisas, como si no pudiesen esperar a saborear el momento de tenerme bajo sus puños.

—Tranquilo, Harper —dijo uno de ellos—. Nosotros no hicimos nada.

—Encontramos a tu amigo tirado en el suelo. Tan sólo... quisimos ayudarle —agregó el otro.

Un coro de risas a nuestro alrededor.

En algún otro momento hubiera retrocedido, en especial con tantas cámaras apuntadas hacia nosotros, dispuestas a volvernos celebridades de la Red en cuestión de minutos. Sin embargo, aquello había llegado demasiado lejos.

—¿Cuál es tu maldito problema? —volví a gritar.

—¡Él es mi problema! —exclamó mi primo para sorpresa de todos—. Él... cada uno de ustedes... no son más que unos anormales. Se creen el centro del puto universo, con sus ropas de nenas, caminando como si desfilasen por una maldita pasarela. Siendo honesto, me dan asco.

El muchacho lanzó un escupitajo directo a la cara de mi amigo, quien apenas lograba mantenerse en pie. No obstante, Linus replicó:

—Vaya, Trevor... ¿No tienes algo... más original?

A menos que mi amigo fuese en secreto un maestro ninja o algo por el estilo, no entendía cómo aquello podía ayudar a nuestra situación.

—¡Cierra la boca, perra! —bufaba el otro de coraje—. ¿Quieres algo original? Qué tal esto: tu apellido es Saint-Pierre, ¿cierto? Dicen en el pueblo que son todos unos dementes. Si son tan unidos, ¿por qué no le cuentas la verdad a tu amigo? Anda, marica. Diles que tu hermano...

Victor se abalanzó sobre mi primo, haciéndolo caer de espaldas. Antes de que éste pudiese reaccionar, se sentó sobre su pecho, presionando las rodillas contra sus costillas, mientras impactaba su cara con ambos puños en una salvaje sucesión casi rítmica.

Todo estaba sucediendo tan rápido que apenas podía asimilarlo. David Trevor forcejeaba mas era incapaz de levantarse. Seguro, era mucho más alto, con una vida entera dedicada al ejercicio de su lado... pero nuestro querido pianista estaba encabronado.

Y mientras tanto, Linus palidecía a cada segundo. Aaron hizo lo posible por sostenerle, mas todo fue en vano. Cuando se hubo desvanecido, corrí a su encuentro, mas los dos bravucones que quedaban me cerraron el paso de inmediato. Cuando menos me di cuenta uno ya me tenía aprisionado por la espalda, al tiempo que el otro descargaba su furia contra mi abdomen. La sangre cabalgaba veloz por mi garganta, llenando mi boca con ese amargo y un tanto metálico sabor. El dolor me abrumaba, mas no estaba dispuesto a rendirme. No todavía.

Apoyando mi peso en mi captor, alcancé a conectar una patada justo sobre la cara de mi atacante. El muchacho retrocedió entre maldiciones. Sintiendo cómo la adrenalina tensaba cada uno de mis músculos, conseguí soltarme, poniendo toda mi fuerza en la base de la palma de mi mano para luego lanzarla hacia arriba, directo a la nariz del chico. Movido por un repentino frenesí, estuve a punto de golpearlo de nueva cuenta, cuando de pronto una mano firme se posó sobre mi hombro.

—Basta, Helio —me pidió mi amigo—. No es culpa de ellos.

—No sabes lo que dices —repliqué.

—No, eres *tú* quien no comprende. Ellos no me atacaron.

—Linus, estás herido, necesitas...

—¡No necesito nada, mucho menos de tu ayuda! —soltó con desesperación, su cuerpo temblando de pies a cabeza—. Nunca la he necesitado. Así que te pido que te alejes cuanto antes porque esto no te incumbe.

Enseguida se marchó con pasos vacilantes hacia el bosque donde, imaginé, esperaba recuperar sus cosas.

Por mi parte, sentí como si el mundo entero se hubiese fracturado bajo mis pies. Quise moverme, mas pronto me di cuenta que me era imposible. Cada sonido, cada palabra a mi alrededor parecía sucumbir ante un intenso zumbido que no hacía sino aumentar a cada minuto.

No recuerdo con claridad en qué momento los maestros llegaron. Alguien me hablaba, mas todo me resultaba confuso.

Luego de haber sido atendidos en la enfermería, los cuatro chicos —David Trevor, sus dos matones y yo—, fuimos reunidos en el pasillo justo afuera de la oficina de la Consejera. El más lastimado entre todos era mi primo, con un ojo morado y una ceja rota; el muchacho a quien yo había atacado en la nariz, cuyo nombre luego me enteré era Brian Baxter, lloraba en silencio, mientras trataba de ignorar a los mirones que no hacían sino mofarse de los dos enormes tubos de papel higiénico como colmillos que había metido en sus fosas nasales para detener el sangrado.

Uno a uno fuimos llamados hacia el interior de la oficina mientras el resto aguardaba afuera en un intento, sospechaba, de romper nuestras voluntades. Y estaba funcionando. La espera no hacía sino aumentar los nervios. Llegado mi turno di mi versión de lo sucedido, aunque, siendo honesto, las palabras de mi amigo me habían dejado tan confundido que no sabía qué era cierto y qué no. ¿Acaso había dicho la verdad, que ellos no habían tenido la culpa?

Cuando terminamos, los cuatro nos quedamos a esperar a nuestros padres. En algún momento de la tarde el entrenador Neumann llegó para llevarse a los matones, mas no sin antes dirigirme una mirada que parecía decirme que pagaría por mi descaro. Que hiciera lo que quisiera, pensé. A esas alturas no podía importarme menos.

El sonido de unos tacones en paso apresurado me hizo estremecer. Christine avanzaba como movida por el mismo viento, con su bata aún puesta. Aun desde la distancia pude ver que estaba endemoniadamente enojada. Sin pedir su permiso, revisó a mi primo de cerca para asegurarse que la enfermera había hecho un buen trabajo suturando las heridas. Cuando hubo terminado, y tras asegurarse que yo no sangraba de ninguna parte, me dio una bofetada en la cabeza.

—¿Es en serio, niño? ¿Quieres explicarme qué rayos sucedió?

—Su hijo, señora Harper —intervino la Consejera, saliendo a su encuentro—, atacó a varios miembros del equipo de natación junto con otro joven de preparatoria sin motivo aparente.

Christine levantó una ceja con incredulidad.

—¿Él? —me señaló—. ¿Está segura? ¿Ya lo vio bien? Parece muñeca con anemia.

Nadie como mi madre para levantarle a uno la autoestima.

—Tenemos varios testigos que...

—¿Testigos? No sabía que esto era un juicio.

—No lo es.

—Porque de serlo, lo ganaríamos, ¿cierto?

La Consejera suspiró.

—Señora...

—*Doctora*, muchas gracias —le corrigió.

—Doctora Harper... necesito que tome esto en serio. Los miembros del equipo de natación resultaron con varias heridas que...

—No sabía que usted tenía un grado en medicina. ¿Y por qué se refiere al equipo con tanto respeto? Ni que fueran miembros del maldito Parlamento.

—Esto es grave —continuó la mujer en un intento por controlarse a sí misma—. Un demérito así se castiga con la expulsión.

Aquella sola palabra fue suficiente para echar abajo el acto de defensa circense de Christine.

—De acuerdo, de acuerdo... ¿Qué sucedió, niño? —me cuestionó.

—Ya se lo dije: su hijo y otro joven de preparatoria atacaron...

—¿Cuál "otro joven de preparatoria", celadora? —estalló mi madre.

—Victor Cain —murmuré.

—¡¿El suicida?! Dios, esto se pone interesante. Escuche, carcelera, seguro todo esto es un malentendido, un...

—¡Un psicópata!

Los cuatro volvimos la mirada hacia mi tía Lisa, quien caminaba hacia nosotros vuelta una Furia de la mitología romana.

—¿Cómo pudiste? —me reclamó tan pronto estuvo frente a mí como si no hubiese nadie más en la habitación—. ¡Eres un bastardo malagradecido! ¿Cómo te atreviste a tocar a mi pequeño? ¡Debería hacerte arrestar!

—Estás alterada, Lisa —intervino Christine—. Creo que le debes a mi hijo una disculpa.

—Eso nunca. Siempre supe que tu hijo era una mala semilla. Tiene la sangre podrida... igual que su padre. Olvidas quién soy dentro de esta comunidad —siseó entre dientes—, que puedo demandarlos a ambos por...

—No harás una maldita cosa —dijo mi tío Eric mientras avanzaba por el corredor—. ¿Hasta cuándo vas a seguirte mintiendo a ti misma, mujer? ¿Por qué es tan importante para ti creerte mejor que todo el mundo?

El cambio en David Trevor fue instantáneo. De mostrar una sonrisa confiada pasó al terror puro en apenas unos segundos. Su rostro palideció, mientras que sus piernas se encogieron, aunque con levedad, sobre su vientre. Era la primera vez que le veía de esa forma... y en verdad lo estaba disfrutando.

—Siento mucho esta situación, Christine —agregó con respeto cuando estuvo frente a nosotros—. Espero que Lisa no se haya sobrepasado como siempre. Rory, dime, ¿cómo te encuentras?

—¡¿Estás loco?! —volvió a interrumpir mi tía—. ¿Cómo se te ocurre preguntarle eso? ¡Él fue quien empezó todo!

—¿Es eso cierto, niño? —Christine me cuestionó con severidad.

—¿Por qué no pasamos a mi oficina? —sugirió la Consejera, sintiendo cómo la tensión aumentaba a cada segundo.

—No es necesario —dijo mi tío con un gesto de su mano—. Hagamos esto rápido, necesito volver al trabajo.

En un repentino despliegue de fuerza, levantó a su hijo del

brazo como si de un simple muñeco de trapo se tratase.

—¡Discúlpate con tu primo! —ordenó, su voz potente como un ladrido. Aunque nervioso, el muchacho se mantuvo callado, con su mirada hundida en el suelo—. ¿Qué no me escuchas? ¡Hazlo!

—¡Basta, lo estás lastimando! ¡Él no tuvo nada que ver!

—¿Sabes, Lisa? Me cuesta trabajo creerlo. Durante años el entrenador y yo hemos solapado las estupideces de tu hijo sólo para mantenerlo en el equipo de natación. ¿Tienes alguna idea de la clase de bestia que has criado, de la cantidad de cheques que he tenido que firmar para evitarnos problemas y habladurías? No, por supuesto que no. ¿Cómo podrías cuando no haces más que vivir en tu maldito mundo de fantasía? Pero eso tiene remedio ahora mismo—. Del bolsillo interior de su abrigo sacó un sobre que puso sobre las manos de ella—. Había estado postergando esto, pero creo que no me dejas más opción: a partir de este momento ejerzo mi derecho sobre la patria potestad de David. Le llevaré conmigo ahora mismo.

La Furia cedió.

—N-No... No puedes...

—Por supuesto que puedo. Nunca has tenido trabajo alguno, eres un manojo inestable de nervios, sin mencionar el estado deplorable en el que viven sin el ejército de sirvientes que te resuelvan la vida. Ahora —se volvió hacia mi primo de nuevo —, necesito que te disculpes antes que decida mandarte a un campamento militar.

—Él... tiene razón —musitó mi primo—. Y-Yo... inicié todo. Es mi culpa. Yo les dije a los otros chicos que mintieran.

Con un grito de impotencia, su madre dejó caer todo el peso de su mano sobre su ya maltrecho rostro. Al darse cuenta de lo que había hecho, y ante la mirada atónita de los presentes, salió presurosa por el pasillo.

En ese momento me di cuenta: pese a todo el daño que mi primo había hecho, nunca se arriesgaría a hacer algo que provocase a sus padres de ese modo. Linus había estado diciendo la verdad, mas yo no había querido escucharle: ellos, mi primo y sus amigos, nunca le atacaron.

—Siendo ese el caso… no tengo más remedio que suspenderte de la escuela —dijo la Consejera con uno tono de decepción—. Siento mucho esta situación, doctora Harper. Le pido una disculpa.

David Trevor estaba desecho por completo. Pero, ¿por qué perderlo todo por una mentira? ¿Por qué se había sacrificado por mí?

Con su padre sacándole casi en vilo, ambos salieron de la escuela. Por nuestra parte, Christine me condujo hacia nuestra camioneta. Una vez adentro, dijo:

—Sabía que las cosas estaban mal entre Lisa y Eric… mas nunca imaginé que serían capaces de hacerse tanto daño. ¿Qué me dices de ti? ¿Cómo te encuentras?

—Como si te importara —espeté.

Ella exhaló con cansancio.

—Ya hemos hablado de esto antes, niño. Tengo que trabajar. Todo lo que hago: cada desvelo, cada turno extra… es por nosotros. ¡Por nosotros! Ya eres bastante mayor como para comprenderlo.

Le gustase o no aceptarlo, la verdad era que Christine amaba su trabajo sobre cualquier otra cosa. El discurso que vino a continuación fue la forma de justificar ante el mundo su adicción. No obstante, ella no logró convencerme. ¿Acaso lograba convencerse a ella misma? ¿Qué sentido tenía seguir discutiendo? Las cosas entre nosotros no cambiarían. Lo mejor era resignarse a ello. Así que antes de que tuviese oportunidad de arrancar el motor, salí corriendo y no me detuve hasta que me hube adentrado en lo profundo del bosque. Una vez bajo las sombras, comencé a reprenderme a mí mismo por no haber encontrado una mejor forma de expresarme con Christine. Odiaba cuando las cosas se ponían mal entre nosotros, mas supongo que en ocasiones era inevitable. Refugiado en mi silencio, pronto sentí cómo una oscura niebla comenzaba a descender sobre mi persona, dejando a su paso una helada desolación.

CAPÍTULO VEINTISIETE

Dos semanas transcurrieron antes de que pudiera volver a hablar con Linus... o al menos con su contraparte virtual. Le encontré en el bosque a las afueras de Níobe, el pueblo devastado, cazando monstruos. El personaje mostraba un aspecto sombrío, noté. Era claro que su dueño había modificado sus características. ¿Acaso mi amigo deseaba hacer de Cadmus un reflejo de su propio estado?

—He estado preocupado —le dije sin rodeos. Y por alguna extraña razón tuve la necesidad de agregar—: Por ti.

No hubo respuesta.

—Si algo hice que pudiera molestarte... quiero decirte que lo siento. Mucho.

El lamento de las creaturas siendo masacradas bajo el peso aplastante de sus conjuros llenaba el ambiente. Sombras moviéndose a gran velocidad a través de la pantalla, acechando, esperando el momento justo para cernirse sobre sus presas... Nunca antes sus artes habían sido tan crueles o tan oscuras.

—No pasa nada —me aseguró con sequedad.

—¿Entonces, por qué me evitas?

—¡Esto no tiene nada que ver contigo! —soltó en un grito—. No eres el centro del maldito universo, ¿sabes?

Quise decirle que ansiaba escucharle, sentirle cerca. Quise expresarle todos aquellos sentimientos que llevaba atorados justo a la mitad del pecho y que aún no alcanzaba a comprender del todo. Quise hacerle saber que podía contar conmigo, que juntos podíamos superar lo que fuera que estuviese sucediendo en su mundo. Incluso quise pedirle, *suplicarle* que no me alejase... Pero el Hechicero desapareció en un pestañeo, dejando en mí nada más que una profunda devastación.

Durante los siguientes días la soledad que experimentaba no hizo sino enraizarse más y más. Cual insecto ponzoñoso, había decidido anidar en lo profundo de mis entrañas. Juro que en ocasiones podía sentirle retorcerse dentro de mí con salvaje apetito.

¿Cómo es que las cosas habían empeorado tanto? ¿Cómo pude permitirlo? Yo sabía que mucho de lo sucedido no estuvo bajo mi control, que yo no era responsable de los problemas de mis amigos o las propias carencias de Christine. Sin embargo, culparme a mí mismo por todo fue tan sencillo que nunca quise virar mis ojos hacia el exterior.

En la escuela, las horas pasaban con lentitud. Durante las clases, vivía en un estado de perpetua ansiedad. Deseaba escapar a cualquier sitio, correr, correr y correr hasta perderme. Mas cuando la campana sonaba, mi cuerpo no me respondía.

En casa, pasaba mi tiempo haciendo mis deberes; sin embargo, no eran suficientes para mantenerme distraído. A Christine no le había visto desde nuestra discusión. Y aunque se aseguraba de que yo no pasara hambre —siempre dejaba un billete pegado con un imán al refrigerador para ordenar comida — era claro que estaba evitando el departamento tanto como podía.

Por las noches, al acostarme, las cosas empeoraban. Yo no hacía más que aferrarme a mi almohada en espera de que la vida misma transcurriera hasta un punto donde pudiera sentirme feliz de nuevo. Cuando cerraba los ojos podía escuchar voces murmurando unas con otras dentro de mi cabeza. La sensación de una mano cerrándose sobre mi garganta. Un canto negro convocándome hacia el fondo de una espiral en descenso, siempre en descenso...

Dios mío... ¿Qué estaba sucediendo conmigo? ¿Por qué de pronto sentía que estaba perdiendo el control sobre mí mismo?

Entonces, una tarde de viernes, lo imposible sucedió:

—¿Qué haces aquí? —dije tan pronto lo vi.

—¿Puedo pasar? —preguntó mi primo con una humildad

como hasta entonces no había mostrado. Por supuesto, quise darle en la cara con la puerta, mas su acto de bondad me hizo reflexionar—. Entiendo que estés molesto —murmuró tan pronto nos hubimos sentado en uno de los sillones de la sala.

—*Molesto* no alcanza a describir cómo me siento respecto a ti. ¿Puedo saber qué cosa te hice para que me odiases tanto?

—Aquella tarde en mi casa, te dije que no sabía que eras mi primo. Pero estaba mintiendo. Tan pronto subiste al autobús aquella mañana te reconocí: el mismo rostro inocente e ingenuo de hace unos años, como si nunca hubieses pasado un solo día de tristeza en tu vida. Estaba celoso —continuó, cabizbajo —. Hacer de ti un blanco fue mucho más sencillo que lidiar con mis propios problemas. La razón por la que mentí respecto a la pelea fue porque quise reparar algo del daño que te había hecho. No podía permitir que te expulsasen. Juro que tu amigo se encontraba en el suelo tirado cuando le encontramos. Cuando menos me di cuenta ya teníamos un público a nuestras espaldas. Todo... se salió de control.

—David... ¿qué sucede contigo, con tu familia? ¿Acaso mis tíos...?

—Hace más de medio año que mi padre ya no vive con nosotros —confesó—. Él y su... *compañera*... planean casarse. Claro, si es que algún día logra que mi madre firme los papeles del divorcio. Ella se la vive en cuanto club, taller o grupo social pueda encontrar: pintura, repostería, Drogadictos Anónimos... No es que ella consuma o algo por el estilo, —se apresuró a explicar—. Supongo que lo hace para tener con quién charlar. O para tener a alguien mucho más miserable que ella con quién compararse.

No pude evitar sentir una profunda compasión hacia su persona. Bajo aquella apariencia ruda, seguía siendo un niño. Pero al colocar una mano sobre su hombro, éste se encogió con dolor.

—Fueron los golpes que me dio tu amigo, el de lentes —dijo—. Aún tengo los moretones.

Estaba por disculparme, cuando los eventos de aquella tarde llegaron a mí con una claridad inquietante: Victor no había hecho más que concentrarse en su cara al momento de pelear.

—Fue mi tío Eric, ¿cierto?

Aunque renuente, mi primo asintió.

—Cuando me suspendieron de la escuela, camino a mi casa mi padre enloqueció. Dijo que nunca antes había estado tan avergonzado de mí, que no era tanto que hubiese perdido la pelea, sino que lo hubiera hecho "ante un maricón". Y entonces, sin detener el auto, comenzó a pegarme.

—Seguro Christine puede ayudarte. Ella...

—Ya tengo suficientes problemas —me detuvo—. Pero gracias de todas formas.

—Yo... lo siento mucho —dije tras una larga pausa.

—Soy yo quien te debe una disculpa, Rory. Espero de corazón que puedas perdonarme y que con el tiempo podamos llegar a ser tan cercanos como solíamos serlo cuando éramos pequeños.

No quise responderle. Tenía miedo que de comenzar, el cúmulo de emociones en mi interior se desbordase, llevándose mi existencia entera en su paso hacia el exterior. Enseguida me dio un abrazo que no pude devolverle. Y en eso me susurró:

—¿Linus lo sabe?

Tuve que apartarme de inmediato.

—¿C-Cómo lo...?

—Se te olvida que te veo diario en la escuela. He notado que desde aquella tarde ustedes ya no se frecuentan. Además, eres bastante expresivo. Es obvio que la distancia te ha afectado demasiado.

—Esto que siento, primo... apenas puedo comprenderlo. Desde hace un tiempo todo me resulta tan confuso que me siento como un extraño dentro de mi propio cuerpo.

—Eso lo puedo entender —me dijo con un asentimiento—. Lo que debes comprender es que no puedes seguir huyendo cada que la situación te resulta demasiado complicada.

—Al menos Christine y yo tenemos eso en común — murmuré.

—Linus es un buen chico. Es una pena que se hayan alejado uno del otro. Espero que puedan arreglar pronto lo que sea que suceda entre ustedes —me deseó—. Siempre has sido un chico especial, Rory. Tan bello que brillas con luz propia, capaz de apartar las sombras de aquellos quienes te rodean... en este mundo o en aquel otro que tanto nos gusta recorrer.

—Espera. ¿Qué...?

—El nombre es Desdémona —se presentó con timidez—. Princesa Guerrera de nivel sesenta.

Santas vacas.

—Llevo años jugando *Érato* —explicó—. Lamento mucho decirlo, pero fui yo quien ordenó que nadie hiciera equipo con ustedes o de lo contrario mandaría mis propias hordas a acabar con ellos.

—Da gracias al cielo de que no lo supe antes, de lo contrario le hubiera pedido a Victor que te remodelase la cara a golpes —musité. Y por primera vez en mucho tiempo me permití a mí mismo sonreír.

Durante las horas siguientes David Trevor y yo conversamos como los amigos que habíamos sido. Aunque no me gustase admitirlo, todo ese asunto de la doble vida virtual nos hizo las cosas muchísimo más sencillas. Pasamos mucho tiempo discutiendo sobre los niveles más duros que habíamos enfrentado, así como las mejores técnicas para vencer a los jefes más poderosos que nos esperaban. La historia de cómo Christine había vencido al Gigante le pareció bastante divertida.

Cuando se llegó la hora de despedirnos, me di cuenta que el miedo que había estado sintiendo se había marchado. Antes de irse, mi primo me hizo prometerle que hablaría con Linus acerca de mis sentimientos; no obstante, la sola idea hacía que se me revolviera el estómago.

—Una cosa más —me dijo—: no le digas a nadie sobre mi personaje en *Érato*. Tengo una reputación que mantener.

Le hubiera abrazado mas no quería lastimarle. En cambio, le ofrecí mi mano, esperando que nuestra relación se fortaleciese con el paso del tiempo.

Unos minutos después, mientras tomaba un baño en la tina, meditaba sobre las palabras de mi primo. ¿Cuánto tiempo pasaría antes de que pudiese reunir el valor necesario para hablar con Linus en persona? ¿Y qué si para cuando lo lograse descubría que ya todo estaba perdido? Nervioso como estaba, supe que el momento había llegado. Tan pronto me hube vestido salí del apartamento antes de que pudiese arrepentirme, dirigiéndome a casa de Abigail al otro lado de la calle.

—Necesito ayuda —le pedí.

—Te había estado esperando —fue su respuesta—. Le haré saber que estás aquí.

Victor llegó en cuestión de minutos. Abigail y yo subimos a la parte trasera de su auto, respetando el espacio de Aaron al frente.

No recuerdo mucho de lo que sucedió durante los minutos que estuvimos en movimiento. La noche, el pueblo, la carretera... todo forma parte de un borroso sueño. No hubo conversación, ni música, ni tampoco sonido alguno que pudiera percibir. Sin quererlo me había sumergido a mí mismo en un vacío sensorial.

—Llegamos —anunció Victor con gentileza. Al reaccionar pude notar que nos encontrábamos en un lujoso fraccionamiento, donde las casas denotaban una prosperidad como nunca antes había visto. Ante nosotros se encontraba un moderno portón que resguardaba el acceso a una propiedad que yacía en la distancia, quizás la más grande entre todas.

—Aquí es, Rory —continuó Abigail—. El hogar de la familia Saint-Pierre.

CAPÍTULO VEINTIOCHO

Mis amigos se marcharon tan pronto hube bajado del auto. Habría dado cualquier cosa por tenerles conmigo, pero aquello era algo que debía enfrentar por mí mismo. Con pasos temerosos fui caminando hasta el intercomunicador sobre la verja. Las piernas me temblaban tanto que mantenerme en pie era toda una hazaña. Tan pronto hube presionado el botón quise salir corriendo a esconderme, pero algo me decía que quien fuera que respondiese del otro lado de la línea, seguro también estaba viendo un primer plano de mi cara llena de granos en alguna pantalla.

—Asilo Saint-Pierre —respondió una cansada voz—: usted los engendra, nosotros los encerramos.

—¿Linus? ¿E-Eres tú?

—¿Quién rayos quiere saber?

—Ro-Rory. Rory Ha—

—Bromeo, Helio. Bajo enseguida.

Un par de minutos más tarde mi amigo salió a mi encuentro. Tan pronto le vi caminar hacia mí sentí una calidez nacer en mi vientre para extenderse hacia cada rincón de mi cuerpo. Sin duda lo había extrañado, supe enseguida. Eso o estaba por sufrir un severo episodio de diarrea.

—Lamento mucho visitarte sin haberme anunciado.

—Es la primera buena idea que tienes desde que nos conocimos —dijo mientras abría la verja gracias a un mecanismo de contraseña—. Y no te disculpes, Helio. En verdad me da gusto que hayas venido.

—¿No interrumpo nada?

—Bueno, estaba considerando seriamente masturbarme cuando sonó el timbre; pero fuera de eso, nada importante.

Tomando de mi mano como lo haría con un niño, mi amigo me condujo a través del camino empedrado que llevaba hacia la casa. Pronto nos encontramos en el pórtico, donde abundaba la iluminación, así como hermosas plantas de ornato colocadas sobre coloridas macetas. Las ventanas eran enormes. Hacia el interior se dejaban entrever elegantes cortinas, muebles y uno que otro cuadro de alguna obra famosa con motivos religiosos.

Tan pronto atravesamos el umbral fuimos recibidos por un penetrante aroma a cloro que parecía haberse impregnado en las mismas paredes. El suelo estaba impecable, los cristales de las ventanas pulcros, mientras que los muebles brillaban como si alguien hubiese pasado horas puliendo la madera.

Pese a la clara opulencia que me rodeaba, tuve el presentimiento de que algo no estaba del todo bien en esa casa. Para empezar, las paredes no mostraban fotografías de aquellos quienes le habitaban. No había exámenes contestados pegados con imanes al refrigerador. Tampoco había recuerdos de algún viaje realizado en familia, como platos, cucharas o cualquiera de esas cosas que la gente suele traer de regreso de sus vacaciones. Nada sino una helada e impersonal perfección.

Linus estaba a punto de llevarme escaleras arriba, cuando de pronto…

—¿Alexander? ¿Eres tú?

La voz, proveniente de la estancia —¿o era la sala?— se escuchaba vieja y un tanto cansada.

Él respondió:

—No, mamá.

—Entonces, ¿quién eres?

—El que no es Alexander.

—Ah.

La decepción fue tan evidente que no se prestaba para malos entendidos.

—Ven a verme de todas formas —ordenó la señora. El chico cerró los ojos, mientras sus labios emitieron una serie de palabras que no pude alcanzar a escuchar.

—Lo lamento mucho —me dijo de inmediato—. Si gustas

puedes esperarme en mi cuarto, es el...

—Quiero ir contigo —le dije, tan obstinado como una creatura. Él asintió, mientras su semblante se entregaba a las sombras.

La madre de Linus se encontraba sentada justo al borde de uno de tantos sillones que componían su juego de sala. Su espalda estaba tan recta que parecía estar presionándose contra una tabla invisible. La mesita frente a ella sostenía una botella de vino blanco, una copa con su respectivo posavasos, así como una caja de chocolates vacía. Vestida en un elegante atuendo que sugería algún evento social como una boda o una cena de aniversario, y escarchada desde la tiara que adornaba su cabello hasta las pulseras de tenis en sus muñecas, la señora tenía su vista clavada en algún punto de la pared en un estado contemplativo tan absoluto que un monje budista la hubiera envidiado. En contraste, su rostro, sin una gota de maquillaje, se mostraba demacrado y marchito. La piel se pegaba a sus huesos dándole el aspecto de un ave desplumada, mientras que su cabello salpicado de canas caía sin vida sobre sus hombros como paja.

—¿Alexander? —inquirió de nueva cuenta tan pronto como mi amigo y yo estuvimos frente a ella.

—No, mamá —dijo Linus. Su tono se había tornado tan dulce que me daba la impresión que estaba hablando con una niña—. Alexander ya no vive aquí, ¿recuerdas? Él es mi amigo. Ha venido a visitarme. Su nombre es Rory Harper.

Sus ojos se encendieron como si la vida misma le hubiese sido otorgada en ese mismo instante. Al ponerse de pie, no pude evitar notar lo alta que era, casi un metro con ochenta. De pronto sus manos se extendieron hacia mí. Al tomarlas para saludarle, me di cuenta que éstas se sentían secas y rasposas, el resultado de pasar largas horas a diario limpiando una enorme casa que ya nadie se molestaba en ensuciar, supe con tristeza.

Unos segundos de amabilidad, y así como así, volvió a su silencio, a su sillón y a su enigmático estado de contemplación.

—Ella... ¿se encuentra bien? —cuestioné a mi amigo poco

después de haber regresado a la escalera.

—Lo está —me aseguró en un tono desinteresado.

Tuve que detenerme de inmediato.

—Linus... Tu hermano, Alexander.... No existe una academia militar, ¿verdad?

Él negó con la cabeza.

—¿En dónde se encuentra?

—Aquí, no.

—¿En dónde se encuentra? —insistí.

—Lejos.

—¿Y tu padre?

—Eso depende de a quién le preguntes.

Sabiendo que no obtendría más información de su parte, tuve que forzarme a mí mismo a mantener la vista sobre los escalones. Paso a paso fui avanzando, siguiendo la sombra de mi guía.

La segunda planta mostraba una gran cantidad de puertas cerradas que me fue difícil llevar la cuenta. Conforme nos fuimos adentrando, tuve la necesidad de volver a sostenerme de la mano de Linus, temiendo perderme en aquella vastedad. Con una sonrisa, el chico me condujo hacia un nuevo juego de escaleras, Orfeo en rescate de Eurídice, hasta llegar a una puerta tapizada por completo con recortes de revistas, historietas, personajes de anime, artistas un tanto extraños y uno que otro letrero.

—Es aquí —anunció con cierto orgullo en su tono. Juntos hicimos nuestra entrada, y entonces supe que no había en el mundo un alma más afín a la mía: enormes torres de libros a punto de venirse abajo esparcidas por doquier, decenas de historietas tapizando metros enteros del suelo en un aparente caos organizado, prendas salpicadas por todas partes, un pequeño escritorio sosteniendo su mochila de la escuela, así como la computadora con la cual solía acceder al universo de *Érato*; la cama desecha, por supuesto; un armario tan lleno que me daba la impresión que explotaría en cualquier segundo, amplias ventanas inclinadas hacia dentro del ático, con sus cristales pintados en su mayoría de negro, algunos incluso con citas de, tuve la sospecha, videojuegos; una pared sosteniendo un gran pizarrón de corcho con innumerables recortes de periódico, poemas garabateados en hojas de cuaderno, notas en pequeños cuadros de papel fosforescentes, un mapa del Reino Sagrado de *Érato*, coloridos envoltorios de dulces, chocolates y de papas fritas, fotografías varias, e incluso cajas vacías con nombres de medicamentos que, gracias a una vida con Christine Harper, me indicaban que su sola posesión sin una receta podría meterme en problemas, todo aquello formando un solo collage que plasmaba la hermosa vida de Linus Saint-Pierre.

—Como puedes ver, mi cuarto es un desastre. Espero que no te importe mucho.

—Es perfecto —respondí. Poco a poco me fui abriendo camino hacia las ventanas, desde donde tenía una vista clara del bosque.

—Es la primera vez que un amigo me visita —dijo mientras tomaba asiento al pie de su cama—. ¿Qué se supone que hace uno en estas situaciones?

—¿Ver pornografía?

—Suena tentador. Pero mejor conversemos, ¿te parece?

Con el corazón acelerado me senté a su lado. Estuve en silencio durante un largo tiempo, temiendo, pensando, esperando encontrar de algún modo el valor para hacerle saber todo aquello que sentía. Cuando estuvo claro que las palabras me habían fallado, dejé que mis manos buscasen las suyas. Tibias, me di cuenta, suaves, pero al mismo tiempo llenas de una fortaleza como nunca antes había conocido.

—Extrañaba esto —le dije en apenas un susurro.

—Yo te extrañaba a ti, Helio.

—Dime, Linus, ¿qué sucede? ¿Qué pasa contigo? —pude formular sin atreverme a mirarle a los ojos—. He pasado semanas intentando averiguarlo, mas no me encuentro más cerca que cuando comencé. Tus cambios de humor, tu silencio, tu capacidad para aparecer y desaparecer de mi vida a voluntad... ¿Es alguna clase de juego?

—Rory, yo...

—Siento mucho haber reaccionado de ese modo la otra tarde. En verdad. Tenía tanto miedo que no pude controlarme. Pero sobre todas las cosas lamento haberte molestado. Si pudiera volver al pasado...

—No es eso. Yo...

—¿Qué? —le cuestioné—. ¿Qué cosa es, entonces? Quiero saberlo, *necesito* saberlo. Por favor...

—Rory, escucha —me detuvo, tomándome de los hombros—: yo... estoy muriendo. Tengo un tumor cerebral.

CAPÍTULO VEINTINUEVE

—Siento mucho haberte alejado —me dijo—. Estas semanas han sido bastante duras. Visitas al médico, tratamientos, noches en vela, sin mencionar el constante conflicto interno que tengo con la palabra *Dios*... Lo que menos quería es que me vieras en ese estado, arrastrarte al desastre al que se dirige mi existencia. Esta... depresión... me ha tomado por el cuello y no me quiere soltar.

—Pude haberte ayudado. Pude—

—No, Rory —me interrumpió—. No quiero compasión, sino *comprensión*. Quiero que los momentos que pasemos juntos sean agradables. Ya tengo suficiente tristeza aquí en mi casa. Confieso que al mantener mi distancia esperaba que pudieras seguir con tu vida, que encontrases el resplandor en el alba, los colores que para mí se desvanecieron hace ya mucho tiempo. Y sin embargo... te extraño. Pese a mi razón, mi preciado intelecto, pese a toda mi conciencia... te extraño.

Sus ojos cerrándose con fuerza. Un llanto quedo cayendo por sus mejillas.

—Ya no quiero pensar, Rory —continuó—. Me siento cansado, fastidiado, harto de no poder encontrar una salida a este maldito problema. Tengo miedo. Miedo de lo que sucede, miedo de lo que pueda suceder, incluso siento miedo de mí mismo...

¿Cuánto tiempo estuvo entre mis brazos, sollozando, estremeciéndose de pies a cabeza? Lo ignoro. En varias ocasiones quiso salir corriendo, mas no lo permití. Estaba decidido a drenarle de todo ese llanto que, estancado, había envenenado su alma. Y cuando los suspiros terminaron y cada uno de sus gritos murieron justo a la mitad de mi pecho, supe que había esperanza.

Levantándose de la cama, Linus apagó las luces. Ante la

escaza iluminación que se colaba a través de las ventanas le vi despojarse de sus ropas. Salvo por su preciado gorro, una a una las prendas fueron cayendo, dejando al descubierto una serie de tatuajes que decoraban el lienzo de su piel desde el costado izquierdo de su torso hasta su cintura. Los aretes que usaba tanto en su labio como en su oreja, los dejó caer al suelo.

—Esta es mi máscara —murmuró—. Este es el muro que he construido para protegerme del mundo. No fue sencillo encontrar alguien que quisiese tatuarme, no obstante, el dinero abre muchas puertas.

Intentando comprender, haciendo un esfuerzo sobrehumano por mantenerme en silencio, me di cuenta que mis dedos ya se encontraban recorriendo los contornos del intrincado diseño del tatuaje.

—No tengas miedo —me pidió al reencontrarse conmigo, mas no pudo ocultar su propio titubeo. Sin dejar de mirarle, me fui deshaciendo de mi ropa, sintiendo cómo mi corazón se aceleraba a cada segundo. Al encontrarme tan expuesto como aquella primera ocasión en que Linus vino en mi rescate, experimenté una extraña sensación de libertad como nunca antes había vivido. Ya no sentía pena ni mucho menos culpa alguna en mi actuar, sino un puro deseo de envolverle entre mis brazos.

Justo cuando quise romper aquella barrera invisible que nos separaba, Linus se dio la media vuelta, y con la mano temblando de nervios se quitó el gorro. Como un delgado pero alargado parásito, la cicatriz se posaba sobre su cráneo desde la mitad del hueso occipital hasta la parte superior del frontal, si mis lecciones de Biología no me fallaban. El cabello había dejado de crecer alrededor del área, dejando expuestos pedazos de piel tan blanca que incluso en aquella oscuridad parecía emitir un tenue fulgor.

—Los doctores removieron la mayor parte del tumor antes de darse cuenta que salvarme era imposible. Era simplemente demasiado riesgoso... para ellos y sus carreras.

Al volverse hacia mí, fue para colocar su gorro entre mis manos.

—Tras la primera cirugía, estuve bajo un coma inducido en espera de que mi cerebro se desinflamase —continuó—. Al despertar, los doctores sugirieron un coctel de químicos que podría ayudar a reducir el tamaño del bastardo. Yo les dije que se fueran a la mierda. ¿Qué hubiera ganado? Mareado al punto de no poder moverme, vomitando las entrañas... esa no era la forma en que yo deseaba pasar mis últimos días. No, el precio era muy caro.

Su cuerpo presionándose contra el mío. Mis brazos rodeando su cintura, acercándole hacia mí más y más a cada momento.

—Habiendo regresado a casa, pasaron unas cuantas semanas antes de poder recordar que durante todo el tiempo que pasé en coma, soñando. No era un sueño como tantos otros, plagado de incoherencias, sino uno tangible, lleno de significado. En mi sueño, yo era un niño refugiado bajo la sombra de un sauce. Sentado como me encontraba, recibí la visita de un chico de cabellos castaños y ojos como topacios. Él se acercó a mí como un hermano, cuidando de mí de un modo en que nadie lo había hecho en... bueno, bastante tiempo. Algún día nos conoceríamos, me hizo saber. Y yo le prometí que sería fuerte hasta entonces.

—Con el pasar del tiempo me convencí a mí mismo que mi sueño no era sino eso, un simple sueño —me dijo, presionando su mejilla contra la mía—. Sin embargo, una mañana, mientras alistaba mis cosas para irme a la preparatoria, me encontré a mí mismo empacando en mi mochila un cambio de ropa. Contrariado, quise devolverla a mi armario, pero algo en mi interior me impidió hacerlo. Yo *debía* cargar con esa ropa, me gustase o no. Unos minutos más tarde, mientras esperaba el autobús escolar en una de tantas paradas comunes en el pueblo, me di cuenta de que ese no era mi autobús escolar. ¡La preparatoria ni siquiera tiene un maldito autobús escolar! Pero eso no me detuvo de abordarlo.

"Una vez sentado, me sentí molesto conmigo mismo por aquel ligero cambio de rutina. Tan pronto como llegase a la secundaria, tendría que echarme a correr a mi propia escuela.

Tenía el tiempo contado y un examen que presentar para el cual no había estudiado lo suficiente. Había pasado más de un año desde la cirugía, y desde entonces mi mente no lograba retener la información con tanta facilidad como solía hacerlo. Estaba distraído, nervioso por la inminente llegada de... *algo*.

—Entonces, te vi —me susurró al oído—. El mismo rostro, aquellos ojos casi felinos... ¿Cómo era posible? Durante el resto del camino hasta la secundaria quise convencerme a mí mismo que aquello no fue sino una coincidencia. Horas más tarde, cuando un nuevo impulso me llevó a la parte trasera del gimnasio, volví a renegar de mí mismo. ¿Qué cosa esperaba con exactitud? No era sino una marioneta, un instrumento de mi propia intuición. Pero en el momento en que saliste de la puerta de emergencia, supe que mi destino estaba atado al tuyo.

En un intento desesperado por alejarme, me di la media vuelta, cuando entonces sus brazos se cerraron sobre mi pecho. Linus se presionó con cuidado sobre mi espalda, su llanto tibio resbalando sobre mi piel.

—¿C-Cuánto...?

Él se encogió de hombros.

—Unos cuantos meses más... si tu Dios es bueno —respondió —. Quisiera decirte que ahora lo comprendo, que entiendo cada una de las partes que componen este enigma, que existe un motivo divino para este sufrimiento... Pero no es así. En ocasiones la vida simplemente te arroja un montón de mierda directo a la cara —se lamentaba—. Es posible que no viva lo suficiente para graduarme. Sin embargo... al tenerte aquí tan cerca de mí comprendo que hice mal en alejarte. Siento como si hubiésemos estado destinados a conocernos. Y aunque me considero una persona lógica, por una vez en mi vida quiero dejar de pelear contra la corriente para permitirme a mí mismo fluir con esta serie de misteriosos pero inevitables sucesos.

¿Acaso era verdad? ¿Es que nuestros destinos estaban atados el uno al otro? ¿Durante cuánto tiempo, con exactitud? ¿Qué sucedería el día de mañana, cuando el tumor decidiera tomar su vida? ¿Qué sucedería conmigo en ese entonces? ¿Tendríamos siquiera... un mañana?

Tan pronto como me volví, mis manos buscaron por instinto su cintura. Y cuando mis labios se encontraron con los suyos, supe que aquello era lo más razonable que había hecho hasta entonces.

No, no *lo hicimos*.

¿Que si me hubiera gustado hacerlo? ¿La verdad?... No lo hubiera querido de ningún otro modo.

Recostados sobre la cama, Linus y yo conversamos como nunca antes lo habíamos hecho. Tenerle a mi lado fue algo especial, pero escucharle fue un acto sublime. Pasamos horas enteras expresando todo aquello que pasaba por nuestras mentes y que en secreto habíamos añorado compartirnos. Sueños, ideas, momentos suspendidos en el tiempo, los acordes de una canción, las infinitas posibilidades del futuro, el tormentoso pasado, todo esto en medio de animadas gesticulaciones y una sonrisa entre frase y frase. Aquel era el chico que había ansiado conocer, no a Cadmus el Hechicero, sino al verdadero Linus Saint-Pierre.

¿Cómo lograba el mundo obligarnos a movernos entre sombras, temiendo, siempre desconfiando los unos de los otros? Los adornos corporales de Linus, el machismo de David Trevor, las ropas de Abigail, el humor de Aaron, la adulta apariencia de Victor, incluso el ingenio con el que a diario se envolvía un extraño —pero apuesto— chico llamado Rory... Máscaras a final de cuentas, creadas gracias a la necesidad de ocultar nuestra propia vulnerabilidad.

—*Érato* se convirtió para mí en un medio de escape desde el primer día que instalé el programa —continuó mi amigo—. Relacionarme con otras personas, hacer amigos, siempre me ha provocado una tremenda ansiedad. Sin embargo, caminar como Cadmus me brinda seguridad, el valor que necesito para abrirme a mí mismo; al mismo tiempo, ha sido mi principal medio de distracción de esta sentencia de muerte que pesa sobre mis hombros, mi nepente personal.

—Ahora me tienes a mí —le hice saber—. Juntos enfrentaremos esto como el equipo que somos: el Hechicero y el Guerrero.

En algún punto de la noche caímos dormidos. Horas más tarde, al despertar, lo hice en medio de una helada oscuridad. Linus ya se encontraba sentado en un sillón junto a las enormes ventanas esperando el amanecer, con su pijama puesta y un cobertor sobre su espalda. Le amaba, me di cuenta. Sin importar que el mundo entero estuviese en nuestra contra, sin importar el miedo que me provocaba hacerlo.

Desnudo como estaba, me fui caminando hasta llegar a su lado, temblando como un recién nacido. Tan pronto estuve bajo la protección de su cobertor, me di cuenta de que ya se encontraba devorando sus gomitas por montones.

—¿Dulces antes del desayuno?

—Mi terapeuta me dijo que una actividad repetitiva propia ayudarme a calmar mis nervios —explicó un tanto apenado—. Intenté muchas cosas pero ninguna dio tan buen resultado como despedazar osos de gomita entre mis dientes.

—¿Te sientes nervioso en este momento?

—Un poco. Nunca antes había compartido mi cama con alguien que no fuera mi hermano.

—Espero no haber sido una molestia.

—Aparte de tus ronquidos, ninguna —dijo con una sonrisa maliciosa—. Sabes que bromeo, Helio.

Los minutos transcurrieron. Pronto el cielo vino a teñirse de hermosos colores como nunca antes había apreciado. Lo que hubiera dado por sostener ese momento en el tiempo, por extenderlo hacia la eternidad. Sin embargo...

—Debo irme —anuncié en un murmullo.

—Entiendo. El mundo aguarda.

—¿Qué me dices de ti? ¿Es que no piensas volver a la escuela?

—Quisiera no tener que hacerlo —confesó, hundiendo su rostro en mi hombro—. En ocasiones me meto bajo las cobijas para esconderme de la realidad. Pero tarde o temprano la realidad siempre me encuentra. Sólo... necesito tiempo. Eso es todo.

—El Festival de Invierno es mañana por la noche. ¿Vendrás a verme hacer el ridículo frente a todo el pueblo?

—Suena tentador. Lo pensaré —prometió.

Con el corazón oprimido, me vestí, deseando que algo sucediese que me disuadiera de lo contrario. Para cuando estuve listo, Linus ya se encontraba de pie frente a su escritorio, lidiando con sus propias emociones. Con cuidado le fui rodeando con los brazos, tratando de no pensar mucho en su cicatriz y en todo aquello que simbolizaba.

—Quiero llevarme algo de ti —le pedí en un susurro. Él asintió.

De un cofre de madera que descansaba sobre su librero, Linus sacó una aguja y un encendedor, así como otros materiales que suelen formar parte de un botiquín de primeros auxilios. Sin necesidad de palabras, comprendí su intención. Mientras mi amigo esterilizaba la aguja con el fuego, yo fui limpiando el lóbulo de mi oreja derecha con una torunda empapada de alcohol. El dolor fue momentáneo pero reconfortante de cierta forma. Para cuando hubo terminado y el arete relucía sobre mi piel, yo me sentía como alguien por completo distinto.

—Nos veremos luego, Helio —me dijo. Y entonces supe que había llegado el momento de despedirme.

La sala de su casa estaba impregnada del mismo aroma a desinfectante que había percibido la noche anterior. La señora Saint-Pierre se encontraba limpiando los suelos de rodillas, su rostro vacío de cualquier emoción. ¿Qué temores le habían obligado a refugiarse dentro de sí misma? ¿Acaso estaba consciente de la inevitabilidad del destino que enfrentaba su hijo? Quise hacerle saber que no estaba sola, mas algo me dijo que de nada serviría. Ella se encontraba perdida en un sitio más allá de cualquier esperanza.

Tan pronto como estuve fuera, salí corriendo al bosque. Todo a mi alrededor yacía en calma, como si el mundo no fuera el lugar incierto que había probado ser hacía unas cuantas horas.

CAPÍTULO TREINTA

Caminando rumbo a casa, con pasos lentos pero constantes, me di cuenta de que la revelación de Linus me había sacudido por completo. Nunca antes como aquella mañana había sentido la necesidad de una fe tan sólida como la de mis amigos, de saberme amado y protegido por una fuerza mucho más allá de mi corto entendimiento. Christine Harper, mujer de ciencia, había hecho lo posible por enseñarme la importancia de la esperanza, el respeto hacia Su nombre, mas en ese momento de duda todo aquello me resultaba insuficiente. ¿Cómo podía el mundo cubrirse de tales sombras? ¿Cómo alguien como mi amigo había recibido semejante sentencia?

Dios se equivoca, pensaba. Dios se equivoca, una y otra vez como un oscuro mantra. Sin embargo, ¿cómo cuestionar Su voluntad? ¿Cómo dudar que Su mano, la misma que buscaba segar la vida de Linus, fuera la misma que me llevó a conocerle en primer lugar?

El aliento me faltaba. Una sensación de derrota pesaba sobre mis hombros.

Al adentrarme en mi calle, tras media hora de caminar en el frío, noté que la camioneta de Christine estaba estacionada afuera de la casa. Aunque mi primer instinto fue salir corriendo, supe que había estado evitando aquel momento por suficiente tiempo ya. Y entonces, haciendo acopio de todo mi valor, fui subiendo los escalones hacia el apartamento para enfrentar lo que fuese que me estuviese aguardando.

Tan pronto hube cruzado el umbral, advertí que el lugar entero había sido limpiado por completo. Velas que despedían una dulce fragancia a manzana y canela ardían en varios sitios. Las cajas de cartón que habían pasado meses en los rincones habían sido vaciadas y su contenido acomodado en sus respectivos espacios. Las paredes habían sido adornadas con los pocos cuadros que teníamos, mientras que nuevos y pequeños libreros colocados por toda la sala albergaban las interminables colecciones de enciclopedias médicas que Christine guardaba. Por su parte, ella terminaba de acomodar la vajilla en la cocina. Al verme llegar, me sonrió, diciéndome:

—Bienvenido a casa, niño.

Antes de que pudiese decir alguna otra cosa, corrí a abrazarle con todas mis fuerzas. Quise hacerme el fuerte, esperar a que todas aquellas emociones que experimentaba saliesen una a una a su debido tiempo. Mas debo confesar que nunca como hasta entonces me había sentido tan indefenso entre sus brazos, y lo que vino a continuación fue un nuevo llanto. ¿Avergonzado? ¡Por supuesto que lo estaba! Sin embargo, en ese momento poco me importaba seguir manteniendo las apariencias. Estaba en casa, con ella... mi madre.

—Lo lamento mucho —pude decirle pasados unos cuantos minutos.

—Yo también lo lamento. Nunca fue mi intención descuidarte. Eres, Rory, lo más preciado que tengo. Siento mucho que me haya tomado tanto tiempo el darme cuenta de ello.

Antes de que la barrera que nos separaba tuviese oportunidad de volverse a levantar, creí necesario contarle todo aquello que había estado sucediendo en mi mundo. Y aunque sabía que aquello me resultaría tan duro como doloroso, confiaba en que ella comprendería. Le conté sobre los problemas que había tenido desde el primer día de escuela con David Trevor, del miedo que me provocaba y sobre su inesperada visita la tarde anterior. Le hablé sobre las pequeñas aventuras con mis amigos, los primeros que había tenido en la vida: Abigail, Victor, e incluso sobre Aaron. Finalmente, me atreví a contarle sobre el chico cuya amistad me había llevado a descubrir tantas cosas sobre mí mismo que no podía sino agradecerle por ello.

—Dime... ¿estás avergonzada de mí? —le dije con nerviosismo.

—No, niño —me respondió, poniéndose en cuclillas para mirarme a los ojos, como solía hacerlo hasta hacía unos años—. ¿Cómo podría estarlo? Eres mi razón. Eres mi motivo. Confieso que me siento contenta de que hayas encontrado a alguien en quien depositar tu afecto. Sin embargo, me es imposible no sentir miedo ante lo rápido que pareces estar creciendo. Ya eres todo un jovencito. Y, por cierto, no creas que te salvarás de la charla que tendremos sobre esa perforación...

—Tengo miedo, mamá —confesé—. Apenas lo conozco, mas siento que perderle me resultaría insoportable. Quisiera poder hacer algo...

—Lo mejor que podemos hacer con el tiempo que se nos otorga es vivirlo a plenitud. Si permites que el temor a extrañarle te impida disfrutar de los días que quedan por delante, te perderás de tantas experiencias que llegará el momento en que puedas arrepentirte de ello.

Ella colocó su frente sobre la mía, susurrando:

—Y yo que pensaba que nunca me abandonarías.

—¿Crees que habré de abandonarte?

—Me conoces, niño. Sabes que el trabajo es mi adicción. Pero nunca antes me había dado cuenta que es una forma de mantener mis pensamientos alejados de la soledad que suelo sentir.

—Yo siempre estaré contigo —prometí.

Ambos intercambiamos un largo abrazo. Limpiándose el llanto con la base de las palmas, Christine tomó las llaves de la camioneta, invitándome a acompañarla en un viaje por el pueblo que hubo de terminar en un restaurante de esos que sirven desayunos a todas horas. Al sentarme a la mesa me sentí emocionado, mas con el paso de los minutos no pude evitar deslizarme más y más hacia mi interior. En silencio, me puse a pensar en lo mucho que había cambiado mi vida desde que llegamos a North Allen, en las personas que había conocido, en las historias que había escuchado, si acaso aquel restaurante era el mismo donde Aaron y el señor Cain habían discutido horas antes de que mi atormentado amigo resbalase hacia su muerte, si lo que había sentido era similar a lo que yo experimentaba en ese instante: nada más que derrota, nada sino una profunda melancolía.

—Suceda lo que suceda, recuerda que me encuentro contigo —me dijo Christine, tomando de mi mano, devolviéndome a la realidad. Por supuesto, tuve que hacer el esfuerzo de sonreír.

Las siguientes horas transcurrieron con lentitud. Tras nuestro almuerzo, Christine me llevó consigo de un lado a otro del pueblo en un intento por mostrarme parte de su rutina diaria, desde la tintorería hasta el supermercado, pasando por una visita al hospital, donde tuve la oportunidad de que sus compañeras me pellizcasen las mejillas —de la cara, claro—, y me apretasen la quijada, algunas de ellas haciendo notar mi estatura o el buen partido que sería para una de sus hijas. Sin embargo, aunque incómodo como estaba, me sentí agradecido de no estar solo.

El ocaso trajo consigo una ligera pero helada llovizna. Por suerte, nuestra última parada fue en casa, no de regreso a nuestro departamento sino en el taller de Susanna Noel. Era la primera vez que me aventuraba más allá de la sala y de la cocina, me di cuenta. La imprenta ocupaba un par de habitaciones, y estaba diseñada como una pequeña galería de arte en donde podían apreciarse algunos de los mejores trabajos que ahí se realizaban: elaborados tapices con motivos medievales, estampados publicitarios e incluso litografías de famosas obras de arte.

—Nos iremos en unos minutos —prometió Christine tan pronto llegamos, mas algo me dijo que no tenía intención alguna de cumplir su palabra. Tras tomar asiento sobre uno de los sillones junto a la chimenea, Susanna hubo de acompañarle con una tetera fresca de café y una bandeja repleta de galletas y panecillos. Entre charla y charla ambas me explicaron que aquella era una costumbre que tenían que hacía todo ese asunto del intercambio monetario mucho más placentero.

—Fue tu madre quien me sugirió contratar a Abigail para que cuidase de mi padre —confesó nuestra casera—. Siendo sincera, es lo mejor que me ha pasado en meses, desde la llegada de ustedes, claro. Aunque, nada bueno dura para siempre. Qué sucederá cuando ella decida marcharse para estudiar la universidad es algo en lo que no he querido pensar.

—Ya se nos ocurrirá algo —le aseguró Christine para luego hundirle el diente a una galleta de mantequilla.

—¿Qué me dices de ti, Rory? ¿Has pensado qué te gustaría estudiar?

Al igual que ella, mi mente se rehusaba a meditar sobre la idea de un mañana incierto. Nada me hubiera costado decirle una mentira que satisficiera su curiosidad, alguna palabra que mantuviese vivo aquel acto de civilizada socialización. Pero lo único que pude hacer fue negar con la cabeza.

—Rory participará en el coro de la escuela mañana —intervino mi madre antes de que pudiera sumirme por completo en mi silencio.

—¡Suena maravilloso!

Un momento de elevado triunfo, y entonces...

—Cantará junto a otros sesenta jovencitos, no es algo para emocionarse.

Directo al suelo.

—Aun así debes estar orgullosa —la reprendió Susanna—. El Festival de Invierno es el evento más importante del pueblo en el año. Todo mundo estará ahí. Aunque suene patético, aburrido, cursi, infantil y no sea más que un intento desesperado de atraer despistados turistas, es una tradición. Vamos, Christine. ¿Qué dirías si te bordo una camiseta que diga "Madre de Rory" o algo por el estilo?

—Diría que has pasado demasiado tiempo oliendo la tinta de tus marcadores. Además, si el evento es tan concurrido como dices, seguro la Sala de Emergencias estará repleta para el anochecer con intoxicados, brazos rotos y el niño listo que decide alimentar al duende imaginario que vive en su nariz metiéndose palomitas de maíz en las fosas nasales.

—Estarás ahí —auguró nuestra casera con aire de adivina de feria.

Dejando de lado el hilarante cinismo de ambas, algo llamó mi atención.

—¿Puedes imprimir... cualquier cosa? —aventuré.

—Lo que el cliente necesite, pequeño. Aunque nada obsceno, por supuesto. O con mensajes de odio. O con ponis. Detesto los ponis.

Al instante hice un recuento en mi mente del dinero que tenía ahorrado en casa. Habiendo percibido el movimiento de engranes en mi cabeza, Christine inquirió:

—¿Qué tienes en mente, niño?

—Algo descabellado —respondí.

—¿Acaso has perdido la cabeza? ¡¿Que quieres que hagamos qué cosa?!

—Cierra la boca, Trevor. Es por una buena causa.

—Una buena causa fue no haberte partido la cara tan pronto te vi llegar, Cain. Lo que nos pide Rory es una locura.

—Yo estoy de acuerdo con Victor —intervino Abigail—. Creo que es algo bastante noble de su parte. Si todos cooperamos, terminaremos en unas cuantas horas.

—¿Horas? ¡¿Horas?!

—Enano, tu primo parece que está a punto de sufrir una embolia —señaló Aaron.

—Si lo que quieres es largarte, Trevor, por mí puedes irte a—

—¡SUFICIENTE! —tuve que gritar—. Primo, entiendo que debes marcharte. Gracias por venir.

—Lamento no haberte ayudado. Escucha, si de algo sirve puedo correr la voz en mi... ya sabes... *vecindario*. Si eso no funciona, siempre puedo recurrir a la fuerza bruta.

—Con énfasis en la palabra *bruta* —musitó Victor.

David se marchó colina abajo, mas no sin antes ofrecerme un cariñoso —pero muy varonil— abrazo, de esos que incluyen sonoras palmadas en la espalda. En verdad me hubiera gustado contar con su compañía, mas algo me dijo que dejarle ir era lo mejor.

—De nuevo, les agradezco por ayudarme en esto, chicos —les

dije—. Lamento mucho tener que hacerlo con tan poco tiempo.

—Abigail tiene razón, si nos apresuramos y trabajamos en equipo, tendremos el pueblo tapizado antes del atardecer.

—Eso espero, Cain... es decir, Victor. Nos veremos en el Festival dentro de unas horas, ¿de acuerdo?

—Ya que no creo serles de mucha utilidad, visitaré a tu amigo para asegurarme que se encuentre bien.

—Gracias, Aaron. Ten cuidado.

—Claro, tonto, como si algo pudiera sucederme...

Los cuatro dejamos el bosque con rumbos distintos.

Tan pronto estuve fuera del bosque, comencé un caminar apresurado con rumbo al centro del pueblo. ¿El objetivo? Repartir tantos volantes y pegar tantos pósters como pudiera en el menor tiempo posible. ¿El motivo? Invitar a todos cuantos tuvieran una cuenta activa de *El Ocaso de Érato* a unirse a nuestro raquítico grupo antes de la próxima Batalla Grupal, misma que había sido anunciada para no otro sino el día de Año Nuevo. Aunque nunca lo hubiese admitido frente al grupo, mi primo había estado en lo cierto: aquella era una locura. Sin embargo, pese a los nervios que me embargaban, la poca probabilidad de éxito o la temperatura bajo cero que me congelaba los mocos, estaba dispuesto a seguir adelante con mi tarea.

Una vez en el centro del pueblo, me reuní con Susanna, quien tras escuchar mi historia había decidido ayudarme presentándome personalmente con sus amigos comerciantes para que estos me permitiesen pegar mis pósters en sus aparadores. Poco importaba si el lugar era o no visitado por jóvenes o adolescentes, en ese momento lo único que deseaba era tapizar North Allen por completo.

Cuando Abigail me sugirió reactivar sus viejas cuentas de redes sociales, me sentí preocupado. Sabía lo doloroso que sería para ella reencontrarse con su pasado, con aquella hermosa pero vacía crisálida que había sido su existencia, mas cuando quise disuadirla, ella me aseguró que estaría bien.

—He pasado mucho tiempo evitando este momento —me dijo—. Debo tantas disculpas que he perdido la cuenta. Además, con uno solo de los cientos de contactos que solía tener que responda, es ganancia.

Por su parte, Victor visitaría la preparatoria, las tiendas de música, a sus estudiantes, así como el templo donde su padre presidía.

Poco después del atardecer, Christine se reunió conmigo en el taller de Susanna, para llevarme luego hasta el hogar de mi querido Linus. Con algo de esfuerzo pude clavar en el suelo, junto a la verja, un asta lo suficientemente alta como para verse desde la ventana de mi amigo. El estandarte que nuestra casera había impreso directamente de nuestro diseño en *Érato* había quedado mucho más hermoso de lo que esperaba, hube de notar al verlo ondeando. Debía recordar agradecerle de nueva cuenta por su gran trabajo —sin mencionar el hecho de haber pasado la noche en vela para tenerlo a tiempo—, desde cada uno de los detalles bordados a la perfección, los esmaltes reluciendo y aquellas palabras tan llenas de significado para nosotros:

FIEL A MÍ MISMO

En silencio me preguntaba lo que Linus pensaría cuando lo descubriese. ¿Acaso vería lo que yo? No un pedazo de tela sino un símbolo, un llamado a la guerra, una invitación a combatir la desesperanza que le embargaba.

—¿Ahora qué, niño?

—Volvamos a casa. Tengo una humillación que atender.

CAPÍTULO TREINTAIUNO

—Detesto usar esto —protesté por tercera o cuarta vez desde que subimos a la camioneta.

—Tonterías, te ves adorable —decía Christine, divertida—. El halo, el atuendo blanco, las alitas doradas, *en especial* las alitas doradas... Tan sólo espero que mi celular tenga suficiente batería, odiaría perderme la oportunidad de grabarte en video y humillarte de aquí hasta que termines la universidad.

—Al menos uno de los dos lo está disfrutando... ¿Un ángel? ¿En qué estaba pensando la maestra Sasada?

—Pudo ser peor, niño. Al menos no eres un muñeco de nieve animado por el demonio, un duende de centro comercial o la esposa de Santa Claus. Si yo fuera ella, estaría harta de hornear galletas todo el maldito año.

Christine conducía con calma. Como cada año, el evento se llevaría a cabo en el campo de rugby de la preparatoria. El estacionamiento estaba atiborrado, notamos sorprendidos al llegar, tanto que estuvimos dando vueltas durante varios minutos intentando encontrar un espacio. Era como si el pueblo entero se hubiese reunido aquella noche.

Al descender de la camioneta, lo hice envuelto en una enorme chamarra que alcanzaba a cubrir casi en su totalidad mi disfraz, mismo que usaría durante la presentación del coro, mientras que una mochila con un cambio de ropa colgaba sobre mi hombro. Horas antes, Christine me había hecho el favor de recoger mi atuendo en la secundaria, y aunque yo le había pedido que escogiese la opción menos humillante para mí, ella me aseguró que la maestra Sasada fue quien había designado qué chico usaría qué cosa.

Una vez en el Festival, no pude sino maravillarme ante

la belleza que tenía ante mí: enormes carpas níveas habían sido colocadas por doquier, albergando desde puestos de comida hasta un podio donde un dj amenizaba la noche con sus mezclas. Enormes pantallas habían sido colocadas en las esquinas. Hermosos copos de nieve luminosos colgaban a través del campo, sostenidos desde cables amarrados a los reflectores. Una rueda de la fortuna competía con una bella fogata por ser el centro de atención, mientras que por doquier creaciones de artistas locales deleitaban a los presentes, desde un ejército miniatura de muñecos de nieve, renos armados con metal de desecho e incluso una gigantesca escultura de hielo de una llama que simbolizaba —según me dijeron luego— la esperanza.

—Tengo que irme. Ya deben estarnos esperando —le dije a Christine tan pronto nos adentramos entre la multitud. Y enseguida me fui abriendo paso.

Un escenario había sido levantado frente a las gradas del lado oeste, donde una docena de atriles y sillas vacías esperaban a sus respectivos ocupantes. Casi todos mis compañeros ya se encontraban ahí, tan avergonzados como yo lo estaba, en especial mi primo, cuyo traje de duende ceñido a su cuerpo fornido lo hacían parecer más como el modelo de un desfile celebrando la diversidad sexual que un personaje de fantasía.

—¡Es ridículo! —me dijo tan pronto me vio llegar—. ¿Esperan que cante usando... *esto*? ¿Quién fue el idiota que los diseñó?

—Creo que ya nos conocíamos —interrumpió Abigail, mostrando una sonrisa y un brillo especial en su mirada—. Vamos, Trevor, no te ves tan mal. Apuesto a que varias jovencitas de aquí quisieran tener la oportunidad de jugar con un duende tan sexy como tú. E incluso unos cuantos chicos.

Fastidiado, mi primo salió corriendo a perderse tan rápido como pudo, mientras la muchacha y yo reíamos en complicidad. Cómo es que ella lucía más y más hermosa con cada uno de nuestros encuentros me era un misterio. Usaba un hermoso vestido de crinolina color vino tinto con encaje negro que dejaba al descubierto sus hombros, mientras que su figura era moldeada por un restrictivo corsé: una muñeca de pies a cabeza. Sin embargo, en esta ocasión había aligerado un poco su maquillaje, mostrando los relieves de las cicatrices sobre su rostro. Eran sus marcas de batalla, me decía sin palabras, el precio que había pagado para poder recuperarse a sí misma.

—Al menos me hubieras avisado para prepararme mentalmente —le dije, refiriéndome a los disfraces.

—No tuve mucha libertad creativa. Además, el presupuesto fue bastante raquítico —se excusaba Abigail—. Admito que quedaron bastante bien tomando en cuenta el poco tiempo que tuve.

—Supongo que no está tan mal...

—Aunque... en secreto estuve diseñando un atuendo extra con la esperanza de que *alguien* pudiese usarlo esta noche. Digo, si vas a hacer el ridículo, al menos deberías hacerlo en grande...

Aquello no me estaba gustando para nada.

Ella me llevó hacia un lado del escenario, donde ella misma había instalado un pequeño centro de costura bajo una carpa en caso de que alguno de los chicos tuviese algún problema de último momento con sus disfraces. Ocultos tras un biombo, me hizo desvestirme hasta mi ropa interior —gracias al cielo no estaba usando mi trusa de Patricio Estrella— y enseguida comenzó a transformarme.

Los minutos transcurrieron. Los coristas fueron llamados a ocupar sus espacios sobre las gradas, mientras que los músicos lo hicieron sobre el templete. El concierto dio inicio con algunas piezas para orquesta de *El Mesías* de Händel y *Gloria* de Vivaldi. Por mi parte, estaba hecho un manojo de nervios. ¿Qué sucedería si llegado el momento la maestra no me veía arriba?

—Debes estar bromeando. ¡Lo vas a matar de una neumonía! —le dijo Victor a su antigua enemiga tan pronto nos encontró. Sin temor a traicionar mis propios sentimientos, debo admitir que nunca como aquella noche había notado lo apuesto que era: un elegante traje, cabello recortado, sin mencionar que había cambiado sus lentes de pasta gruesa por contactos que hacían resaltar aún más sus brillantes ojos celestes. A su lado se encontraba una muchacha a quien luego nos presentó como

Lauren Baker, quien le acompañaría durante su presentación tocando el cello.

—Ayúdame a ponerle el arnés con las alas nuevas, nos queda poco tiempo...

Tan pronto la orquesta hubo concluido, la maestra Sasada tomó el micrófono. Abigail me puso un poco más de cera en el cabello, y enseguida me llevó corriendo de la mano hacia la parte trasera de las gradas, donde una nada segura escalera metálica aguardaba para llevarme hacia lo alto del escenario... o directo a la sala de urgencias si acaso llegaba a resbalar. Pero antes de poner un pie sobre el primer escalón, sentí que era necesario aclarar algo antes de que me siguiera molestando:

—Lo supiste, ¿cierto? Cuando conociste a Linus... pudiste ver la enfermedad que le devora por dentro.

Ella asintió, un tanto apenada.

—Cuando Aaron puso sus dedos sobre mi frente aquella tarde en la cafetería de la escuela, me permitió conectarme con la energía de aquellos quienes me rodean, de cierto modo, para que nunca más volviese a sentirme aislada dentro de mí misma, para hacerme consciente de las emociones ajenas. Yo... siento mucho no haberlo mencionado antes —dijo, llevándose ambas manos al pecho—. Es sólo que sentí que no me correspondía hacerlo.

—Descuida. Aunque es algo que me aterra, me he prometido a mí mismo ser valiente, como Linus lo ha sido.

—Ser valiente es bueno, Rory, pero también debes permitirme a ti mismo sentir miedo de vez en cuando —me aconsejó—. Es... parte del duelo.

De algún modo, su sinceridad me hizo sentirme un poco más unido a ella. Sin embargo, eso no impediría que la matase tan pronto bajase del escenario por haberme vestido como un querubín desnutrido.

En el último momento, me colocó una máscara, atada a la parte trasera de mi cabeza con una ajustada cinta, lo que vino a reducir mi campo de visión en demasía.

—Y cuando te sientas listo, hala de este —me dijo poniendo un delgado cordón sobre mi mano derecha, mismo que conectaba con el mecanismo que sostenía mis alas.

Con las primeras notas del piano, comencé a ascender. La armonía coral fue abierta por los bajos, acompañados de las contraltos. Las palabras eran tan hermosas que me hicieron estremecer: *Domine Fili Unigenite Jesu Christe*. Señor Hijo Único Jesucristo, una y otra y otra vez.

Escalón tras escalón intentaba mantener el equilibrio —¡vaya que aquellas alas eran pesadas!— al tiempo que repetía en mi mente: *Vamos, Harper, procura no caerte, procura no caerte, procura no...*

Silencio total.

¿Qué demonios había sucedido? ¿Por qué de pronto sentía como si el mundo entero se hubiese detenido?

Alguien tuvo la brillante idea de apuntarme con un reflector —lo cual casi me deja ciego por completo—, y entonces las pantallas mostraron lo sucedido: un jovencito había subido hasta el tope de las gradas. Usaba una playera blanca sin mangas y jeans entubados del mismo tono que resaltaban aún más su alargada figura; sus pies estaban descalzos, mientras que los retazos de piel desnuda habían sido cubiertos de una hermosa pintura nívea con diamantina dorada que resplandecía al menor movimiento. El antifaz de estilo veneciano le aseguraba el anonimato necesario para poder continuar. Y entonces, temblando de nervios, pero al mismo tiempo movido por un extraño y desafiante impulso, halé tanto como pude del cordón, sintiendo cómo el mecanismo cedía con facilidad: al instante dos hermosas alas se abrieron, arrancando *ooohs* y unos cuantos *aaahs* al público, quien no tardó en aplaudir la hazaña.

Aunque un tanto embriagado por la euforia, hice lo posible por mantener la compostura. Una sensación de *déjà vu* me embargaba, mas no fue sino hasta ir descendiendo por las gradas para reunirme con mis compañeros sobre el escenario que pude recordar: aquella figura misteriosa que había yo visto en mi sueño, el mismo que había tenido la última noche en Saskatoon antes de que nuestras vidas, la de Christine y la mía, cambiaran por completo, no era otro sino yo mismo. Si bien en aquel entonces no tenía forma de saberlo, aquel ser enmascarado no era sino mi propio espíritu, nada más que un niño solitario, temeroso de abrirse al mundo. Pero en ese momento, colocándome al lado de mis compañeras las sopranos, me di cuenta que yo ya no era más aquel niño, que ahora ya no estaba solo, sino que tenía buenos y sinceros amigos, y que la máscara que me reprimía ya no tenía sentido de ser. Tanto en sentido literal como figurado, me descubrí hacia los demás, sintiéndome por primera vez en mi vida orgulloso de mí mismo.

Cuando la maestra Sasada se repuso del ataque cardiaco que acaba de sufrir, en sentido figurado, ordenó que la música continuase como si todo aquello hubiese sido planeado desde un principio, y la presentación prosiguió.

Nunca antes había sido tan popular. Al bajar del escenario, cada una de las chicas que solían ignorarme ahora me pedían que me tomase *selfies* con ellas. Los chicos me ovacionaron por mi osadía, mientras que la maestra Sasada, quien había recibido numerosas felicitaciones por aquella "magnífica sorpresa", solo me advirtió:

—Que no se vuelva a repetir, novato,

Luego de quitarme el arnés con las alas, Abigail puso sobre mis hombros una gruesa frazada, y entre mis manos temblorosas tanto de nervios como de frío, una taza con algo que sabía a ponche con líquido anticongelante.

—¿Alguna señal de Linus? —inquirí.

—No aún —respondió mientras me pasaba una toallita húmeda por los brazos para remover la pintura—. Descuida, Rory. Él vendrá.

Los siguientes en ser llamados al escenario fueron Victor y Lauren; el primero no dejaba de morderse los labios con ansiedad, mientras que la segunda se quejaba de algo sobre tener que afinar por debajo de *La* cuatro cuarenta debido a la temperatura, lo que fuera que eso significase.

—Desearía que no fuera tan bonita —se quejaba Aaron, apareciendo junto a nosotros, cruzado de brazos.

—Lauren Baker tiene novio —señaló Abigail.

—Bien. Odiaría tener que ponerme *poltergeist* sobre su trasero...

La obra de Victor, dijo él mismo desde el escenario, llevaba por nombre *Convergencia*. La música era un tanto alegre, y a su vez llena de una profunda melancolía. El instrumento de Lauren, descubrí, más que un acompañamiento era una entidad en sí, expandiendo los temas que el piano proponía, haciéndolos más y más bellos conforme los compases avanzaban. Para cuando estuve de regreso en mis ropas, no pude sino sentirme conmovido.

—Creo que Victor intenta contar una historia —aventuré para Aaron. Él frunció el ceño cada vez más intrigado—. El canto firme pero emotivo del piano proviene de nuestro amigo —expliqué—: es la voz de la razón, de un pensamiento contenido por sí mismo. El cello, con su amplio rango de notas, desde las más oscuras hasta aquellas que brillan con agudo tintineo, es un reflejo de ti, de un corazón azotado por un flujo de emociones tan bellas como cambiantes. Al menos... eso creo.

—De acuerdo, sabihondo, creo que has tomado demasiado ponche —sentenció, para luego agregar—: Gracias, Rory. Eres un buen amigo.

El muchacho dispersó su presencia para hacerse uno de nueva cuenta justo frente al escenario.

Para cuando la pieza hubo terminado, la ovación no se hizo esperar. Victor estaba orgulloso, no sólo por su mérito sino por el hecho de estar vivo. Cuando éste bajó del escenario y su querido amigo puso una mano sobre su hombro, se detuvo al tiempo que cerraba los ojos, sintiendo su presencia. Abigail también estaba contenta, aquella conexión era en gran medida gracias a ella.

Tras felicitar a los músicos fui al centro del estadio, donde la fogata ardía. Entonces, comencé a sentir cómo mi corazón se aceleraba, al tiempo que una extraña sensación me invadía el estómago. Todo mi cuerpo vibraba con anticipación, me di cuenta, como reaccionando ante un presentimiento. Al ver a Linus avanzando hacia mí entre la multitud no pude sino llevarme una mano al abdomen, como intentando evitar que la vida misma me abandonase escapando por mi ombligo. El chico vestía un hermoso traje gris ceñido al cuerpo, una camisa blanca y una corbata, guantes y botas de cuero —estas últimas llegaban a rozar sus rodillas—, mientras que sobre su cabeza una gruesa *ushanka* le protegía del frío. En conjunto parecía un soldadito eslavo.

—Imagino que tienes algo que ver con esto, Helio —me acusó, no obstante, contento, tomando del bolsillo interior de su saco uno de los cientos de volantes que nuestros amigos habían repartido horas antes.

—Tenía que sacarte de tu Fortaleza de la Soledad. Y veo que funcionó.

—Sí, bueno, tuve que salir a recoger el estandarte antes de que mi madre lo metiese a la lavadora para desinfectarlo... —comentó bajando la mirada. Cuando sus ojos volvieron a encontrarse con los míos, parecían refulgir con luz propia—. Salvo por mi hermano, nadie se había preocupado tanto por mí.

—Lo que siento por ti va más allá de mera preocupación —le hice saber.

—Lo sé. —Y enseguida sus mejillas se tiñeron con el color de la granada. Antes que cualquier cosa pudiese deshacer aquel momento tan especial, le tomé de la mano para conducirlo hacia la rueda de la fortuna.

—Apuesto que la vista es increíble desde allá arriba —comenté.

—Me parece ya bastante increíble desde donde me encuentro —me aseguró con una sonrisa.

—He estado pensando —murmuró Linus. La noche crecía helada a cada minuto, mas tenerle tan cerca me hacía sentirme reconfortado. Desde que habíamos abordado la canastilla —que gracias a Dios no se balanceaba como había temido— el encargado nos había colocado una enorme manta sobre las piernas para protegernos del frío. Y ocultos de las miradas curiosas nuestras manos se entrelazaron quizás con demasiada fuerza. ¿Qué otra cosa podíamos hacer sino aferrarnos el uno al otro?—. Yo… he decidido continuar —anunció.

—¿Con la Batalla Grupal? —le cuestioné, confundido.

—Con la operación, Helio.

Una extraña sensación surgiendo de mi abdomen, el miedo mismo retorciéndose en mis entrañas como un animal.

—Creí que habías dicho que la operación era riesgosa, que los doctores no estaban dispuestos a llevarla a cabo por temor a fracasar.

—Lo es.

—Linus, quizás debas—

—No —me interrumpió, aunque manteniendo su serenidad —. Ya lo he pensado lo suficiente. Yo más que nadie entiendo las consecuencias. Sin embargo, también entiendo que es mi única esperanza de sobrellevar… *esto* —expresó al tiempo que se llevaba una mano hacia su cabeza—. Hace mucho renuncié a todos mis sueños, a todas esas posibilidades que me mantenían despierto por las noches, a todas aquellas promesas que suelen llenar de esperanza nuestra aburrida cotidianidad. En mi tristeza creí haberme forjado un refugio… Pero ahora, contigo a mi lado, me encuentro de nuevo deseando, pensando, soñando incluso con tantos mañanas que en ocasiones puedo sentirlos casi al alcance de mis manos. Es por ello que debo hacerlo, debo luchar, ¡debo intentarlo al menos! No estoy dispuesto a permitir que sea el tiempo quien me quite esta oportunidad.

No pude más que asentir. ¿Cómo debatir ante semejante muestra de voluntad?

—En cuanto a *Érato*… ellos no me extrañarán. Ya habrá otras campañas, otras misiones. He descubierto que existen cosas más… *reales* por las que vale la pena pelear.

Linus recargó su cabeza sobre mi hombro.

—Es un lugar hermoso, ¿no te parece? —comenté contemplando la inmensidad que nos rodeaba. Habíamos llegado al punto más alto de nuestro paseo, desde donde tenía una vista perfecta del bosque con sus pinos revestidos de nieve, mientras que las luces del Festival parecían tan distantes, pero al mismo tiempo tan bellas como tintineantes estrellas.

—Hermoso en verdad. Aunque helado y solitario en ocasiones.

—Es en los contrastes donde reside la verdadera belleza de este mundo —respondí.

—Suenas inspirado, Helio. Debe ser la altura.

—O el ponche; creo que estaba adulterado.

Los siguientes minutos los pasamos en silencio, disfrutando de nuestra ilusoria privacidad. Al descender de la rueda nos mantuvimos cerca, mas no como me hubiese gustado. Cuando nos reencontramos con nuestros amigos, nos dirigimos hacia las carpas, donde pudimos comprar donas glaseadas, chocolate caliente y otro tanto de golosinas nada saludables pero deliciosas. Christine, quien había aprovechado la oportunidad para presentarse con algunos de mis maestros para ponerse al tanto de mi desempeño —cosa que hubiera deseado evitar — se despidió mas no sin antes invitar a todos mis amigos a un abundante desayuno en nuestro departamento a la mañana siguiente.

—Es el primer día de vacaciones; merecen celebrar —nos dijo. Y enseguida se hubo marchado.

—¿Has recibido nuevos miembros para tu equipo de batalla, Linus? —quiso saber Victor con amabilidad, a lo que Aaron agregó:

—¿Cuántos nerds se necesitan para poder avanzar en ese bendito juego?

Aunque estaba seguro que mi querido amigo no podía escucharle, le lancé a Ricitos una mirada de advertencia.

—Gracias a todos por su esfuerzo, lo aprecio de corazón —dijo Linus, evitando responder.

—Quiero ir a la carpa de la adivinadora —pidió Abigail—. Hace muchos años era mi abuela quien leía la fortuna, aunque sus dones *sí* eran reales. ¿Qué dicen, chicos? ¿Vamos?

Todos estuvimos de acuerdo. Al emprender el camino, mi amigo me asió de mi chamarra como intentando mantener el equilibrio; pese a que estuve insistiendo, no quiso decirme si se sentía o no cansado.

—Estaré bien —decía de vez en cuando, y nada más. Una breve sonrisa, una mirada, la respiración tranquila, casi ensayada.

Un par de horas más tarde, con el frío buscando refugio entre los rincones más profundos de nuestros cuerpos y las luces del Festival que ya comenzaban a menguar, decidimos marcharnos. Para mi sorpresa, cuando nos encontramos con Christine, mi amigo le pidió quedarse a dormir conmigo esa noche. Una vez en mi cuarto construimos un fuerte con cobijas, almohadas y los cojines de los sillones de la sala, como un par de niños buscando protegerse del mundo.

No recuerdo en qué punto caí dormido, mas fue el ruido de una conversación en la sala lo que me hizo despertar. Al asomarme aún un tanto adormilado desde mi puerta, pude ver que Linus y mi madre se encontraban sentados a la mesa de la cocina, la segunda con su celular pegado a la oreja y una expresión desesperada en su rostro. Lo que fuera que estuvieran haciendo, supe que no debía interrumpirles. Linus había planeado ese momento, debía confiar en él.

Volví al refugio sintiéndome sumamente pequeño, tan lleno de impotencia. Ésta era la vida, éste era el mundo, no la ficción de un videojuego, donde las consecuencias eran reales, donde los demonios habitaban no en profundos calabozos sino al interior de nosotros mismos, donde ninguna cantidad de experiencia sería suficiente para poder sobrellevar lo que se avecinaba.

CAPÍTULO TREINTAIDÓS

A la mañana siguiente, Christine salió de casa poco antes del amanecer. El ruido del motor de la camioneta me despertó, por lo que hube de observarle desde mi ventana mientras se alejaba de la propiedad con rumbo desconocido. Por su parte, Linus yacía recostado bajo la seguridad del fuerte que habíamos construido, perdido entre sus propias ensoñaciones. No recuerdo cuánto tiempo permanecí a su lado en silencio, vigilando su sueño, deseando que lo que fuese que nos deparase el destino, fuese algo que pudiésemos compartir juntos.

Para cuando Christine volvió finalmente, lo hizo con varias bolsas de comida que, tenía la sospecha, guardaban el abundante desayuno que nos había prometido a mis amigos y a mí.

—Yo nunca dije que cocinaría para ustedes —fue su excusa cuando le hube cuestionado al respecto, aunque estaba agradecido con el gesto.

Los chicos, incluyendo a mi primo David Trevor, fueron llegando uno a uno, salvo Aaron, quien apareció en mi cuarto de pronto para luego ponerse a rebuscar entre mis cosas como un niño curioso.

—Deberías limpiar más seguido, Bilbo; aquí huele a que algo se murió —comentó, haciendo una mueca con gran dramatismo.

Aunque Christine me había sugerido —y con sugerir quiero decir *ordenado*— que tomase un baño y verme presentable ante nuestras visitas, no quise hacerlo. Ellos me conocían mejor que nadie; lo último que deseaba era seguir aparentando quien no era. Al igual que yo, Linus permaneció en pijama, con su gorro bien ajustado a su cabeza. Estaba nervioso, pude notar. Y aunque no lo expresase, yo tenía claro lo que se avecinaba.

—Lamento mucho lo que tengo que decirles —confesó

para todos con seriedad cuando hubimos terminado nuestro desayuno—. La verdad es que hubiera preferido mantener todo en secreto, pero siento que es mi deber compartirlo.

Abigail bajó la mirada con tristeza, mientras que Victor se mostraba intrigado. Sólo mi primo seguía metiéndose cuantos pedazos de jamón pudiese a la boca al tiempo que hacia un esfuerzo por prestar atención.

Con pausas y una respiración entrecortada, Linus fue narrando para nuestros amigos lo mismo que me había contado hacía dos noches atrás en su habitación, omitiendo la parte que hablaba sobre la premonición que había tenido sobre mi llegada. Para cuando hubo terminado, Victor se encontraba llorando en silencio, al tiempo que Abigail le consolaba. David Trevor, en un arranque de ira, se levantó de su asiento y se encerró en mi cuarto, desde donde todos pudimos escucharle sollozar.

—Entonces... ¿qué va a suceder? —quiso saber Abigail con timidez.

—La doctora Harper se ha puesto en contacto con mi antiguo medico —le respondió el chico, quien para entonces se había descubierto la cabeza para mostrar su cicatriz—. Él ha prometido enviarle a la brevedad mi expediente entero a un amigo de la doctora que vive en Vancouver, un neurocirujano.

—Por la cantidad de hierba que ese hombre fumaba durante la carrera, me sorprende que haya hecho algo de su vida —dijo Christine en un intento por aligerar la tensión—. Sin embargo, Steven Larkin, además de ser un buen hombre, es uno de los mejores en su ramo. Estoy segura de que si alguien puede encontrar un modo de salvar a Linus, es él.

—Esta misma tarde, personal del hospital visitará a mi madre para hacerle saber que una cirugía es inminente —continuó diciendo mi amigo. Para entonces sus manos ya habían comenzado a temblar—. En cuanto a qué sucederá con mi situación familiar, si es que logro sobrevivir... es algo que desconozco. Desde la muerte de mi padre hace ya algunos años, mi madre no ha vuelto a ser la misma. Es por ello que mi hermano mayor Alexander se marchó de casa, aunque eso no justifica que se haya metido en malos pasos. Como David Trevor bien sabe, ahora cumple una condena en un reformatorio juvenil. Yo... siento mucho haberlo ocultado —admitió para mí.

—Tranquilo, pequeño. Dios mostrará el camino a seguir —aseguró Victor con confianza—. Debemos tener fe en ello.

—Nosotros ahora somos tu familia —le hizo saber Abigail, colocando ambas manos sobre las suyas para transmitirle su calor.

Linus rompió en llanto. Verlo en ese estado me provocaba una necesidad enorme de protegerle, de estrecharle entre mis brazos. Cuánto no hubiera dado por tener el poder de alejar las sombras de su vida, de convertirme en estrella y vigilar su caminar por el resto de mis días.

—Sabes que puedes contar conmigo, también —le dijo mi primo, quien había regresado a la cocina con pasos temerosos—. No estás solo en esto.

—Gracias... a todos. De corazón —pudo decir luego de varios minutos.

Una hora más tarde, los seis amigos —incluyendo a Aaron—, nos despedimos con la promesa de mantenernos en contacto durante los siguientes días.

Aunque Christine se ofreció a llevar a Linus hasta su casa, él dijo que necesitaba caminar y estar solo lo más que fuese posible para poder asimilar todo aquello que se avecinaba. Él se vistió en silencio, con movimientos rígidos casi mecanizados, como si hubiese repasado la forma de hacerlo incontables veces en su cabeza. Era la forma que tenía de enfrentar al mundo, supe con tristeza, el ritual oscuro a través del cual un chico asustado y vulnerable se convertía en un ser duro e inescrutable. Yo odiaba esa máscara tanto como odiaba mi propia debilidad. No obstante, ahí me quedé, observando en silencio, contemplando cada uno de los pasos de aquella sombría danza sin poder hacer nada por detenerla.

Antes de marcharse, mi madre puso en mi mano y en la de mi amigo celulares nuevos con los cuales nos podríamos mantener mejor comunicados. Además, nos hizo saber con seriedad, quería evitar que algo como lo ocurrido afuera de la secundaria volviese a suceder. Era mejor estar preparados.

—Muchas gracias por todo, doctora Harper. En verdad. Algún día habré de pagarle por todo esto que ha hecho por mí —le dijo Linus, para luego darle un efusivo abrazo.

—Soy yo quien debe agradecerte por haber cuidado tanto de Rory. En verdad somos afortunados de tenerte en nuestras vidas.

Enseguida Christine se marchó a su habitación para darnos algo de privacidad. Linus y yo nos abrazamos en silencio. Teníamos miedo, mas ninguno deseaba expresarlo. Supongo que ambos queríamos ser fuertes el uno para el otro. Como fuese, tan pronto le vi partir, comencé a extrañarle.

**

El lunes siguiente, Christine y yo condujimos hasta el hogar de la familia Saint-Pierre, aunque mi amigo no le llamaba como tal. Era sólo una casa, me hizo saber en una ocasión con tristeza, un cascarón donde él habitaba y ocasionalmente intercambiaba una o dos palabras con la mujer que le había traído al mundo para luego ignorarle durante los siguientes quince años.

Para cuando llegamos, un par de camionetas ya se encontraban estacionadas frente a la verja. Ahí aguardaban por nosotros el antiguo médico de Linus, una trabajadora social e incluso un hombre de traje quien luego se presentó como el abogado de la familia. Si algo tenían en común todos ellos, además de su preocupación por el bienestar de mi amigo, eran las expresiones sombrías en sus rostros. Algo grande estaba por suceder, supe con nerviosismo, y yo no estaba seguro de querer presenciarlo.

Linus nos recibió luego de que nos hubimos anunciado por el intercomunicador. Tan pronto le vi, mi corazón dio un vuelco entero: su hermoso y largo cabello castaño había sido rapado por completo.

—Lo hice yo mismo anoche —me confesó con timidez—. Espero no se vea tan mal, es la primera vez que salgo de casa sin algo que me cubra la cabeza en años.

—Supongo que nos traerá buena suerte —le dije al tiempo que frotaba su cabeza—. Aunque eso no explica por qué rayos estás usando... ¡esto!

Linus apartó la mirada, tratando de ocultar una sonrisa. Él vestía un pantalón caqui con zapatos formales, una camisa azul cielo y un chaleco celeste que, en conjunto, hacía resaltar aun más sus ojos. También, se había deshecho de sus aretes, al punto de lucir como alguien por completo distinto.

—Cierra la boca, Helio, no querrás tragarte una mosca —me dijo, divertido—. La ocasión lo amerita. Además, es la primera y última vez que me verás en estas fachas, así que disfrútalo.

A continuación, Linus recibió a los adultos con un aire formal, no obstante, no pudo evitar golpear el puño de su antiguo médico como si de un viejo amigo se tratase.

Adentro de su casa, en la sala, ya esperaba por nosotros una bandeja repleta de galletas, panecillos y mermeladas varias para acompañar; un enorme tazón relleno casi hasta el borde de gomitas multicolores también había sido colocado, aunque tenía la sospecha de que Linus no pensaba compartirlo; el aroma del té y del café era delicioso, aunque no era suficiente para cubrir el hedor a desinfectante que me recordaba a un hospital, un lugar que no deseaba conjurar en mi mente en ese momento. No fue sino hasta que se hubo movido para arreglarse un poco el cabello que me di cuenta que la señora Saint-Pierre también se encontraba en la sala, sentada en el mismo sitio donde le había conocido hacía algunos días atrás. Su mirada se mantuvo perdida en un punto de la distancia incluso cuando todos hubimos tomado nuestros respectivos lugares sobre los sillones.

Durante la siguiente hora, el antiguo médico de Linus intentó en vano relacionarse con la señora Saint-Pierre, haciéndole saber el deseo de su hijo de someterse a una nueva cirugía, así como de las posibles consecuencias que esto podría tener. Para cuando el médico hubo terminado, la señora le hizo saber, para sorpresa de todos los presentes, que firmaría lo que fuese necesario, siempre y cuando se le permitiese volver a su tranquilidad. Lo que sucediese con Linus durante o después del procedimiento, poco era de su interés. En ese momento Christine me estrechó con fuerza, como queriendo protegerme del desdén de aquella mujer. Por su parte, Linus no hizo más que bajar la mirada, supongo que había esperado aquella reacción desde un principio; sin embargo, la decepción le seguía lastimando.

Minutos más tarde, la señora Saint-Pierre comenzó a firmar cuanto papel le pusieron enfrente, ante la mirada escrupulosa de su abogado y de la trabajadora social, quien no dejaba de tomar notas en su celular. Por su expresión, supe que todo aquello le provocaba una profunda tristeza, mientras que la forma casi frenética que tenía de teclear me dijo que no podía esperar a reportar esto a quien fuera que pudiese remediar aquella situación.

Tan pronto como hubo terminado, la señora se levantó para luego adentrarse en su casa con rumbo desconocido.

—Gracias por tu ayuda, Michael —le dijo el médico al abogado, estrechando su mano—. Supongo que está demás decir que todos los aquí presentes queremos lo mejor para Linus.

—Lamento mucho haber tenido que hacerlos pasar por esto, pero lo queramos o no, para efectos legales ella sigue siendo su madre. Era necesario que ella autorizase cualquier nuevo estudio o tratamiento que el jovencito necesitase. En cuanto a los costos que pudiesen generarse del tratamiento, la señora me ha permitido hacerme cargo de todo. Sólo asegúrense de enviar las facturas a mi oficina y cubriremos los gastos. Ahora, algo todavía más importante —dijo, volviéndose hacia mi amigo—. Hijo, tu padre te dejó como parte de su herencia un fondo que se supone debes recibir cuando cumplas la mayoría de edad. Sin embargo, tomando en cuenta esta... *situación*, buscaremos la manera de que lo recibas tan pronto como sea posible.

Aquello era algo que Linus no esperaba escuchar.

—Tranquilo, hijo. Tienes un gran futuro por delante, nos aseguraremos de que éste te esté esperando tan pronto como despiertes de tu cirugía.

Los adultos se despidieron de su anfitrión ya fuese con un

abrazo o estrechando su mano para luego salir de la casa. Antes de que la trabajadora social pudiese marcharse, Christine le detuvo justo bajo el marco de la puerta.

—Rose, sé honesta conmigo... ¿tú qué opinas?

—Es peor de lo que supuse —admitió ella—. Una situación en verdad... lamentable. Pero por el momento les recomiendo enfocarse en lo que está en sus manos. Sobre lo que discutimos por teléfono... he reunido mi información. Ahora lo mejor que podemos hacer es esperar...

En cuanto a nosotros, Linus y yo nos quedamos en la sala, de pie, intentando comprender con nuestras jóvenes mentes todo aquello que había tenido lugar.

—En su vida... yo nunca fui su prioridad —comentó en voz baja—. ¿Y cómo serlo? Alexander era el sol alrededor del cual giraba todo su mundo. Sin embargo... siempre tuve la esperanza de que en algún pequeño lugar de su perturbado ser ella me reconociera e incluso pudiese llegar a quererme por quién soy. —Él me tomó de la mano con gentileza—. Anda. Ve, Helio. Estaré bien, lo prometo. Todavía tengo bastantes cosas que hacer aquí.

Yo asentí, intentando mostrarme valiente. Mas cuando Christine y yo estuvimos de regreso en la camioneta, no hice más que sumirme en mi propio silencio, deseando tanto que en ocasiones entraba en conflicto conmigo mismo: deseaba que todo aquello pasase tan pronto como fuese posible, que mi amigo viviera, que su madre le amase, e incluso llegué a desear no volver a sentir nada y verme libre de aquellas emociones que me arrastraban en espiral hacia la oscuridad.

CAPITULO TREINTAITRÉS

Durante los siguientes días, Linus se sometió a una serie de exámenes en el hospital donde Christine trabajaba que, en conjunto, terminaron por socavar tanto su energía como sus ánimos en general. A menudo las pruebas involucraban enormes aparatos, enormes agujas y enormes tiempos de espera en reducidas salas con incómodos sillones y tediosos programas de televisión en las pantallas. Y aunque contaba con mi apoyo incondicional, así como el de Christine y de nuestros amigos, en ocasiones el chico no podía evitar lamentarse que nadie de su familia estuviese a su lado. Para el jueves se encontraba tan exhausto emocionalmente que había incluso comenzado a cuestionarse si todo aquello realmente valía la pena.

El viernes por la mañana mi madre se comunicó con su amigo el doctor Steven Larkin, quien apenas había recibido el expediente médico de mi amigo.

—Él quiere verte lo antes posible —le hizo saber ella a Linus esa misma tarde mientras los tres comíamos en un restaurante de hamburguesas tras haber pasado horas encerrados en el hospital—. Los resultados de las pruebas estarán listos a más tardar el lunes siguiente, podrán enviarlos directamente desde aquí hasta su oficina. En cuanto al viaje a Vancouver... creo que puedo tomarme unos cuantos días libres para acompañarte. Claro, si lo deseas...

Yo estaba a punto de atragantarme con las papas fritas.

—¿La doctora Christine Harper tomándose tiempo libre? Seguro esto fue anunciado en el Apocalipsis —dije, alzando los brazos.

—Escuché al tipo que habla sobre ovnis en el canal de historia discutir al respecto —comentó Linus.

—¿No fueron los mayas quienes lo predijeron primero?

—¿Qué sigue? ¿Soldados nazis montando dinosaurios?

—De acuerdo, ustedes dos pasan mucho tiempo juntos —dijo Christine para luego darle un largo sorbo a su bebida.

—En verdad lo aprecio mucho, doctora —dijo Linus con una sonrisa—. Será un honor que usted vaya conmigo a la gran ciudad. Es decir, siempre y cuando Rory pueda acompañarnos...

—Por supuesto que iré con ustedes, Cadmus. Eso nunca estuvo en duda.

—Entonces, hablaré con Steven esta misma tarde para decirle que estaremos ahí el próximo lunes —nos hizo saber mi madre.

El chico dejó escapar un suspiro que denotaba nerviosismo.

—Supongo que así es como debe ser —murmuró—. Ya no hay marcha atrás.

Esa misma tarde, Linus y yo pasamos un par de horas en su habitación empacando sus cosas en varias maletas. A pesar del aparente caos, mi amigo se movía con soltura, guardando cuanta prenda pudo sin siquiera molestarse en doblarlas. Pese a que actuaba tranquilo, algo me decía que estaba molesto, mas no quise cuestionarlo al respecto; sino por el contrario, hice lo posible por ponerme en su lugar. ¿Qué sentiría yo estando ante la posibilidad de no volver a ver mi hogar o a mi madre? Seguro, Linus había expresado que aquel no era un hogar para él, y que la señora Saint-Pierre en ningún momento se había portado de manera maternal; no obstante, debía ser duro. Bastante, supuse.

Para cuando las maletas estuvieron listas, mi amigo procedió a guardar de manera casi ceremonial su laptop junto con todos sus accesorios en un hermoso maletín con sus iniciales bordadas en letras doradas sobre uno de sus costados. Lejos de ser una simple máquina, aquella computadora era el portal que le había permitido a mi amigo escapar a un mundo donde él estaba en control de su propio destino, en donde había pasado incontables horas luchando por encontrar no un reino ficticio o un nuevo reto que superar, sino a sí mismo. *Érato* había sido su refugio, y de cierta manera, también su salvación.

Ambos chicos bajamos a la sala cargando las maletas. Afuera

ya nos esperaba el chofer de la familia Saint-Pierre. Él nos ayudó a guardar las maletas en la cajuela del auto, mostrándose respetuoso pero al mismo tiempo preocupado ante la situación.

—Le pediré a mi esposa que encienda una veladora, joven Linus —le dijo a mi amigo—. A ella... le gusta hacer esa clase de cosas por gente especial. Creo que estará más que gustosa de poder hacerlo por usted.

—Ambos son bastante amables —respondió el chico—. En verdad le voy a extrañar a usted, señor Jonathan.

Acto seguido, Linus cerró la puerta de la casa tras de sí para luego colocar las llaves en manos del chofer.

—Ella no notará mi ausencia —señaló—. Puedes hacer con las llaves lo que gustes. Si logro salir de esta... no pienso regresar.

El viaje entero hasta mi hogar lo pasamos en silencio. Por alguna razón el señor Jonathan había decidido rodear cuanto pudo, extendiendo nuestra travesía unos cuantos minutos, algo por lo cual estuve agradecido. No recuerdo en qué momento el señor Jonathan se detuvo a comprarnos helado, y aunque había apreciado el gesto, un poco de azúcar no fue suficiente para disipar semejante tristeza.

En casa, fue Abigail quien nos recibió. Christine le había dado dinero para comprar una abundante cena que ambos chicos procedimos a devorar tan pronto nos sentamos a la mesa.

—Tanto Victor como yo desearíamos poder acompañarles; sin embargo, a ambos nos necesitan aquí en el pueblo —nos dijo, su tono plagado de melancolía—. Aaron dijo que estará con ustedes en todo momento, aunque no puedan percibirlo en ocasiones. Suceda lo que suceda, Linus, ten la seguridad de que te amamos.

Su mano sobre la de mi amigo, transmitiéndole su calor.

—Suceda lo que suceda —repitió él con apenas un hilillo de voz—. Suceda lo que suceda...

El domingo siguiente partimos de casa al despuntar el alba en medio de una ligera llovizna. Cada uno de nosotros había empacado una maleta con ropa suficiente para una semana de estancia en Vancouver. Gracias a la magia del Internet, Christine había conseguido reservar un departamento a escasos minutos del hospital donde el doctor tenía su consultorio, por lo que el traslado no sería problema alguno.

Con mi madre conduciendo al ritmo de Barry Manilow —un gusto que jamás he logrado entender—, mi amigo y yo nos acurrucamos uno junto al otro bajo una cobija en el asiento trasero de la camioneta. De vez en cuando nuestras manos se estiraban para alcanzar paquetes de galletas, frituras y dulces de una enorme bolsa que habíamos llenado en el minisúper la tarde anterior. El viaje sería bastante largo, y sin nada mejor que hacer que ver películas desde el celular de Christine, nos entregamos con gusto a nuestra glotonería.

Llegando a Prince George nos detuvimos a desayunar en un restaurante donde nos sirvieron panqueques en abundancia. Para preocupación de Christine y mía, Linus comenzó a comer mas no pudo ni siquiera terminar un solo panqueque, con la excusa de que había perdido el apetito comiendo golosinas.

—Lo siento, Helio —me dijo horas más tarde en voz baja mientras Christine le cantaba a todo volumen a una mujer llamada *Mandy* con tal sentimiento que casi podía sentir su arrepentimiento—. Al tener la comida frente a mí me sentí como un preso ante su última cena...

Salvo por una pausa ocasional para ir al baño en alguna parada de autobuses o para llenar el tanque de la camioneta, viajamos cerca de diez horas hasta Vancouver, donde fuimos recibidos por una densa lluvia.

No recuerdo el momento exacto en que dejamos la soledad de la carretera para adentrarnos en las transitadas calles, yo había estado durmiendo durante cortos episodios en un intento por cuidar de mi amigo, quien se mantenía despierto casi sin pestañear, observando con cierto recelo en su mirada hacia el exterior de la ventanilla, como si culpase a la naturaleza misma y a todo aquello que le rodeaba por su condición. Para ese entonces Aaron se había manifestado justo en medio de nosotros, sosteniendo a mi amigo entre sus brazos en un intento por transmitirle tanto su cariño como su calor. Si Linus era capaz de percibirlo o no era algo que ignoraba; sin embargo, me sentí agradecido de saber que Ricitos estaba a nuestro lado.

Al llegar al departamento fuimos recibidos por un agradable muchacho, quien nos ayudó a bajar nuestro equipaje para luego darnos a Christine y a mí un rápido tour por el lugar. Por su parte, mi amigo se encerró en el baño cerca de veinte minutos. El sonido de sus arcadas me hacía estremecer. Cuando por fin pude asistirle para salir, no pude evitar percatarme que el inodoro y parte del suelo estaban manchados de sangre. En silencio, le ayudé a recostarse sobre uno de los sillones de la sala, mientras que Christine ocupaba la única habitación.

En el momento en que mi amigo finalmente pudo caer dormido, Aaron apareció en la cocina, no como un bello lucero sino como un chico cualquiera, nervioso, tan lleno de temor.

—Su cita con el médico es mañana a las ocho —dije. Él asintió.

—Estaré con ustedes —me aseguró—. Aunque no puedan verlo o sentirlo... estaré ahí.

—¿Qué sucederá, Aaron?

—Lo que deba suceder, enano. Por el momento necesitas descansar —sugirió, yendo a mi lado para luego abrazarme con cariño—. Ya has hecho más que suficiente.

—Todo esto fue obra de Christine —repliqué.

—Ella lo hizo porque se dio cuenta del gran amor que le tienes a Linus. ¿Crees que lo habría hecho por algún otro chico? Digo, tomarse unos cuantos días de descanso de su trabajo fue una hazaña enorme...

—En eso tienes razón —dije entre risas.

—Siempre la tengo, Frodo. —Enseguida me besó en la frente para luego desaparecer.

—Debes tener paciencia, Rory —me dijo por cuarta o quinta vez Abigail desde el hogar de Susanna Noel. Hacía unas cuantas semanas atrás aquella videollamada me habría provocado nauseas de los nervios; sin embargo, aunque la seguía considerando bella en cada sentido, desde sus delicados movimientos hasta la forma que tenía de suspirar con preocupación, aquella muchacha había dejado de ser un inalcanzable deseo para convertirse en mi más grande apoyo.

—Llevan ahí dentro más de media hora.

—Lo sé, me hablaste tan pronto entraron al consultorio —me recordó al tiempo que tomaba asiento junto a la mesa de la cocina.

—¿Qué tanto pueden estar discutiendo, Abigail?

—Lo que sea, de seguro no es algo simple, tanto de informar como de escuchar. Debes buscar el modo de tranquilizarte —me pidió, cerrando sus ojos con fuerza—. Recuerda que puedo sentir las emociones ajenas, y en este momento tu ansiedad me provoca querer salir corriendo.

—Desearía poder hacerlo. Salir corriendo, quiero decir —confesé, hundiéndome más en el sillón de la sala de espera del consultorio del doctor Larkin. De vez en cuando su secretaria me lanzaba una mirada curiosa desde su escritorio.

—¿Por qué no me cuentas si tú y tu mama tienen planes para la cena de Navidad, Rory?

—Bueno… nunca los tenemos, en realidad —admití, aliviado hasta cierto punto de poder cambiar el tema de conversación —. Christine siempre trabaja esa noche y no regresa hasta la madrugada. Por mi parte, mi cena consiste en cualquier cosa festiva que tengan en nuestro restaurante de comida china favorito, aunque este año quizás tenga algo de suerte y pueda cambiar el menú.

—Pregunto porque creo que deberíamos tener una cena familiar entre todos nosotros. ¿Qué dices?

—Pero… no será… ¿complicado? Quiero decir, tú tienes tu propia familia con quienes celebrar, e igual Victor.

—A mis padres nunca les ha importado lo que haga desde que entré en la pubertad —confesó con cierta tristeza en su tono —. Padre se la mantiene viajando por el país supervisando sus negocios —honestamente no tengo idea qué hace— mientras que Madre le sigue como una sombra con la esperanza de que no vuelva a engañarla con alguna de sus asistentes. En cuanto a nuestro amigo el músico… dijo que sus padres suelen organizar una enorme cena comunitaria en su templo, por lo que nadie notaría su ausencia.

Tuve que dejar salir un suspiro que denotaba mi cansancio.

—Supongo que suena agradable...

—Lo será —me aseguró Abigail. Ella se dispuso a colocar una tetera con agua sobre la estufa para prepararse un aromático té —. En estos momentos debemos permanecer unidos.

Estaba a punto de responderle cuando en ese momento la puerta del consultorio se abrió. Linus, para mi propio asombro, se mostraba animado, mientras que Christine le guiaba hacia el exterior con su mano bien firme sobre su hombro.

—¿Y bien? —quise saber tan pronto les tuve cerca. No recuerdo en qué momento hube saltado del sillón.

—La cirugía fue programada para Nochebuena —anunció mi amigo con serenidad—. Ingresaré al hospital esa misma mañana.

—Y... ¿eso es bueno?

—Es algo apresurado, por supuesto —respondió Christine con preocupación—. Pero Steven quiere intervenir lo antes posible. Y... yo también creo que es lo correcto.

—Supongo que esto cambia mis planes. ¿Puedo hablar con usted en privado, doctora Harper? —se escuchó decir a Abigail.

Christine tomo mi teléfono para luego salir del consultorio.

—¿Cómo te sientes? —le pregunté a Linus. Él se llevó una mano a la nuca con nerviosismo.

—Y-Yo... Yo me siento... —titubeaba—. La verdad, no tengo una maldita idea de cómo me siento en este momento, Helio. Tengo hambre, de eso no tengo duda. Pero en cuanto a... *esto* —dijo señalando su cicatriz—, no sé qué pensar.

—Estaremos mejor cuando hayamos llenado nuestras barrigas de cosas poco saludables —le dije con confianza, intentando parecer el chico maduro que bien sabía que no era.

Saliendo del consultorio nos encontramos con Christine, quien recién acababa de terminar su videollamada con Abigail. Ella también estaba hambrienta, y así juntos nos dirigimos a un restaurante donde pasamos las siguientes dos horas ordenando y hablando de cualquier cosa que no fuese la operación. De vez en cuando la mano de Linus se deslizaba debajo de la mesa para tomar la mía con fuerza.

Tan pronto como llegamos al departamento, mi amigo se sentó junto a la mesa de la sala buscando refugiarse en *Érato*. Junto a su laptop descansaba una enorme bolsa de gomitas así como un par de latas de refresco de cola. Pero antes de que pudiese encender la computadora, se detuvo, anunciando:

—Estas viejas costumbres no me ayudan en lo absoluto. Necesito salir, Helio. *Ahora*.

Yo comprendí. Con el permiso de Christine, Linus y yo dejamos el departamento para dirigirnos al cine más cercano. Antes de acceder a la sala, compramos gracias a la billetera que parecía producir dinero interminable de *monsieur* Saint-Pierre, palomitas, dulces y refrescos suficientes como para seis personas, provisiones que procedimos a devorar durante la proyección de alguna ridícula pero entretenida película de superhéroes.

Una vez terminada la función, con los estómagos rebosantes, tomamos el autobús hasta Stanley Park, donde caminamos hasta perdernos. La nevada de la noche anterior había cubierto el suelo con un manto inmaculado. Y ahí, entre la seguridad del bosque y los arboles siempre vigilantes, Linus procedió a descalzarse. En el momento en que sus pies se hundieron sobre la nieve, dejó escapar un grito que contenía toda su frustración, su enojo y la tristeza que había estado acumulando durante aquellos fatídicos días. Yo hice lo mismo, uniendo mi voz a la suya en un coro que pretendía despertar el bosque entero.

Una semana, pensaba. Siete angustiosos días, y entonces todo cambiaria.

CAPÍTULO
TREINTAICUATRO

A las seis de la mañana del veinticuatro de diciembre varias alarmas sonaron al unísono al interior del departamento, anunciando el comienzo del día que yo tanto había temido.

Christine fue la primera en tomar una ducha. Para cuando hubo terminado, ambos chicos ya habíamos tendido las camas, aunque en completo silencio. Por mi parte, estaba algo renuente de entrar al baño. Tenía la extraña sensación de que si apartaba la vista de mi amigo aunque fuera por un segundo, éste desaparecería por completo. No obstante, tuve que callar mis temores y hacer lo que se esperaba de mí, algo de lo cual, comenzaba a descubrir, distaba mucho de poder acostumbrarme.

Minutos más tarde, al salir del baño, encontré a Linus sentado junto a la mesa. Él ya estaba vestido con ropas limpias, esperando por nosotros. Sumido en su propio silencio, algo me dijo que más que reflexivo se encontraba hambriento. El doctor Larkin había sido muy específico en la necesidad de que mi amigo llegase en ayunas al hospital. Como una muestra de solidaridad, Christine y yo habíamos decidido saltarnos la cena, algo por lo cual estuve agradecido. La ansiedad que me embargaba era tal que de haber probado bocado, habría vomitado todo en un santiamén.

Cuando los tres estuvimos listos, dejamos el departamento en medio de un silencio abrumador. Linus, una gorda maleta con varios cambios de ropa y yo ocupamos los asientos traseros de la camioneta. Pese a que el *BC Children´s Hospital* tenía una buena conexión de Internet, mi amigo había insistido en dejar atrás su computadora.

Nos trasladamos a través de las calles en medio de una copiosa lluvia. El viento soplaba con fuerza. Estaba cansado, debo admitir. Apenas lograba mantenerme consciente de lo que pasaba a mi alrededor. Si algo me sostenía era la necesidad de saber que todo saldría bien, que mis oraciones estaban siendo escuchadas, que aun en aquella oscuridad había una esperanza a la cual aferrarse.

Como era de esperarse, la noche anterior no pude dormir. Estaba demasiado nervioso como para siquiera pensar en mi propio descanso. Aaron hacía lo posible por transmitirme su energía sanadora, mas no era suficiente como para apaciguar la marea de emociones en mi interior.

En silencio estuve deambulando por el departamento hasta altas horas de la madrugada, intentando distraerme. Por suerte, Linus había conseguido dormir tras haber tomado un largo baño. Luego de ponerse su pijama, se recostó bajo las cobijas en uno de los sillones de la sala, y sin más, cayó en un profundo sueño. Su respiración y el sonido rítmico de la lluvia me mantenían anclado a este mundo, a esta realidad. Dios sabía que de haber podido hacerlo, le hubiera permitido a mi espíritu escapar de mi cuerpo en busca de un mejor refugio, uno donde no existieran ni el miedo ni la inseguridad.

Al ver a mi amigo, no podía evitar hacerme tantas preguntas a mí mismo. Quizás la más grande de todas ellas era: ¿Cómo había podido vivir desconociendo la existencia de alguien como Linus Saint-Pierre? Seguro, ambos chicos teníamos la misma edad, habíamos nacido en el mismo país e incluso habíamos venido al mundo en condiciones similares. Sin embargo, nuestras historias no podían ser más distintas: Linus se había criado como el hijo menor en el seno de una acaudalada familia en un pequeño pueblo de montaña, mientras que Christine y yo deambulamos de un departamento a otro cada dos o tres años, recorriendo cada rincón de los suburbios en Saskatoon. Con el tiempo, Linus había demostrado una inteligencia superior que le había llevado a escalar unos cuantos peldaños más rápido en su educación, mientras que para mí la escuela nunca fue más que tiempo de relleno entre la hora de despertar y la hora de volver a casa para ver dibujos animados y perderme en un videojuego o un buen libro.

Distintos. Tan, tan distintos...

¿Y qué de aquel verano que Christine y yo pasamos en North Allen? ¿Acaso en algún momento estuvimos cerca Linus y yo? En el centro comercial, caminando por la calle, sentados en algún parque, ¿tal vez? Quisiera creer que así fue, que aun sin conocerle, algo me habría halado hacia su persona hasta reconocerle como mi destino, aquel por quien habría de sentir tanto y por cuya existencia ahora lloraba. Sin embargo, algo me dice que de haberlo hecho, ambos habríamos desviado la mirada casi al instante, pues el momento de que nuestras vidas se entrelazasen no era aquel. Aún quedaban cosas por aprender, cosas por ver, cosas por las cuales regocijarse y al mismo tiempo cosas por las cuales sufrir.

Y así fue que tras conocernos durante nuestro decimoquinto año en la Tierra, en este vasto e incierto mundo, descubrimos que cada paso recorrido en nuestras sendas nos habían llevado hasta ese punto, que cada experiencia nos había fortalecido como individuos para poder luego sostenernos mutuamente de la mano. Y ahora, casi recostados en la parte trasera de la camioneta de mi madre, nos movíamos bajo una tormenta hacia el lugar en el que todo habría de decidirse, un campo de batalla en donde ambos habríamos de luchar por nuestro propio futuro.

—Hemos llegado, chicos —anunció Christine.

Ella se había detenido justo a la entrada del hospital, donde ya esperaban por nosotros un grupo de personas, algunos de ellos sosteniendo paraguas, mientras que otros llevaban frazadas. Desde mi ventana pude distinguir al doctor Larkin, con quien mi madre entabló conversación rápidamente. Un par de enfermeros nos ayudaron a abrir las puertas, para luego asistir a mi amigo hasta sentarle en una silla de ruedas.

En el momento en que nos dimos un abrazo de despedida, Linus me dijo al oído:

—Debes seguir adelante... por mí. En este momento cedo mi tan preciado control para ponerlo todo en manos ajenas. Y eso... me aterra. No obstante, quiero creer que existe esperanza, que todo saldrá de lo mejor, que volveremos a estar juntos. Hasta luego, Helio. Y... hazme sentir orgulloso.

Él colocó una mano sobre sus ojos al tiempo que tensaba los dientes en un intento por contener sus emociones. Un enfermero comenzó a conducirle hacia el interior del hospital, mientras que Christine, quien ya sostenía su maleta, les seguía con pasos lentos pero firmes. No había necesidad de despedida entre nosotros, ya todo estaba dicho.

Cuando el enfermero les condujo a través de un par de gruesas puertas hacia lo desconocido, por alguna extraña razón supe que mi parte había terminado. Como mi amigo había dicho, ahora todo estaba en otras manos mucho más capaces y adiestradas. Lejos de sentirme aliviado, creí estar a punto de desfallecer, mas fue la mano de Aaron la que me sostuvo.

—Vamos, enano, necesitas comer algo —me dijo, mostrando una sonrisa.

—¿Qué estará sucediendo allá adentro?

—Es la quinta o sexta vez que me lo preguntas en la última media hora —me respondió mi etéreo amigo, intentando no sonar fastidiado.

—Lo lamento. Por más que trato, no logro dejar de pensar. Es como si mi propia mente me traicionase, mostrándome imágenes que me hacen estremecer.

—"La mente es un animal salvaje al cual debemos aprender a domar" —citó.

—Vaya, Ricitos, eso es bastante sabio. ¿Es de algún libro de autoayuda o algo? —inquirí con sincera curiosidad.

—En realidad, es de una galleta de la fortuna que comí hace unos años. ¡Dios, amaba ese restaurante de comida china! Servían un delicioso pollo Kung Pao...

De haber podido lastimarle, le hubiese golpeado con la bandeja para la comida hasta verle desmayar.

La cafetería se encontraba casi desierta, salvo por uno que otro enfermero disfrutando de un descanso. No obstante, intentaba mantener nuestra conversación en un volumen apenas audible. Lo último que necesitaba en ese momento es que un doctor me viese hablando con la nada y decidiese mandarme a unas vacaciones permanentes a un cuarto con paredes acolchonadas en una bonita camisa de fuerza marca *Abercrombie & Fitch*.

—Aaron, ¿qué me dices si…?

—Alto, Frodo, ni siquiera lo digas —me dijo al tiempo que me señalaba con su índice derecho.

—P-Pero yo…

—Te conozco, y apuesto a que debes estar pensando: "Recórcholis, ¿no sería estupendo que Aaron pudiese desplazarse hasta donde Linus para saber cómo se encuentra? Seguro eso me calmaría". ¿O acaso me equivoco?

—Yo nunca usaría palabras como "recórcholis" o "estupendo"… —musité.

—Entiendo que estés nervioso, Rory, porque incluso yo lo estoy. Bastante, para ser honesto. Pero torturarte a ti mismo no servirá de nada. Creo que lo mejor que podemos hacer en este momento es distraernos y esperar lo mejor. Tengo la seguridad de que tu madre te informará si algo relevante sucede.

Detestaba cuando se comportaba como el hermano mayor sabio y bastante rubio que nunca tuve. Me era imposible no escucharle. En silencio me dispuse a contemplar las sobras de comida que quedaban sobre la bandeja. Después de tres sándwiches, un panecillo de chocolate, medio plátano y dos yogures de frutas, el vacío en mi estómago seguía sin llenarse.

—Desearía que los chicos estuvieran aquí —me lamentaba —. Supongo que debe ser agradable prepararse para una cena navideña normal en familia sin tener que preocuparse por cosas como estas.

—Ya escuchaste a Abigail, chaparro, su dinámica familiar es todo menos normal. Tu primo… tiene una vida complicada. Y en cuanto a Victor, la prioridad de sus padres siempre ha sido mantener una imagen perfecta e impecable para las personas que les rodean. A ninguna de esas "familias" les importa un reverendo comino convivir durante una cena. Tus amigos se preocupan y sufren lo que tú sufres porque te aman —me dijo, colocando sus manos sobre las mías—. Es por eso que vienen en camino.

Sus palabras me tomaron por sorpresa.

—Gracias... por todo, chicos...

—No tienes nada qué agradecer —me confió—. Anda, termina de desayunar. Aunque a este ritmo acabarás con todo en la cafetería en menos de una hora...

Como Aaron me había confesado, mis amigos llegaron alrededor de las diez de la mañana, todos ellos abrigados con ropas gruesas y portando paraguas que dejaron un rastro de gotas de lluvia conforme se fueron desplazando por el lobby del hospital. Afuera, la tormenta comenzaba a menguar.

—Lamentamos mucho la tardanza —me dijo Victor tan pronto como me hubo abrazado—. Salimos de North Allen tan pronto como los trenes nos los permitieron. Además, tuvimos algunas... complicaciones. ¿Cierto, Trevor?

—¿Quieres dejar eso, Cain? —refunfuñaba mi primo—. Yo no sabía que iba a amanecer con diarrea debido a los nervios.

—Chicos, suficiente —intervino Abigail—. Rory no tiene por qué enterarse.

—Ninguno de nosotros tenía por qué enterarse —dijo Aaron.

—Lo que importa —continuó Abigail, extendiendo sus brazos para reunirnos a todos—, es que hemos llegado hasta aquí para apoyarnos no como amigos, sino como la familia que ahora somos.

Confieso que en cualquier otro momento hubiera huido de aquella muestra de afecto tan cursi. No obstante, descubrí al tiempo que dejaba escapar un profundo suspiro, era justo lo que necesitaba.

—Aaron opina que lo mejor que podemos hacer en este momento es distraernos —dije para todos. Estábamos tan cerca unos de otros que alcanzaba a sentir cómo el miedo que me había embargado durante días comenzaba a disiparse.

—Y es lo que haremos —me aseguró Victor.

—La doctora Harper sabe que estamos aquí y que hemos venido a "secuestrarte" unas horas. Partiremos tan pronto como gustes, Rory.

—Gracias, Abigail. A todos, en realidad —dije al tiempo que cerraba los ojos y me permitía a mí mismo sentir su cariño—. Linus me dijo que estaba dispuesto a ceder el control para confiar en otros. Quizás yo deba hacer lo mismo. Aunque... tal vez lo mejor sea que mi primo visite la farmacia antes de marcharnos. La diarrea puede ser traicionera.

Para cuando salimos del hospital la lluvia se había detenido casi por completo. Juntos nos dirigimos hacia el lado norte de la ciudad hasta Stanley Park. Conforme fuimos recorriendo sus senderos nos permitimos a nosotros mismos envolvernos en la serenidad de su ambiente. Y aunque Abigail insistía en que debía despejar mi mente y respirar en un intento por disipar la ansiedad que me aquejaba, de vez en cuando le pillaba observando su celular. La forma tan peculiar que tenía de tensar los labios me decía que estaba nerviosa.

—La doctora Harper dice que acaban de trasladar a Linus al quirófano —anunció cerca del mediodía. Y no dijo más.

De pronto la idea de deambular sin sentido en medio del bosque había perdido su atractivo. Estaba por echarme a correr, cuando de pronto mi primo me acercó hacia sí con un firme abrazo y una propuesta.

—Conozco un lugar, chicos. Es de las pocas cosas que pude disfrutar con mis padres aquí en la ciudad, hace algunos años.

Para mi sorpresa, Victor no protestó, sino que se mantuvo en silencio y casi —la palabra clave aquí es *casi*— de acuerdo en que David Trevor nos guiase. Luego de varios minutos llegamos al Acuario de Vancouver, cuya hermosa fuente circular y su estatua en forma de pez nos dieron la bienvenida. Tan pronto hube atravesado las puertas principales, supe que estaba en el lugar indicado.

Durante las siguientes horas recorrí las salas con una curiosidad y un entusiasmo como no había experimentado en años. Yendo de una exhibición a otra, sentí cómo poco a poco volvía a ser un niño, incluso puede que haya compuesto una canción para los pequeños y adorables pingüinos mientras les observaba, aunque claro, nunca nadie podría probarlo... Por supuesto, en ningún momento hube de olvidarme de Linus, prometiéndome a mí mismo que algún día volvería para mostrarle toda aquella belleza.

Seguro, estaba contento de tener a mis amigos a mi lado; sin embargo, en ocasiones no podía evitar sentirme culpable por haberlos *arrastrado* hacia la vorágine de emociones en la que se había convertido mi vida en las últimas semanas. Ellos también estaban exhaustos; podía verlo en sus rostros, en su forma pausada de caminar. Aunque no lo admitiesen, estaba seguro que al igual que yo, ellos también deseaban en silencio que todo terminase pronto, que aquella angustiosa espera no se siguiese prolongando. En cuanto a Aaron, hacía tiempo que se había marchado, mas esto ya no me extrañaba. Aunque no pudiese verle, sabía que de alguna manera siempre estaba con nosotros.

Juntos comimos en una de las cafeterías del Acuario, mas ninguno pudo terminar. Aunque hambriento, por mi parte descubrí que la comida se tornaba cenizas tan pronto tocaban mi lengua. ¿Qué sentido tenía entonces? Y así, decidimos dejar los tanques llenos de hermosa vida marina y los pabellones de investigación para continuar con nuestro recorrido.

¿Cuánto tiempo duraría la cirugía? ¿Cuánto tiempo se necesitaba para extirpar semejante mal? Como una mala hierba, el tumor se había enraizado, creciendo en silencio durante sólo Dios sabía cuánto tiempo, buscando llevar a mi querido amigo hacia la oscuridad.

Con las luces del día menguando y las personas retirándose, el acuario fue quedando poco a poco en silencio. Pronto los únicos que quedaron fuimos nosotros cuatro.

—Supongo que todos se encuentran en casa preparando su cena navideña —dijo Abigail al notar la soledad que nos rodeaba.

Nos habíamos detenido justo frente a uno de los tanques de las medusas, contemplando casi hipnotizados el ritmo de sus movimientos y los caprichos de la iridiscencia de sus volubles cuerpos.

—Es mejor así. Las multitudes suelen estresarme —comentó mi primo.

—Al menos tenemos eso en común —habló Victor para luego dejar salir un largo suspiro—. Pese a todo lo que hemos vivido durante estas semanas, no quisiera estar en otro sitio que no fuera este.

Por desgracia, un corto pero amable anuncio de voz que resonó a través de todo el recinto nos hizo saber que las puertas cerrarían temprano por ser Nochebuena. Lo quisiéramos o no, había llegado la hora de marcharnos.

Al salir del acuario nos encontramos con una misteriosa figura de pie junto a la fuente principal. Al principio creí que se trataba de un vagabundo, por lo cual avanzamos con cautela. David Trevor me abrazó en señal de protección. Pero en el momento en que nos encontramos casi de frente con aquel extraño ser envuelto en penumbra, me di cuenta que se trataba de Aaron.

Al instante supe que algo no andaba bien. Su cuerpo permanecía inmóvil por completo, tan tieso como si estuviese petrificado, mientras que su mirada se encontraba perdida en algún punto en la distancia. Abigail intervino, colocando ambas palmas sobre las sienes de nuestro amigo. Por supuesto, ni mi primo ni Victor podían ver lo que estaba teniendo lugar, ellos simplemente se mantuvieron en silencio y a la espera; sin embargo, en el momento en que las manos de Abigail comenzaron a temblar, supieron con temor que algo no estaba del todo bien.

Pasados unos cuantos segundos de angustiosa espera, ella soltó un grito de dolor que vino a perforar la burbuja de silencio dentro de la cual nos encontrábamos. Aaron reaccionó con un estremecimiento, como si hubiese estado sumergido en el agua. Su cuerpo entero se sacudía, no obstante Abigail hizo lo posible por mantenerle en su sitio hasta que sus ojos se encontraron.

—Dime qué sucede, Aaron —le ordenaba, demandando toda su atención—. Escucha mi voz y responde.

—E-Es... Linus —pudo articular el otro luego de varios intentos—. Yo... n-no logro encontrarle.

—¿Qué quieres decir con eso? ¡Habla! —demandaba nuestra amiga. Nunca antes le había visto tan alterada... ni tan aterradora. ¿Acaso este era el rostro de la antigua Abigail, la Reina del Hielo, a quien todos temían?

Aaron estaba por responder, cuando de pronto su vista se clavó en un punto detrás de nosotros. Su rostro mostraba una sincera confusión. Al volver la mirada, me di cuenta de que tanto Victor como David Trevor habían retrocedido unos cuantos pasos ante lo que había aparecido frente a ellos.

Y entonces lo supe: el velo que les separaba de nuestro etéreo amigo había caído.

CAPÍTULO TREINTAICINCO

—¿C-Cómo...? —intentó articular mi primo, mas no pudo continuar. Su rostro había palidecido de tal modo que casi pude asegurar que su diarrea había regresado rápida, furiosa e intempestiva.

Tanto Abigail como yo deseamos intervenir de algún modo, sin embargo estábamos tan perdidos como el resto. ¿Qué se debía hacer en esos casos? Pero justo cuando mi boca estuvo a punto de soltar alguna tontería incómoda, fue Victor quien avanzó con paso decidido y lanzó un puñetazo directo al rostro de Aaron. El impacto fue tal que le hizo caer de espaldas al suelo.

—¡¿Por qué rayos hiciste esto?! —le cuestionó Ricitos.

—Vaya, no pensé que dolería tanto —dijo nuestro amigo músico para sí mismo—. Llevaba años deseando poder hacer eso.

—¿Te sientes satisfecho ahora? Puedo traer una rama del bosque si lo deseas —sugirió Aaron al tiempo que se ponía de pie —, una bastante gruesa que parta mi cráneo como una piñata. ¿O qué me dices de...?

Antes de que pudiera continuar, Victor se abalanzó sobre Aaron para estrecharle entre sus brazos. Pasados unos segundos, pudimos escuchar el lastimero sonido de su llanto.

—Tranquilo, grandote —le reconfortaba su amado—. Yo estoy aquí contigo... como siempre lo he estado.

El resto de nosotros nos alejamos un poco para darles algo de privacidad. Apenas podía imaginar el torrente de emociones que aquel reencuentro había provocado en ambos. La expresión de nuestra amiga me hizo saber que no había esperado aquello, ni tampoco sabía cómo había sucedido; no obstante, supe sin necesidad de palabras de que estaba tan agradecida como yo de que hubiese pasado.

—Así que… esa cosa que *apareció* es…

—Sip, Aaron Turner —dije para mi primo. Éste sólo asintió.

—Creo que necesito recostarme.

Transcurridos un par de minutos, los muchachos se acercaron a nosotros.

—Lamento mucho haberlos asustado de este modo —comenzó a decir Aaron tan pronto como pudo reponerse—. Quisiera poder reflexionar sobre la causa de este maravilloso encuentro, pero me temo que el tiempo está en nuestra contra. Y, siento mucho decirlo, no vengo con buenas noticias. Por supuesto, se trata de nuestro amigo. Él… no se encuentra bien. Me he mantenido a su lado desde antes de que entrase al quirófano, brindándole toda la energía posible. Al principio se encontraba estable, pero conforme las horas transcurrieron, he notado cómo la llama de su vida ha comenzado a extinguirse. Incluso he intentado entablar una conexión con su mente, pero ésta se encuentra cerrada por completo. Es como si Linus se estuviese alejando hacia el silencio por voluntad propia.

En ese momento quise desfallecer, sentir que era yo y no Linus quien se deslizaba lentamente hacia la oscuridad. Pero el consuelo de la inconsciencia nunca llegó. Estaba destinado a vivir aquella experiencia con cada uno de mis sentidos.

—¿Existe algo que podamos hacer? —inquirió David Trevor.

—Deben regresar al hospital —comandó Aaron—. Una vez ahí, es necesario que intenten llegar a Linus… dondequiera que se encuentre. Justo ahora él requiere de nuestro apoyo.

—Creo saber cómo hacerlo —dijo Abigail—. Tan solo espero que para cuando logremos alcanzarle, no sea demasiado tarde.

—Por mi parte, antes de poder reunirme con ustedes, necesito encontrar a *alguien* más —continuó diciendo Aaron—. En este momento necesitamos de toda la ayuda posible, por nuestro amigo y por nosotros mismos.

Todos estuvimos de acuerdo. Tuve que dejar salir un suspiro plagado de temor. Lo que estaba por enfrentar sería lo más duro que hubiese experimentado hasta ese momento. Pero antes de que pudiésemos emprender el camino, Aaron se volvió hacia

Victor, bajando un poco la mirada.

—Perdóname por no haberme despedido con propiedad la última vez que nos vimos —le pidió con tristeza—. Yo... siento mucho todo lo sucedido. No merecías haber sufrido del modo en que te hice sufrir. No existe un solo momento en que no me lamente por ello.

—Deja ya de atormentarte por el pasado, Aaron —le pidió Victor tomando de su mano—. Los momentos que pasamos juntos los llevo conmigo como mi tesoro más preciado. En verdad, no existe nada qué perdonar. Aquella tarde en el viejo departamento, Rory me hizo saber cuánto te esforzabas por cuidarme, lo mucho que anhelabas volverme a ver sonreír. Si algo lamento es no haber podido sentir antes tu presencia. Supongo que estaba tan envuelto en mi propia tristeza que era incapaz de sentir cualquier otra cosa. Ahora... debes prometerme perdonarte a ti mismo, del mismo modo en que yo lo he hecho —le dijo, buscando su mirada—. Y que sin importar lo que suceda, nos volveremos a encontrar. Tarde o temprano, no importa el momento. Yo estaré esperando.

—Lo haré. Lo haremos —respondió su amado con un asentimiento. Diminutos diamantes comenzaron a rodar por sus mejillas. Al momento de impactar contra el suelo provocaban un ligero tintinear—. Hasta entonces, regresa a tu música si eso es lo que deseas, ríe como solías hacerlo, pero sobre todo, ten siempre en mente que ahora tienes amigos que te aman y se preocupan por ti. Sobre todo el enano este —me señaló con su pulgar derecho—. Él... es especial.

—Eh... ¿Gracias... creo? —dije.

—Y nada de andar paseando de nuevo sobre algún puente, ¿entendiste? —continuó Aaron.

Victor asintió, esbozando una tímida sonrisa.

—Yo... siempre te amaré.

—"Lo sé" —respondió Aaron con la famosa cita de Harrison Ford en su papel de Han Solo de *El Imperio Contraataca*.

—¡Te juro que si no cierras la boca, yo misma voy a patear tu patético trasero de regreso al Más Allá, Turner! —le amenazó

Abigail. Sus ojos parecían a punto de salirse de sus orbitas.

—Es broma, chicos. El nerd sabe que lo amo. Y que estuve esperando este momento durante mucho, mucho tiempo.

Acto seguido, hubo de besar a Victor en los labios. En el momento en que fue correspondido, el cuerpo de Aaron comenzó a brillar con un fuego que emanaba desde lo más profundo de su ser. Rápidamente se fue haciendo traslucido, de modo que pudimos apreciar la belleza de aquella energía, una verdadera nebulosa en donde decenas de pequeñas estrellas nacían, se expandían y brotaban a la superficie, envolviendo a nuestro amigo en un hermoso halo que disipaba la oscuridad que nos rodeaba. Hubo un momento de silencio, y entonces el muchacho se disipo en el aire con un estallido.

—Incluso en la muerte sigue siendo un presumido adicto al espectáculo —dijo Victor, mostrando una sonrisa.

Pasados unos cuantos segundos, todo volvió a la normalidad. Nada más que el viento helado colándose por nuestras ropas.

—Creo que voy a necesitar terapia después de esto —expresó mi primo.

Llegamos al hospital tan pronto como nos fue posible. Durante todo el trayecto en autobús no hice más que sostenerme de las manos de Abigail, buscando contener la marea de emociones dentro de mí.

En la sala de espera, Christine confirmó lo que Aaron nos había dicho: Linus se encontraba en estado crítico. Aunque la operación había sido un éxito, sus signos vitales continuaban cayendo a un ritmo lento pero constante.

—Es como si hubiese dejado de pelear por sí mismo y se estuviese preparando para marcharse —dijo con voz temblorosa.

—Debemos tener fe —nos alentaba Abigail—. Por el momento, estaremos en la capilla pidiendo por su bienestar.

Ella nos condujo de inmediato hacia una pequeña sala de oraciones localizada en el pasillo del segundo piso del anexo *BC Women´s Hospital*, denominado atinadamente como *Sacred Space* o Espacio Sagrado. Tras comprobar que la sala estuviese vacía, nos reunimos en círculo frente al altar.

—Por alguna razón el espíritu de Linus se ha desprendido de su cuerpo, buscando refugio en alguna otra parte —nos hizo saber nuestra amiga—. Algo me dice que se encuentra temeroso, confundido. De entre todos nosotros, es Rory quien tiene la conexión más fuerte con él. Si consigues encontrarle, la suma de nuestro afecto conseguirá traerles a ambos de regreso.

Quise protestar, hacerle saber que no tenía idea de cómo conseguiría llevar a cabo semejante proeza. No obstante, el tiempo apremiaba. Lo que fuera que estuviese sintiendo mi querido amigo en ese momento, estaba dispuesto a ayudarle, a protegerle como él lo había hecho conmigo, incluso, si era necesario, tomar su sitio.

Con nuestras manos entrelazadas, cerramos nuestros ojos con suavidad. Yo hice lo posible por enfocar mis pensamientos en mi amigo y no en todas aquellas voces que no cesaban de susurrar en mí oído como demonios alimentándose de mi propio temor. Las luces de la capilla comenzaron a disminuir poco a poco. Luego de un largo suspiro, todo quedó en penumbra.

¿Qué había sucedido?

¿En... dónde... me encontraba?

El silencio era tan perfecto que no alcanzaba a escuchar ni siquiera el ruido de mi propia respiración. Pese al miedo que me invadía, hice un esfuerzo por permanecer en mi sitio, esperando las instrucciones de Abigail. Pero tras una larga espera, fui abriendo mis ojos. Sin saber cómo había sucedido o en qué momento, descubrí que había sido transportado al corazón de un frondoso bosque, donde la calma reinaba y no existían el frío ni el soplo helado del invierno. La luz caía sobre el suelo como una agradable llovizna, mientras que, en lo alto, las ramas de los árboles se entrelazaban entre sí formando una hermosa bóveda.

La revelación me quitó el aliento: estaba en el *Santuario*.

Aunque no había pedazos de maniquíes esparcidos por doquier, estaba seguro de que aquel era el refugio que Linus me había mostrado el día en que nos conocimos. Al mirar hacia la colina donde mi amigo y yo solíamos encontrarnos durante mis recesos escolares, me di cuenta con sorpresa que un niño ya ocupaba aquel espacio casi sagrado bajo las ramas del sauce que tanto nos gustaba. Fui ascendiendo lentamente, paso a paso en espera de no asustarle, a pesar de que tenía todo el derecho de patearle su diminuto trasero por semejante afrenta. ¿Quién era ese pequeño con ojos del color de las avellanas y cabello castaño? ¿Cómo es que conocía nuestro lugar secreto? Al encontrarme frente a éste, me puse en cuclillas, notando que sobre sus piernas descansaba un libro de colorida cubierta. A su lado, sobre el suelo, había una figura de acción de lo que por sus ropas parecía ser un mago sosteniendo una vara —¿o era un báculo?—.

—¿Tiene nombre? —quise saber con curiosidad. El niño alzó su mirada, confundido—. Tu muñeco, quiero decir. Se ve bastante genial. ¿Tiene nombre?

—Ca-Cadmus —respondió en apenas un susurro. Sus mejillas se habían sonrosado.

—¡Es un buen nombre!

—¿Lo crees? Era de mi hermano. Él me lo dio hace poco. Dijo que era un muñeco estúpido.

—Yo no creo que sea estúpido —dije con sinceridad. Antes de tomarlo del suelo, me aseguré con la mirada de tener su permiso. Él asintió—. Los magos pueden transformar las cosas en otras, pueden viajar a sitios lejanos en un pestañeo, incluso pueden cambiar la realidad a su placer. Supongo que ha de ser increíble ser un mago.

El rostro del niño se iluminó con orgullo.

—Me llamo Linus —dijo, contento—. Linus Perceval Saint-Pierre.

Tuve que hacer un esfuerzo por controlarme a mí mismo. Ahora podía verlo: los mismos ojos tan llenos de conocimiento, sus expresiones calculadas pero al mismo tiempo tan únicas que era imposible no dejarse cautivar.

—Es un gusto conocerte —le dije, reprimiendo las ganas de abrazarle con todas mis fuerzas. Este era mi querido amigo, o al menos, mi amigo como había sido antes de toda oscuridad—. Dime, ¿qué haces aquí tan solo?

Él se encogió de hombros.

—¿No tienes idea?

—Suelo venir aquí cuando me siento triste —confesó con timidez—. Aunque en esta ocasión ni siquiera recuerdo haber llegado aquí en primer lugar. ¿Tú qué haces aquí, *niño*?

—Alguien me ha enviado aquí para llevarte a casa —le hice saber. Sopesando mis palabras unos segundos, contestó:

—Y-Yo... no creo estar seguro de querer regresar.

En ese momento las hojas de los árboles se encendieron en brillantes tonos de oro y cobre. Era como si un hechizo otoñal hubiese tocado de pronto sobre todo a nuestro alrededor. Quise sentirme maravillado, mas cuando las hojas comenzaron a desprenderse para luego caer como una gentil lluvia, supe que aquella realidad se estaba consumiendo a un ritmo acelerado.

—¿Por qué lo dices, pequeño? ¿Acaso no deseas volver?

—Tengo mucho miedo —admitió al tiempo que abrazaba su libro con fuerza—. Quisiera poder quedarme aquí por siempre. Aquí... me siento seguro.

—Veo por qué lo dices. Sin duda es un lugar bello. Sin embargo... me temo que es imposible escapar de nosotros mismos. Tarde o temprano debemos enfrentarnos a las sombras o de lo contrario acabarán por devorarnos.

Él no estaba convencido de mis palabras. Temblando de pies a cabeza, se fue encogiendo al tiempo que sostenía su libro con más y más fuerza.

—¿Qué es eso que cargas contigo, pequeño? ¿Puedes... mostrarme? —le pedí con gentileza.

Aunque renuente en un principio, el niño fue abriendo su libro hasta colocarlo sobre sus muslos. Al instante pude ver que se trataba de una edición móvil, cuyas páginas mostraban hermosas figuras tridimensionales que se movían e interactuaban entre sí por medio de lengüetas.

La primera escena mostraba a un par de chicos jugando amistosos sobre un arenero. El mayor de ellos debía tener unos ocho o nueve años, mientras que el menor, la mitad de edad que el anterior. En la segunda escena el niño menor era cargado en hombros por un hombre que, asumía, debía ser su padre, mientras que el niño mayor les seguía de cerca. Los tres se mostraban contentos, absortos en su propia felicidad.

Con el pasar de la hoja, un ataúd emergió, rodeado de una numerosa comitiva de personas vestidas de negro, con sus cabezas agachadas. Los pequeños se mantenían juntos, unidos en su dolor. Durante las siguientes escenas la historia de cómo aquellos niños crecieron se me fue revelando. Habiendo transcurrido algunos años, el hermano mayor se fue de la casa, dejando al pequeño en soledad. Y entonces, como sucumbiendo a un poderoso embrujo, el niño cayó enfermo.

—Esto... es todo lo sucedido. Lo último que recuerdo es estar en el hospital —dijo, pensativo.

Ahora me quedaba claro. La consciencia de Linus se había refugiado en sus propias memorias, temeroso de querer forjar nuevas al seguir viviendo.

—Entiendo cómo te sientes, yo—

—No, ¡no lo haces! —me interrumpió, exaltado—. Eres como todos los mayores que dicen comprender, mas no tienen una condenada idea—. De pronto las hojas doradas del sauce cayeron sobre nosotros habiendo perdido toda su vida—. De querer hacerlo, me escucharían. Sin embargo, se alejan porque no desean que me convierta en una carga... como lo hizo mi hermano. ¿Qué sentido tiene todo esto? ¿En verdad... vale la pena... seguir?

Un sonoro estallido me hizo estremecer. Al volver mi mirada hacia las alturas pude ver cómo una pesada rama se desprendía del domo arbóreo. Aquel pequeño refugio estaba a punto de venirse abajo.

—Pequeño, no tenemos mucho tiempo —le hice saber. La ansiedad ya comenzaba a invadirme—. Debemos marcharnos *ahora*.

—Dime, *niño*, ¿acaso tu vida ha sido perfecta? De estar en mi lugar, ¿volverías?

De pronto el suelo se estremeció de un modo tan violento que me hizo caer. Cuando pude reincorporarme, me di cuenta de que enormes grietas habían aparecido por todas partes sobre la tierra.

Quise tomar a Linus en brazos para llevarlo conmigo a la fuerza, pero algo me dijo que no haría sino asustarle todavía más. De alguna manera supe que lo mejor era sincerarme tanto con él como conmigo mismo.

—Desearía poder decirte que todo en mi vida ha sido color de rosa, que nunca he encontrado tristezas en mi camino o que las cosas siempre han salido como las he deseado. Pero... me temo que eso no es verdad. A mí también me han decepcionado, me han herido, incluso, en numerosas ocasiones. Yo... nunca conocí a mi padre. La escuela ha sido un reto constante para mí. Me considero un tanto flojo, torpe e impopular. Christine, mi madre, es una adicta al trabajo. Su última relación fue tan desastrosa que —con un poco de mi ayuda— nos obligó a mudarnos de un modo tan repentino que recordarlo todavía me provoca escalofríos. Sin embargo... con el tiempo conocí a un grupo de chicos bastante extraños, quienes con su amistad me enseñaron que no existe pena demasiado grande o motivo alguno para no salir de la cama día con día.

—Pero... ¿qué cosas me esperan allá afuera? ¿Acaso el futuro es tan brillante como los mayores dicen que puede ser?

Su mirada era tan penetrante que por un segundo tuve la sensación de que podía ver a través de mí. Algo me dijo que mentirle sería en vano. Él *ya* conocía la verdad, no obstante, deseaba escucharla de mis labios.

—Los adultos están llenos de mierda —le dije, provocando su risa—. Nunca confíes en ellos. Tranquilo, pequeño. Crecerás para convertirte en un chico inteligente, el mejor de tu clase, en realidad. Serás alguien increíble, divertido; a decir verdad, la mejor persona que he conocido y el mejor amigo que podría tener. Y aunque las pruebas que te aguardan serán duras, recuerda siempre que yo estaré contigo.

Él se sonrió. Y cerrando su libro, lo colocó bajo su brazo derecho diciendo:

—¿Sabes? Yo... no creo que seas torpe. En realidad, creo que eres bastante agradable. Para alguien de tu edad.

¿El mocoso acababa de insultarme? Lo dejaría pasar... por esta ocasión.

—Así que... ¿qué estamos esperando? Vamos a buscar ese futuro tan genial.

—Con gusto, enano. Aunque... antes de irnos... ¿puedo pedirte una cosita?

Él se mostró contrariado.

—Puede que al despertar no lo recuerdes, pero nos conoceremos dentro de algunos años en el autobús rumbo a mi escuela secundaria. Ese día... ¿te importaría llevar un cambio extra de ropa y una toalla? Unos idiotas me aventarán desnudo fuera de los vestidores.

—Eh... ¿Supongo?

—Gracias. En verdad lo aprecio. Ahora, corramos.

Tomándolo de la mano, Linus y yo nos pusimos de pie. Antes de continuar, el niño colocó con cuidado su libro de memorias sobre el suelo y su muñeco Cadmus sobre éste, y tras una corta despedida, hicimos nuestro descenso colina abajo a través del accidentado terreno. Las ramas caían peligrosamente desde lo alto, en ocasiones bloqueando nuestro camino por completo. ¿Hacia dónde me dirigía? Siendo honesto, no tenía una condenada idea. Actuaba por instinto, como un animal en plena carrera, haciendo uso de todos sus sentidos buscando sobrevivir. De vez en cuando miraba hacia el pequeño tan sólo para asegurarme de que seguía conmigo.

¿Cuánto tiempo quedaba? Imposible saberlo. En silencio pedía por el bienestar de mi amigo, deseando cuando menos poder escucharle una vez más antes que el silencio eterno me lo arrebatase. Y mientras tanto, nuestra carrera continuaba. Troncos enteros habían comenzado a romperse, el estallido que producían era tan fuerte como aterrador que tuve que sofocar varios gritos, al tiempo que intentaba cubrirme la cabeza con la mano. Lo último que necesitaba en ese momento era una lluvia de astillas directo en mi cara llena de granos.

Justo cuando pude divisar la verja de hierro que separaba

aquel mundo ilusorio de... bueno, lo que fuera que hubiese *más allá*, la tierra se sacudió con tal fuerza que ambos chicos caímos al suelo. Varias grietas serpentearon debajo de nosotros a gran velocidad, dándome apenas tiempo de reaccionar. Con una mano me sostuve de la raíz de un pino, mientras que con la otra hube de aferrarme al antebrazo de Linus. Las fauces de un profundo abismo se abrieron bajo nosotros, precipitándonos hacia su interior y hacia una perfecta oscuridad que parecía devorar incluso la luz que nos rodeaba. ¿Qué sucedería si ambos caíamos hacia aquella nada? Algo me dijo que era mejor no averiguarlo. Aunque pendíamos sobre nuestro fin como marionetas, el niño se mostraba sereno, incluso me dirigió una sonrisa cuando nuestras miradas se encontraron.

—Ya has hecho suficiente —me dijo—. La caballería está aquí.

Justo en ese momento apareció mi amigo Aaron, quien me tomó con ambas manos. Su agarre era tan firme como reconfortante.

—¿Te han dicho que deberías considerar bajar de peso, chaparro?

Con sumo esfuerzo nos fue levantando hasta sacarnos del foso. Tan pronto como estuvimos seguros, pude notar que junto al chico de cabellos rubios se encontraba un señor de avanzada edad, de rostro bondadoso y sonrisa amable.

—Es un gusto conocerte, Rory —expresó—. Muchas gracias por cuidar de mí todo este tiempo junto con tu amiga Abigail. Lamento mucho las molestias que les he causado.

Al instante supe que aquel no era otro sino el espíritu del señor Jeremiah Noel.

—Siento mucho que no podamos conversar más —dijo al tiempo que tomaba a Linus entre sus brazos—. No tenemos mucho tiempo. El cuerpo de tu amigo es fuerte, mas no lo suficiente. Necesita de nosotros.

Aaron volvió su mirada hacia mí. Sus ojos estaban nublados, mientras que su labio temblaba con ligereza.

—Escucha, enano: durante mi vida no hice más que pensar en mí mismo. Nunca hice nada relevante ni tampoco algo que cambiase el rumbo de la humanidad. Al morir supe que estaba destinado a cumplir algo importante, algo... mucho más grande que yo. Pero ahora comprendo. Esto es para lo que me había estado preparando todo este tiempo.

—¿Qué quieres decir? —quise saber con nerviosismo—. ¡Aaron, explícate!

—El señor Noel y yo nos haremos uno con Linus. Le brindaremos la energía necesaria tanto para regresar como para sostenerse en años venideros.

—¿Qué cosa? ¡Lo que dices es una locura!

—Te aseguro que nunca antes había estado tan cuerdo o tan seguro de mis palabras —me dijo con un guiño—. No temas, Frodo. Saber que al menos mi muerte tuvo un propósito me llena de una calma como no había experimentado en años. Supongo que todo esto forma parte del interminable ciclo de vida, muerte y renacimiento al que todos estamos sujetos. He permanecido demasiado tiempo fuera de la rueda. Es hora de regresar.

Quise protestar, hacerles entrar en razón de alguna brillante manera. Pero algo en mi interior me dijo que no habría forma de disuadirles. La decisión estaba tomada.

—¿Qué sucederá con su cuerpo, señor Noel? —inquirí con temor.

—Con un poco de suerte finalmente mi corazón detendrá su marcha... y entonces Susanna podrá continuar con la suya propia. Cuiden de ella como lo han hecho estos pasados meses —me pidió. Yo le prometí que así sería.

—En cuanto a mí, sabes lo que deseo, enano.

—Él es un buen muchacho. Confío en que con la ayuda de tu recuerdo, Victor se convertirá en un buen hombre —le dije. Ambos intercambiamos un poderoso abrazo—. Gracias por todo, Aaron Turner —susurré a su oído. La voz se me había vuelto un hilillo, el llanto ya cubría mis ojos—. Descansa, amigo mío. Puedes marcharte en paz.

—Adiós, Rory Harper. Eres un gran chico.

—Y tú —dije para Linus—, promete que serás fuerte hasta el día en que nos conozcamos. Por favor.

—Lo prometo… *niño*.

Luego de lo que me pareció una eternidad, Aaron se apartó de mí para caminar hasta donde se encontraba el señor Noel. Ambos cerraron sus ojos, enfocando sus energías en mi amigo.

Lo siguiente que recuerdo es haber visto una luz tan brillante que me cegó por completo. Y entonces, estuve de regreso en el hospital. Abigail se encontraba a mi lado, sosteniendo mi mano como desde un principio. ¿Cuánto tiempo había transcurrido? Lo ignoraba. Sin decir una palabra, me eché a llorar en los brazos de ella, dejando que el llanto se llevase todo el miedo que había estado cargando conmigo durante las últimas horas.

Tan pronto como pude reunir las fuerzas suficientes, le pedí a Abigail que me acompañase fuera de la capilla. Necesitaba hablar con ella y con Victor sobre lo ocurrido. Pero tan pronto hubimos puesto un pie en el pasillo, pude ver que Christine ya se encontraba ahí.

—Susanna acaba de llamar, me dijo que el señor Noel ha fallecido —me confió mi madre—. Una ambulancia va en camino a la casa. En cuanto a Linus… las cosas… se complicaron hacia el final de la operación.

—Y… ¿entonces? —apenas pude pronunciar.

Abigail se llevó ambas manos a la boca intentando contener su propio temor. Aunque su cansancio era evidente, Christine pudo dibujar sobre sus labios, aunque con un gran esfuerzo, una tímida sonrisa.

EPÍLOGO: DIEZ MESES DESPUÉS

CAPÍTULO TREINTAISÉIS

El otoño siempre ha sido para mí la mejor estación del año. ¿Cómo no amarla? Es la época en que los árboles cambian su verde follaje por coloridos atuendos, un tiempo de transición, de bufandas y guantes, sobrevalorados lattes con esencia de calabaza y, lo mejor de todo: ¡Halloween! Una festividad que, con su interminable desfile de filmes de terror, monstruos y demonios de ultratumba, nos recuerdan que la vida es una aventura que vale la pena experimentar... a menos de que seas un extra o un personaje secundario. En ese caso estás condenado, por lo regular en los primeros quince o veinte minutos de la película.

Aquel otoño en particular era para mí incluso más especial, pues hacía un año atrás había conocido a Linus Saint-Pierre, el chico con un arete en su labio y un gorro cubriendo siempre su cabeza. Para celebrar aquella ocasión, mi amigo y yo habíamos decidido organizar una pequeña fiesta. Y tras varias semanas de exhaustiva planeación, finalmente había llegado el día.

Esa tarde, mientras observaba desde lo alto de mi ventana hacia el patio, no pude evitar sonreír. Yo mismo me había encargado de decorarlo todo, mientras que mis amigos llevaron a cabo otros preparativos como comprar bebidas y botana suficiente para todos los invitados. Con el sol haciendo un lento pero seguro descenso hacia la noche, supe que debía apresurarme en bañarme o de lo contrario no estaría listo a tiempo.

Agua caliente, jabón, champú, enjuagar y repetir. Ropa interior nueva para la buena suerte, una camisa prestada por Victor porque "no puedes usar la misma playera mugrosa todo el tiempo, Rory", jeans y Converse blancos. Al verme en el espejo del baño me di cuenta de que ya contaba con dieciséis años. Ya no era más un niño, aunque todavía no era un hombre. Algunos vellos tímidos y rubios ya comenzaban a asomarse en mi barbilla, mientras que mi voz finalmente se había engrosado. No obstante, esperaba seguir creciendo en los próximos años, de lo contrario me vería como un Yoda que se ha tragado a Darth Vader.

Una vez listo, salí del departamento en dirección a la casa principal, donde Susanna Noel estaba ocupada en la sala inflando globos con un tanque.

—¿Ya está preparado Su Majestad? —quise saber.

—Creo haber escuchado su ducha encendida hace como una hora —respondió entre risas—. Supongo que ya debe estarte esperando.

Entusiasmado, fui subiendo de dos en dos los escalones hasta llegar al segundo piso. Unos meses atrás realizar ese mismo recorrido me habría llenado de incertidumbre, de un temor tan primitivo como paralizador. ¿Y qué si al momento de llegar a la cima descubría que todo había cambiado, que las sombras una vez más habían caído sobre nuestras vidas?

Pero ya no más. Seguro, cada uno de nosotros había librado su propia batalla; sin embargo, habíamos salido no sólo vivos, sino también fortalecidos de aquella experiencia. Yo sabía que lo que fuera que nos deparase el futuro a cada uno de los miembros de nuestra extraña familia, sabríamos enfrentarlo pues, aun en la distancia, siempre estaríamos juntos.

La inconfundible voz en elocuente monólogo de mi querido Linus proveniente de su habitación me dijo que ya estaba listo. Por mi parte, estaba tan acostumbrado a visitarle que los siguientes pasos los pude haber dado incluso con los ojos vendados.

Lejos del caos organizado que había sido su cuarto en su antigua casa, el nuevo espacio de mi amigo estaba destinado tanto al orden como a la creatividad. Con el permiso de Susanna, pedazos de la pared habían sido pintados de negro a manera de pizarra para permitirle expresar con gis tanto sus ideas como cualquier otro pensamiento que se estuviese gestando en su interior. Él decía que formaba parte de su terapia. Un enorme librero que iba del suelo al techo albergaba toda clase de coloridas y bellas cosas que se habían ido acumulando con el paso del tiempo: decenas de productos alusivos a *Érato*, desde tazas hasta peluches, manuales e incluso detallados mapas; la fotografía enmarcada de cuando le dieron de alta del hospital, comics, películas e incluso el estandarte que había colocado yo con tanto atrevimiento a las afueras de su casa. Aquel era nuestro emblema, nuestro llamado a la lucha.

Y entonces, lo vi. Pese a lo mucho que había cambiado, seguía siendo tan apuesto y enigmático como el día en que le había conocido. Llevaba puestos unos jeans ceñidos a sus larguiruchas piernas, unas botas marrones que le hacían ver como un leñador en miniatura, así como un suéter azul a rayas blancas que complementaba el atuendo. Su cabello se mantenía alborotado, era como si casualmente hubiese acabado de despertar con un nivel de perfección al cual los mortales solo podíamos aspirar. Últimamente habíamos notado que éste había estado adquiriendo destellos de dorado, aunque Christine lo atribuía, quizás, a un extraño efecto secundario de los medicamentos.

Tal era Linus, un jovencito sentado en una silla de ruedas, hablando acerca del día que nos aguardaba y la ocasión tan especial que celebraríamos para una cámara montada sobre un tripié hacia el fondo de su habitación.

Luego de su operación, mi amigo decidió que, con mi ayuda, deseaba documentar cada momento de su recuperación. Comenzamos nuestra misión empleando nada más que la cámara de nuestros celulares y un programa simple de edición de video que poco a poco fui aprendiendo a dominar gracias a tutoriales gratuitos que encontré en línea. Los "episodios", por llamarles de alguna forma, eran subidos de manera regular a una cuenta de redes sociales que habíamos creado sólo para ello, misma que fue ganando seguidores de manera exponencial en los meses siguientes. Semana tras semana, mi amigo, antes un recluso de su propia soledad, narraba para miles de desconocidos cómo enfrentaba sus días, desde los grises y angustiosos que había vivido en el hospital en Vancouver, hasta el momento en que había sido dado de alta para continuar con una serie de terapias en North Allen que buscaban devolverle su movilidad natural y su habla, al menos... tanto como fuese posible. De vez en cuando Victor nos visitaba para enseñarle a mi amigo cómo tocar el piano como un ejercicio adicional, algo que, aunque desastroso en un principio, había evolucionado de manera maravillosa. Una a una, en rítmica sucesión, las notas fueron surgiendo, sanando y reconstruyendo aquello que se había creído perdido con milagrosa armonía. Y aunque en muchas ocasiones Linus estuvo a punto de darse por vencido, sobre todo en aquellos oscuros momentos en que la ansiedad amenazaba con sepultarle como una violenta marejada, fueron nuestros amigos quienes le sacaron a flote con su apoyo, su compañía y su amor incondicional.

Ahora, al verlo actuar en su habitación con tanta naturalidad frente a su cámara de video, patrocinada por el hospital mismo en la ciudad, no pude evitar sentirme agradecido no sólo por tenerle a mi lado, sino por que siguiera siendo el mismo chico ingenioso, sincero y amable, pero al mismo tiempo un tanto descarado que había conocido.

—Pasa y-ya de una vez —me dijo con una sonrisa. Yo le obedecí, entrando a cuadro. Confieso que al principio me cohibía bastante cuando Linus insistía en grabarme, nunca sabía cómo comportarme cuando el lente me enfocaba como el oscuro ojo de un cíclope. Pero ahora todo se había vuelto parte de nuestra rutina diaria, e incluso, admito mas no con modestia, contaba con mis propios seguidores.

—Les decía a nuestros amigos que he estado pe-pensando en crear un nuevo canal de juegos. Po-Podemos grabar nuestras b-batallas en *Érato* y transmitir en vivo.

—¡De hecho, suena bastante bien, Cadmus!

—Claro que suena b-bien, Helio. Fue mi idea.

—¿Fue también tu idea comerte casi todo el pastel de la fiesta anoche? Susanna dijo que estuviste vomitando betún hasta la madrugada.

Linus se sonrojó.

—Lo siento mucho, amigos —dije para nuestro público—, pero debo robarles al Profesor Xavier unos momentos, nuestros invitados acaban de llegar.

—B-Buena esa, Helio. ¿Se te ocurrió a ti m-mismo?

—Hace como tres semanas, en realidad. Había estado esperando el momento justo para usarlo.

Su mano sobre la mía. Su sonrisa iluminando mi mundo entero.

—Gracias p-por vernos, amigos. ¡Ma-mantengan la llama encendida! —dijo el chico para la cámara, haciendo alusión a una frase de *El Ocaso de Érato* con la cual siempre finalizaba sus videos.

Desde que Linus había dejado el hospital, yo me había adjudicado la tarea de desplazarle de un lugar a otro sobre su silla de ruedas, excepto, claro, cuando asistía a terapia. Era algo que había realizado tanto con amor como con orgullo. Sin embargo, ahora que la fuerza de sus manos había regresado casi por completo, mi amigo insistía en moverse él mismo tanto como le fuera posible. Al llegar a las escaleras, le ayudé a colocarse sobre una silla mecánica que habían instalado hacía apenas unas semanas. El minuto que duraba aquel pequeño "paseo" era tan incómodo que ambos chicos evitábamos hacer contacto visual. Linus dijo que era como subirse al juego más patético de Disneyland. Al llegar al pie de las escaleras, una segunda silla de ruedas aguardaba por nosotros, lo cual nos evitaba la molestia de estar cargando con la misma de arriba hacia abajo todo el tiempo.

Seguro, hubiese sido mucho más simple ocupar una habitación del primer piso, mas había sido Susanna quien había insistido en regalarle a mi amigo la antigua habitación de su padre. Todos sabíamos que aquello formaba parte del proceso de duelo que ella estaba teniendo.

Linus y yo nos dirigimos hacia el patio de la casa, donde yo había pasado la mañana entera colocando mesas, sillas y manteles para nuestro festejo. Series de luces ámbar colgaban sobre nuestras cabezas como hermosas luciérnagas. Un servicio de banquetes que habíamos contratado ya estaba colocando las diferentes charolas con alimentos sobre su estación, mientras que Victor amenizaba el ambiente con música que controlaba desde una tableta electrónica y una bocina inalámbrica, aunque todos habíamos insistido de manera unánime que no queríamos nada de Mozart o Strauss.

Uno a uno aquellos quienes nos habían acompañado en ese viaje se fueron mostrando: el doctor Steven Larkin, quien nos visitaba desde Vancouver, los enfermeros que habían asistido a Linus en el hospital, sus terapeutas, así como sus antiguos profesores en la preparatoria. También se encontraban ahí la trabajadora social Rose Davis e incluso el abogado Michael Gomez. En cuanto a la señora Saint-Pierre, Linus dijo que no le extrañaba, que nunca había sido su madre en realidad, sino la mujer que le había ayudado a llegar al mundo para cumplir su misión.

Abigail apareció luciendo un hermoso vestido con un estampado floral en tonos otoñales, mallas marrones, botines, y una corona hecha de hojas secas. En sus manos llevaba un presente adornado con un enorme moño. Como era costumbre, todas las miradas se enfocaron ella tan pronto puso un pie en el patio.

—Vaya que voy a extrañar esas entradas tuyas de pasarela —le dije.

—Tonterías, Rory. Vancouver no queda tan lejos. Vendré a visitarlos al menos cada dos semanas.

—¿Has conseguido ya d-departamento? —inquirió Linus, recibiendo el presente de manos de nuestra amiga. Ella asintió al tiempo que mostraba una sonrisa.

—Victor y yo encontramos uno en Surrey, algo retirado, lo sé. Nos tomará al menos unos cincuenta minutos llegar a la ciudad en metro, pero al menos es barato.

—¿Cómo tomaron sus padres el hecho de que quisiera estudiar música y no teología como ellos esperaban?

Abigail se encogió de hombros.

—Oh, ya conocen a los señores Cain, es imposible complacerles. Cuando Victor les dijo que se marcharía a la gran ciudad para estudiar al tiempo que compartiría casa, gastos y encima de todo el mismo baño conmigo, pusieron el grito en el cielo. Pero aunque ellos no le apoyen, nuestro amigo está contento —dijo, dirigiendo una mirada hacia la mesa donde éste se encontraba, enfocado en su tarea—. Ha progresado mucho desde la partida de Aaron. Será un buen compañero de cuarto. Al menos me servirá como modelo para mis proyectos en la escuela de modas.

—Quisiera ver eso —se rió Linus—. Gracias p-por el regalo.

—De nada, guapo. Disfruten su fiesta. Ambos se lo merecen.

Y con estas palabras se despidió de nosotros para luego dirigirse hacia donde se encontraban Christine y el resto de los adultos.

David Trevor llegó unos minutos después. Luego de intercambiar unas cuantas palabras, se mantuvo distante de nosotros durante el resto de la tarde. Hacía apenas una semana, sus abuelos le llamaron a vivir con ellos al otro lado del país. Por supuesto, sus padres no objetaron, más que gustosos de deshacerse de lo que ellos consideraban era una carga. Y aunque me hubiese gustado presionar a mi primo buscando que expresase todo aquello que sentía en esos momentos, yo sabía que sería en vano. Le extrañaría, sin duda; después de todo, había sido mi más grande apoyo desde la operación de Linus. Sin embargo, yo sabía que una vida mejor le esperaba a ese cabeza dura en Montreal, que sus abuelos le darían todo el amor y la atención que tanto necesitaba.

La comida fue servida unos minutos más tarde. Nuestro patio se llenó con el ir y venir de personas disfrutando de este o aquel platillo al tiempo que conversaban entre sí con sincera animosidad. A mi lado, Linus comía de manera lenta pero constante, sus manos de vez en cuando dejaban escapar un ligero estremecimiento. A veces, mientras le observaba fijamente —lo cual sucedía bastante seguido— me parecía notar que sus ojos pasaban de un tenue tono avellana a un brillante e incluso salvaje verde aunque sólo por un instante, apenas un pestañeo, y entonces recordaba que era el espíritu de nuestro amigo Aaron quien, atado al suyo con amor infinito, le brindaba la fuerza desde el interior para seguir adelante y mejorar día con día.

Pasadas unas cuantas horas de convivir con mis amigos, mi familia, y saber que pronto las cosas cambiarían para todos, no pude evitar sentirme algo nostálgico. Estaba tan acostumbrado a nuestra rutina, a sus idas y venidas, a ver a Abigail sentada sobre una mecedora en el porche de su casa, diseñando un nuevo vestido que luego confeccionaría con el cuidado y el talento que la caracterizaban; extrañaría la forma en que Victor llenaba nuestras tardes de música, el modo que tenía de suspirar a escondidas al creer que nadie le observaba. Sabía que Aaron estaba tanto en su pensamiento como en su corazón, ya no más como una espina enterrada, sino como un suave calor que le reconfortaba en los momentos de mayor incertidumbre.

—Quiero da-darles las gracias de corazón —expresó mi querido Linus una vez llegada la noche—. Todos ustedes han hecho de m-mi vi-vida… algo… *increíble*.

—Linus retomará sus estudios en unas cuantas semanas —continuó Christine, tomando de su mano—. La preparatoria nos ha asegurado que tienen las condiciones adecuadas para recibirlo. Con algo de esfuerzo, paciencia y constancia por parte de todos, nos aseguran que puede obtener su diploma el año próximo.

—He estado p-pensando y creo que m-me gustaría… estudiar p-programación y diseñar vi-videojuegos como *Érato*.

Hubo un sonoro y afectuoso aplauso por parte de los presentes.

—Y yo tengo examen de geometría la siguiente semana, gracias por preguntar —dije para todos, provocando sus risas. Por supuesto que estaba orgulloso de mi querido Linus; de entre todos, yo era quien más se regocijaba de aquella hermosa luz que proyectaba. No podía esperar a verlo cumplir todos sus sueños.

Por mi parte, no quería pensar en el futuro, no porque no tuviera planes propios o deseos como mis amigos, sino porque me había prometido a mí mismo hacer un esfuerzo diario y consciente de vivir en el ahora. Quería disfrutar de mis días tanto como me fuese posible, reír, sentir el viento y la lluvia sobre mi rostro, experimentar un sinfín de adolescentes aventuras, pero sobre todas las cosas, agradecer el amor que recibía de todos aquellos quienes me rodeaban.

—¿Quieres que abramos el regalo de Abigail? —le sugerí a mi amigo. Éste se sonrió con complicidad.

Haciendo jirones la envoltura, juntos descubrimos una pequeña caja de cartón, misma que contenía un pequeño portarretrato de madera. En la foto ahí mostrada, Linus y yo intercambiábamos una mirada, sentados en una canastilla al pie de la rueda de la fortuna, durante el Festival de Invierno. ¿Cómo es que Abigail había conseguido tomarla y mantener el secreto hasta entonces?

—Hace m-mucho decidí que mo-morir era lo mejor que p-podría sucederme. Pe-Pero ahora entiendo que sin importar el tiempo del cual dispongamos en este m-mundo, existen cosas p-por las cuales vivir.

Los dedos de su mano derecha se entrelazaron con los míos con ternura.

Qué extraña puede llegar a ser la vida. E incierta. Y... aterradora. Pero bella más allá de toda duda.

Un año atrás sólo tenía a Christine, un sinfín de comidas recalentadas y un montón de tiempo libre. Ahora tenía amigos, gente que se preocupaba por mí y que anhelaba verme crecer. Y lo más importante de todo, un compañero de por vida, un chico que no dejaba de sorprenderme día con día y por quien estaba dispuesto a dar lo mejor de mí. Y todo gracias a que una tarde al salir de la escuela insistí en meterme en un asunto que no me incumbía, y por ello un trío de salvajes adolescentes me patearon el trasero.

Hasta ahora ha sido la mejor decisión que he tomado.

FIN

28 de julio de 2019, 1:09

ESTIMADO LECTOR...

Antes que nada, muchas gracias por adquirir *Rory & Linus*. Sé que existen una gran cantidad de opciones de lectura, pero has elegido emprender esta aventura conmigo, y por ello te estoy sumamente agradecido.

Espero de corazón que tu experiencia leyendo esta historia haya sido tan enriquecedora para tu vida diaria como lo fue para mí escribirla. Si has disfrutado este libro, me encantaría conocer tu opinión. Tu apoyo y retroalimentación son importantes y me ayudarán a crecer como autor y a seguir haciendo lo que amo.

Si deseas apoyarme, puedes dejar una reseña a través del siguiente portal:

www.amazon.com/author/alexguaderrama

De nueva cuenta, muchas gracias. ¡Hasta la próxima!

Made in the USA
Coppell, TX
11 July 2024

34476633R20154